Le Talisman de Skerne

Tom Carr

Traduit de l'anglais par François Bougeault

© 2019, Carr, Tom
Edition : Books on Demand,
12/14 rond-Point des Champs-Elysées, 75008 Paris
Impression : BoD - Books on Demand, Norderstedt, Allemagne
ISBN : 9782322160976
Dépôt légal : septembre 2019

Dédicace:

Pour Toni

Les droits de Tom Carr en tant qu'auteur de cet ouvrage ont été déposés conformément à la Loi de 1988 sur les Droits d'auteur, concernant dessins, modèles et brevets.

Ce travail est une fiction. Les noms et les personnages sont le produit de l'imagination de l'auteur. Toute ressemblance avec des personnes réelles, vivantes ou mortes, est purement fortuite —sauf bien évidemment quand ce n'est pas le cas.
.

Remerciements

A Toni, ma femme, pour ses encouragements, ses nombreuses et excellentes suggestions, sa faculté de rire aux bons moments. A James et Lucy, mes enfants, pour les même raisons. A Richard, mon beau-fils, également pour ses appréciations et pour deux contributions notables; et à Dave Carr, Bud Craig, Geoff Donaldson, Andrew Gladwin, Stephen Hughes, Angela Milligan, Hugh Mulrooney, Pete Shields et Steve Wright pour certains traits d'esprit que je leur ai «empruntés». Enfin, à Mike Jarvie, pour deux excellentes contributions. Il a également gentiment pris sur lui le rôle de mon premier éditeur. Son aide m'a été très précieuse. Je tiens à remercier l'équipe de Createspace -Gaines Hill, Margaret McCall, Caitlin McCann et Adam Miller- pour m'avoir aidé à réaliser un rêve. Je remercie particulièrement Ron Donaghe, pour son édition experte, méticuleuse et sensible, que j'ai beaucoup appréciée.

Tom et François devant le bar du village

Avertissement du traducteur

Je vais vous dire une bonne chose, qui n'a surement rien d'extraordinaire. Mais croyez-moi, on rencontre de drôles de gens dans un petit village *languedocien*. Tenez, des anglais, par exemple. Je ne l'invente pas, ils tiennent toutes les maisons de la Grand Rue. Tom Carr, exemple de l'exemple: bon, il ne joue pas au golf, il apprécie le camembert et le pinard en connaisseur. Mais c'est quand même un putain d'anglais! Et les anglais, qu'est-ce qu'ils font quand ils sont en France, hé bien, ils observent les français, tout en restant obstinément anglais. Avec Tom, c'est encore autre chose. Parce que, nonobstant, il épie aussi les anglais comme s'il était un putain de français. Et il se prête à ce petit jeu dans son bouquin. C'est l'histoire d'un français qui vit en Angleterre et se comporte comme un anglais quand il vit en France. Alors, on ne sait plus par quel bout le prendre! D'autant que son histoire est à moitié écrite en français. Notre auteur se joue-t-il de son lecteur anglais ou baigne-t-il tellement dans notre langue qu'il n'arrive plus à la traduire dans la sienne? Comment un traducteur peut-il s'y retrouver dans ce franglais, je vous le demande; je lui demande en français: mais *comment faire*? I had a dream: Et si Tom avait écrit son bouquin en français?

Nous touchons à la magie de ce livre. Et je l'espère, à la magie de sa traduction, bien entendu! Ainsi, le lecteur français s'identifiera à l'écrivain anglais qui raconte l'histoire d'un français à des anglais. En tout état de cause, ce livre est plein de magie et de surnaturel. Et d'action, de violence, d'amour, d'humour, de perversion et de morale. Ce livre est un conte tout à fait extraordinaire!

François Bougeault

Avant-propos de l'auteur

Un des auteurs que je lisais dans ma jeunesse a été Dennis Wheatley —un écrivain de contes de Magie Noire, d'aventure et d'action. J'y prenais beaucoup de plaisir.

Cependant, ses contes témoignaient d'un snobisme intellectuel et social bien particulier, et, parfois, d'un racisme patent. Je n'étais jamais certain —et d'ailleurs, je ne le suis toujours pas— que Wheatley prenne vraiment au sérieux le caractère surnaturel de ses livres.

Ses contes, notamment 'Le Diable à Cheval', sont à l'origine de beaucoup de cette parodie.

J'espère, par cet avant-propos, éviter le destin funeste du créateur d'Alf Garnett, ce personnage central plutôt mesquin, misogyne et fanatique de la sitcom 'Jusqu'à Ce Que La Mort Nous Sépare,' diffusée dans les années 1960 par la BBC. Certains téléspectateurs de cette comédie à succès firent d'Alf le terrible leur porte-parole.

Je *pourrais* avoir des lecteurs qui renvoient sans vergogne les Juifs au statut de 'youpins', ou qui, par exemple, *considèrent* ou auraient considéré Mohammed Ali comme un 'noir lâche' (Chapitre Neuf) au prétexte de son objection de conscience pendant la guerre du Vietnam. Permettez-moi d'être bien clair: "lâche" est la dernière épithète que j'attribuerais sérieusement à un homme qui sut faire face à Liston, Frazier ou Foreman, *ainsi qu'*à la puissance de l'establishment américain; je déteste le racisme de quelque sorte que ce soit. Si j'ai de tels lecteurs, je ne suis *pas* leur porte-parole! Permettez-moi de le redire: ce livre est une *parodie*.

Je fais la satire d'autres choses dans ce livre. Les Catholiques de l'Eglise Romaine, par exemple, n'apprécieront pas certains chapitres. Mais dans ce cas, ils auront le choix d'en prendre et d'en laisser... ou même de tout brûler!

Quoi qu'il en soit, je vous propose ce livre comme un morceau choisi de bonheur au cœur léger, comme quelque chose pour se divertir plutôt que d'offenser. J'espère qu'il sera considéré comme tel.

Tom Carr.

A mon cher lecteur:

J'ai décidé qu'il pourrait être agréable —et certainement en aucune façon condescendant ou pédant— de fournir un glossaire des termes et références, au cas où vous en auriez oublié un ou deux.

Chronologie

Prologue   28 – 29 Juillet 1976   Angleterre

Première partie

Chapitre Premier	30 Juillet 1976	Angleterre
Chapitre Deux	31 Juillet 1976	Angleterre
Chapitre Trois	1er Août 1976	Angleterre
Chapitre Quatre	2 Août 1976	Angleterre
Chapitre Cinq	1930 – 1976	Irlande/Angleterre
Chapitre Six	5 Août 1976	Angleterre
Chapitre Sept	5 / 8 Août 1976	Angleterre
Chapitre Huit	9/12 Août 1976	Angleterre

Deuxième partie

Chapitre Neuf	14 Août 1976	Angleterre
Chapitre Dix	14 Août 1976	Angleterre
Chapitre Onze	14 Août 1976	Angleterre
Chapitre Douze	14 Août 1976	France
Chapitre Treize	14 Août 1976	France
Chapitre Quatorze	14 Août 1976	Angleterre
Chapitre Quinze	16 - 17 Août 1976	Angleterre /France
Chapitre Seize	17 Août 1976	France
Chapitre Dix-sept	18 Août 1976	France
Chapitre Dix-huit	19 Août 1976	France
Chapitre Dix-neuf	19 - 20 Août 1976	France
Chapitre Vingt	20 Août 1976	France
Chapitre Vingt-et-un	21 Août 1976	France
Chapitre Vingt-deux	21 Août 1976	France
Chapitre Vingt-trois	21 Août 1976	France

Chapitre Vingt-quatre	21 - 22 Août 1976	France
Chapitre Vingt-cinq	22 Août 1976	France
Chapitre Vingt-six	22 Août 1976	France
Chapitre Vingt-sept	22 - 23 Août 1976	France
Chapitre Vingt-huit	23 Août 1976	France
Chapitre Vingt-neuf	23 Août 1976	France
Chapitre Trente	23 - 24 Août 1976	France
Chapitre Trente-et-un	24 - 25 Août 1976	Angleterre
Chapitre Trente-deux	25 - 26 Août 1976	Angleterre
Chapitre Trente-trois	26 Août 1976	Angleterre

Préface

Ce fut une année ordinaire, ce fut une année extraordinaire; les choses habituelles se sont produites, des choses singulières se sont passées : il a neigé en Juin en Grande-Bretagne, il y eut une sécheresse en Août; l'été fut l'un des plus chauds et des plus longs jamais enregistrés, le début de l'hiver fut l'un des plus froids; Harold Wilson et Jacques Chirac ont démissionné, James Callaghan et Raymond Barre ont pris leurs fonctions; Gerald Ford a battu Ronald Reagan à la présidence de son parti, Jimmy Carter a battu Gerald Ford à la présidence de son pays; Leonid Brejnev était toujours le dirigeant de l'Union Soviétique, Mao Tsé-toung a cessé d'être le leader chinois; il y eut des tremblements de terre sur la Terre, il y eut une sonde spatiale sur Mars; les usagers des trains interurbains ont voyagé à grande vitesse, les passagers des avions intercontinentaux ont voyagé à la vitesse supersonique; les chimpanzés sont devenus une espèce en voie de disparition; Microsoft est devenu une compagnie mondialement connue; la première épidémie d'Ebola fut enregistrée; il y eut une pandémie de grippe porcine; les Etats-Unis opposèrent leur veto à l'appel de l'ONU pour la reconnaissance d'un Etat palestinien indépendant; le chancelier britannique de l'Echiquier emprunta 5,3 milliards de dollars au FMI pour faire face au déficit budgétaire; il y eut de sales guerres en Amérique du Sud, des guerres territoriales en Afrique, et la guerre froide à l'Ouest; il y eut des famines en Afrique et en Inde; il y eut des attaques terroristes en Extrême-Orient, au Moyen-Orient, en Ouganda, au Canada, au Royaume-Uni, aux Etats-Unis; les Sex Pistols montèrent en haut des charts, "Fraternité de l'Homme" remporta le Concours Eurovision de la chanson; Bjorn Borg et Chris Evert devinrent champions en simple à Wimbledon; Liverpool fut champion de la Ligue de

Football; Southampton remporta la finale de la Coupe d'Angleterre; Mohammed Ali fut champion du monde poids lourds; Mao Tse-Tung mourut; mon premier enfant naquit; donc, une année pas comme les autres; et en même temps, une année absolument comme toutes les autres. Elle débuta un jeudi et se termina un vendredi. Ce fut une année bissextile. Ce fut 1976.

Les événements relatés dans ce livre ont eu lieu cette même année. Vous constaterez que ces faits sont étonnants, et pourtant l'aspect le plus étrange est sans doute le fait que vous n'en ayez jamais entendu parler. Le monde est resté pendant un tiers de siècle dans l'ignorance du péril le plus grave auquel l'humanité ait jamais été confrontée. Nous avons eu la bombe à fission nucléaire en 1945 avec ses kilotonnes de pouvoir destructeur; la bombe à fusion nucléaire en 1952 avec ses mégatonnes de force explosive. Nous avons maintenant la preuve d'impacts de météorites qui ont libéré sur la terre divers niveaux d'énergie de magnitude encore plus importante ; ces catastrophes ont fait des ravages mondiaux et apporté des extinctions de masse dans leur sillage. Encore ne pouvons-nous pas, et peut-être ne pourrons-nous jamais nous libérer de leur péril. Pourtant, la menace de tous ces évènements est dérisoire au regard du cataclysme qu'un seul homme aurait pu déclencher sans les connaissances, l'intelligence, l'ingéniosité, la compétence et l'héroïsme d'une poignée d'individus démêlant et contrariant les ruses d'un mécréant abominable au moment décisif !

La raison pour laquelle cette histoire est restée si longtemps méconnue témoigne évidemment du caractère exceptionnel de ces hommes de bien. Aucun d'entre eux n'a jamais voulu tirer gloire ou fortune de son action.

Hé bien, finalement, voici leur histoire. Pour la rendre moins invraisemblable, permettez-moi simplement de rappeler au lecteur ce vieil adage: "La vérité est plus étrange que la fiction" Rien n'est plus étrange que cela!

Prologue

Le *Duc Théodore de Cornsai-Tantobé* émergea de la porte latérale arrière de sa Bentley noire, immaculée et majestueuse, qui venait juste d'effleurer la longue allée pavée du parc, de glisser derrière des rangées d'arbres majestueux —Aulne d'Europe, Bouleau de l'Himalaya, Cèdre du Liban, Orme de Sibérie, Magnolia japonais, Erable canadien, Chêne anglais, Pin écossais, Sorbier des oiseleurs gallois, Cyprès de Chypre— et ronronnait à l'arrêt devant l'auguste portail de la résidence d'été du Noble Français.

Le *Duc* se redressa de toute sa hauteur imposante, déploya ses larges et souples épaules et tendit son cou sculptural pour dissiper un peu la rigidité causée par la *longueur*[1] du voyage. Puis il resta pétrifié quelques instants devant la façade au calcaire calcifié de l'édifice impressionnant qui se dressait devant lui. Des années de raffinement culturel, de rigueur intellectuelle et d'entrainement martial ne pouvaient pas totalement altérer la passion et la sensibilité gauloise qui étaient chevillées au cœur de l'homme. Une seule larme jaillit au coin de l'un de ses yeux sombres et intelligents, courut sur la crête ciselée de sa joue, le long de son noble nez aquilin, avant qu'il ne l'essuyât d'un rapide et subtil balayage du long index de son aristocratique main droite parfaitement manucurée. C'était autant une larme de joie que de tristesse. Joie qu'il allait encore passer du temps dans l'antique labyrinthe intérieur de sa maison, à se délecter de son magnifique parc et à arpenter quotidiennement la splendeur sauvage de cette Vallée du Yorkshire! Tristesse que la femme qu'il avait eue

---

[1] NDT :En français dans le texte

autrefois et que l'enfant qu'elle avait porté pour lui ne partageraient jamais plus ces joies!

Son chauffeur avait vidé et refermé la profonde malle de la voiture et attendait maintenant le bon plaisir du *Duc*. Immédiatement, l'une des deux grandes portes de chêne sculpté s'ouvrit et la gouvernante écossaise du *Duc* tendit les bras en cordial signe de bienvenue! Bien que Flora McFlintloch vive depuis maintenant près de trente ans dans le Yorkshire, son langage n'avait toujours pas changé.

"Och! D'vous voir ici tous les deux, c'est ben meilleur que d's'envoyer une damnée lampée d'malt ! C'est si bon que l'Laird soit rev'nu dans son châtiau!"

Ce n'était pas grave, mais 'Lord' et 'Château' n'étaient pas tout à fait les termes appropriés. Cependant, le noble cœur du *Duc* ne fit qu'un bond à la vue de cette femme rougeaude, charnue et chaleureuse, et il éprouva une affection toute aussi forte qu'un neveu retrouvant sa tante préférée.

"Eh bien Flora, si je puis me permettre, votre apparition est aussi savoureuse que la plus rare cuvée d'*armagnac*," répondit le *Duc* de sa voix si particulière de baryton, profonde et sonore, avec ce *soupçon*[1] de *Sacha Distel* dans l'élocution qui faisait vibrer le pantalon bouffant de son interlocutrice (du moins l'aurait-il peut-être espéré) ! Il s'avança et posa délicatement trois bisous sur ses joues, et son chauffeur en fit autant.

"Och, allez vous faire voir, tous les deux!" Elle se soumettait toujours à contrecœur à ces échanges de 'baveux,' comme elle disait, mais dans ces cas là, ses cris de protestation ne portaient pas plus qu'à quelques centimètres ! Parce qu'*elle* éprouvait pour ces *deux* hommes une affection aussi profonde qu'une tante en éprouverait pour ses neveux préférés.

"C'est si bon d'être de retour ici, Flora!" Poursuivit le *Duc*.

---

[1] NDT : Les mots en italique sont en français dans le texte.

"Och, comme c'est bon à entendre! Bon, maintenant, entrez ! Vous saurez où mettre tout ça, *Jean*," ajouta-t-elle au chauffeur en montrant les valises, "et après, vous aurez droit à une tasse de thé, ou à un p'tit verre, ou à tout ce que vous voudrez."

"Thé pour moi, s'il vous plaît, Flora," répondit le *Duc*.

"Oh, un 'p'tit verre' pour moi, s'il vous plaît," répondit le chauffeur. "On a fait une sacrée trotte."

"*Jean*, je vous l'ai déjà dit, 'un long voyage' serait plus correct!"

"*Eh bien* ! Va pour le 'Voyage.' Le p'tit verre sera encore meilleur!"

"Et comment se portent nos petites bêtes?" Demanda le *Duc*.

"Och, elles vont bien. Le jeune Angus"— elle parlait de son petit-fils qui habitait dans le coin— "les surveille à ma place, et il fait ça avec beaucoup de talent, elles sont si délicates! Il s'en occupe tous les jours. Elles sont bien soignées, ne vous en faites pas pour ça, Monsieur!"

"Magnifique", déclara le *Duc*, dont la maîtrise des dialectes anglo-saxons s'étendait aux patois les plus improbables! "Je vais juste leur jeter un petit coup d'œil pendant que vous préparez le thé. *Jean*, vous vous occuperez des valises?"

"*C'est déjà fait*." Répondit celui-ci en français.

Et ainsi, tous trois s'en furent pour trois raisons différentes dans trois endroits de la maison, mais tous trois se retrouvèrent autour de la table de la cuisine trois minutes plus tard, assis chacun sur l'une des trois chaises… pour déguster ensemble deux boissons différentes.

"Flora", annonça le noble *Duc* après sa première tasse de thé, "nous sommes tous les deux heureux de nous rafraîchir, mais je suis sûr que nous mangerons bien un petit quelque chose après. Qu'avez-vous en réserve à nous proposer?"

Flora le lui dit.

La veille au soir, cet homme aguerri au beau monde avait dîné dans un excellent restaurant parisien des mérous de l'Atlantique pochés dans un *court-bouillon* à base de *Chablis*, avec une feuille de coriandre, du fenouil et des câpres, qu'il avait arrosés d'un *champagne Hautré –Wattisse* millésimé, suivi d'un *sorbet* au miel et au gingembre, spécialité de la maison.

Et pourtant, maintenant, il n'en savourait pas moins par anticipation la perspective d'un des plats de saison les plus rustiques de Flora: jarret de porc à la purée de pois cassés, patates et navets, accompagnés d'une salade de dés de rutabaga cru et de radis, de betteraves en tranches et de carottes râpées, le tout garni de mayonnaise Heinz, avec quoi il écluserait une bière forte "Vieil Arthur" de Mullard. Suivrait un pudding d'été, l'un des préférés de Flora[1]... Telles étaient les dispositions épicuriennes momentanées de cet homme exceptionnel!

"Comme toujours, vous nous gâtez," dit-il avec beaucoup de sincérité.

"Och, allez vous faire voir," fit Flora pour la deuxième fois, et comme la première fois, avec une sincérité tout aussi entière!

"Flora", poursuivit le *Duc*, "nous aurons des invités dans deux semaines environ — oui, l'Américain et le Russe! Alors, il faut nous concerter, nous organiser et faire tout ce qu'il faudra en temps utile. Nous aurons peut-être une petite conversation demain pour réfléchir à tout cela? *Oui*? Ce soir, en tout cas, je désire simplement me détendre et me réjouir d'être ici. Je suppose que dans la soirée *Jean* s'éclipsera au village pour renouer avec une vieille 'connaissance.'" A ces mots, le *Duc* et Flora échangèrent un regard entendu, si tant est qu'un regard puisse être entendu.

"Pour sûr," dit Flora. "Le repas sera sur la table dans une demi-heure!"

Une demi-heure plus tard, ils dînaient magnifiquement.

---

[1] Et de tous ceux qui en avaient déjà mangé!

* * *

Le *Duc* et Flora firent des projets autour d'un café à dix heures le lendemain matin.

"Monsieur," dit-elle finalement, "pour ce qui est des rideaux du salon oriental. Och, la teinte est bien fanée, ils ont drôlement besoin d'être changés."

"Bien sûr, Flora. Téléphonez tout simplement aux fournisseurs, ils doivent encore avoir les mesures. Sinon, ils peuvent venir les prendre. Et surtout, demandez-leur de les remplacer à l'identique."

Il y eut une pause émouvante, aussi émouvante qu'une pause puisse l'être.

"'Taupe?'" dit finalement Flora, et de telle manière que la monosyllabe gifle le *Duc* à la joue comme un gant. "Och, Monsieur, il serait peut-être temps de trouver autre chose ?" Elle avait lancé son défi. "J'ai vu leur nouveau catalogue, et ils ont des couleurs très gaies!"

Quelques secondes s'écoulèrent avant que le bon *Duc* ne répondre.

"Je prends bonne note de ce que vous me dites ... Je sais où vous voulez en venir..." —La maitrise de l'anglais de l'aristocrate français était vraiment stupéfiante— "... et je comprends tout à fait pourquoi vous me faites part de votre inquiétude, Flora, et pourquoi vous insistez. Mais comprenez-moi, s'il vous plait, je ne suis pas encore prêt à aller jusque là..." Sur ces mots, un voile trouble traversa les yeux sombres et intelligents du *Duc*.

On *ne* pouvait *pas* dire que le jardin secret du *Duc* était alors *dénué* de toute fantaisie, de couleur ou de panache, mais à présent, le treillis de sa vie —où s'enlaçait jadis la plus luxuriante des frondaisons— était désespérément nu. Finie la resplendissante magnificence qui régnait jadis en maître sur son existence. Il n'était plus sous l'emprise séduisante et iridescente du papillon insaisissable et lumineux de l'amour et ne se gorgeait plus de son nectar enivrant ; le *Duc* se sentait toujours terriblement démuni!

La couleur Taupe était la couleur préférée de sa femme, et demeurait ici, ainsi que dans son *château* en France, le symbole de la présence immuable de sa femme dans son cœur! Il n'était pas encore prêt à renoncer à cela.

"Je vous en reparlerai bientôt, Flora, je vous le promets", déclara le *Duc*. Et Flora savait aussi battre en retraite avec diplomatie. On pouvait perdre une bataille et finalement gagner la guerre!

* * *

Mais le bon *Duc* ne savait pas que, au moment où il disait cela, à moins d'une centaine de kilomètres au nord-est de l'endroit où il se trouvait, des évènements étranges étaient sur le point de se produire, évènements auxquels il serait mêlé de manière inattendue, et qui changeraient radicalement le cours sa vie!

Première partie

Chapitre Premier

Dans un marigot peu connu, à l'est du comté de Durham, entre le village côtier de Crimdon Grange et le village minier de Trimdon Colliery, se trouve une petite colonie, oubliée par le temps et les cartographes, nommée Grimdon Lea[1], "Grim" pour les gens du coin. Cachée dans une dépression profonde de terrain, entourée de bois et de terres agricoles, elle est constituée d'une rangée de maisons et d'une église catholique romaine médiévale : celle de Saint Polycarpe, le Saint patron des bassins de jardin. Et malgré la présence régulière à la messe dominicale de six personnes tout au plus, la paroisse bénéficie d'un prêtre permanent *et* d'un sacristain, chacun de ces deux personnages étant maintenu en place par le Vatican lui-même. Pour quelle raison ? C'est un mystère pour toutes les autres paroisses de l'ensemble du diocèse qui sont à court d'argent et dont les curés sont surmenés, ce qui est le cas —il faut bien le dire —de presque tout le monde, à une autre exception près cependant, que nous découvrirons en temps utile!

Quand notre histoire commence, un jeune homme appelé Stanley Crook vient d'être nommé au poste de sacristain, vacant depuis peu. Il s'installe dans le cottage meublé qui lui est fourni avec son emploi. Par anticipation sur son premier salaire, il a dépensé sans compter, grâce à sa carte Barclay nouvellement acquise, pour acheter quelques meubles de la gamme premier prix "*Matty Le Constructeur* " de chez Habitat. Il a donné la priorité à sa cuisine/salle à manger. On trouve donc maintenant dans cette pièce quatre tabourets *Herby*, qui ont la forme de hautes caisses vides retournées, et sur les tabourets *Herby*, deux coussins *Alby* recouverts d'un tissu épais en coton imprimé représentant des sacs de ciment Portland, et deux autres coussins *Kev,* recouverts du même tissu imprimé représentant des sacs de plâtre de finition

---

[1] NDT : Littéralement : La Pâture Sinistre.

Gypsum. *Dave*, la table, imite une palette posée à l'envers sur deux tréteaux de maçon. *Mick* le porte-manteau, quatre clous de charpente plantés dans une planche en bois brut, est fixé au mur. Le mois prochain, Stanley prévoit d'acheter deux poufs *Ernie* pour le salon. Ils ont la taille et l'aspect de sacs "Union Matériaux" remplis de sable mou. Pour ranger et mettre en valeur sa collection de livres, il achètera *Bert*, qui rappelle à s'y méprendre un empilement de briques soutenant quatre planches d'échafaudage. Grâce à tous ces meubles, il rêve d'impressionner Cheryl, la barmaid du café du coin, si jamais il arrive à l'attirer dans son cottage pour lui montrer son intérieur. Jusqu'à présent, il n'a réussi qu'à lui passer ses commandes en bégayant, avant de s'asseoir avec son verre de bière au fond du bistrot, et de se cacher derrière son journal pour lancer des regards furtifs et langoureux vers la splendeur de son décolleté chaque fois qu'elle tire une pinte.

En tout état de cause, Stanley ne pouvait pas sérieusement croire à sa chance. Cependant, bien qu'il ait balbutié des réponses incomplètes à toutes les questions lors de son entretien d'embauche, on lui avait tout de même donné ce poste, en passant au dessus de nombreux candidats plus âgés, plus expérimentés et plus loquaces.

Et le travail en lui-même était vraiment génial; en effet, le salaire était exceptionnel, vu le travail qu'on lui demandait! Le petit cimetière de l'église était plein, il n'y avait donc pas de tombe à creuser. Nettoyer l'église, distribuer les six livres de prières, les six livres de cantiques, placer les six bulletins paroissiaux hebdomadaires sur la table au fond de l'église avant la messe du dimanche, assurer l'entretien et exécuter quelques petites corvées quotidiennes, ce n'était pas difficile et ne prenait pas beaucoup de temps. Et par conséquent, il avait toute liberté pour se livrer à son passe-temps favori: inventer des jeux de société.

Son premier jeu, 'Evolution,' lui avait demandé un an et demi de travail. L'éditeur Waddingtons l'avait complimenté pour l'originalité de son concept, la subtilité des règles et la grande qualité du graphisme. Le but du jeu était d'arriver le premier sur la case 'Homo Sapiens.' Mais si un joueur prenait une autre voie dans l'évolution et devenait, par exemple, un triton, il ou elle devait faire un six avec les dés pour reprendre la bonne direction. Mais finalement, son projet avait été rejeté. La principale objection de Waddingtons avait été que l'"Evolution' prenait beaucoup trop de temps!

Mais quoi qu'il en soit, ils l'avaient encouragé à persister dans cette voie. Son nouveau projet s'appelait 'Calvaire.' Il avait trouvé intéressant de décrocher un emploi dans une Église pour se lancer dans un tel programme. Le but de *ce* jeu était d'arriver le premier sur la case 'Résurrection.' Pour l'instant, il avait presque fini de dessiner la case 'Le voile du temple est déchiré —Passer son tour.'

Stanley n'imaginait pas à quel point son bégaiement, sa nature solitaire et son passe-temps chronophage avaient joué en sa faveur. Il avait été considéré par l'instance de nomination comme le candidat de 'moindre risque' dans l'ensemble de son champ d'application.

Ce fut seulement après sa nomination qu'il fut informé du rôle crucial qu'il aurait à jouer, et donc, de la signification d'un tel déploiement de moyens, apparemment disproportionné au regard de l'importance de la paroisse et de son poste. Il serait le gardien d'artefacts jugés si dangereux par l'Eglise que leurs tenants et aboutissants devaient rester secrets à tout prix. À cette fin, il avait eu à jurer sur la Bible un serment solennel en présence du vicaire général *et* à signer un document juridique devant le juge! En partageant ce secret, il laissait les curés des paroisses surchargées de travail et à court de liquidités dans l'ensemble du diocèse — y compris cette autre paroisse qui faisait également exception— encore plus perplexes face au patronage flamboyant de sa paroisse… Sans compter les malheureux candidats non retenus pour ce travail qui devaient également se demander comment cela avait été possible.

C'était un vendredi. A quatre heures, comme l'exigeait son contrat, Stanley se rendit consciencieusement devant la porte de l'église. Le curé de la paroisse, le Père Donal O'Hegarty, se trouvait déjà là.

"Etes-vous bien installé, Stanley?" Demanda le clerc.

"O... O... Oui merci, P... P... Père."

"Vous avez l'air un peu enroué, Stanley, avez-vous attrapé froid?"

"N... N... Non, mon Père. R... R... Rhume des f... f... foins."

"Oh, ce n'est pas bien grave?"

Stanley estima qu'il ne connaissait pas encore assez son supérieur pour suggérer que le choléra ou la peste bubonique étaient certainement plus graves. Il se contenta donc de sourire.

"Êtes-vous prêt?" Poursuivit le prêtre.

Stanley hocha la tête. Cela évitait de perdre du temps. Les portes de l'église étaient déjà déverrouillées et ils entrèrent tous les deux. Ils se dirigèrent vers une porte au fond de la nef qui portait en lettres rouges l'avertissement: 'ACCES INTERDIT AU PUBLIC' Celle-ci aussi était déverrouillée et ouverte, et la cage d'escalier était éclairée. Ensemble, ils descendirent dans la crypte par un escalier de pierre en colimaçon. Une fois en bas, ils voyaient maintenant tous les deux un coffre-fort métallique scellé dans le mur du fond.

Le coffre-fort était un ajout récent qui facilitait grandement les précautions que les deux hommes devaient prendre. Pendant des décennies, et même des siècles, d'autres procédures et moyens de défense avaient été employés. Bien consciente de la nature faillible de l'homme, et de la raison de sa chute, l'Eglise avait utilisé des moyens, aussi bien moraux que juridiques, pour faire respecter son édit concernant le contenu de ces artefacts qui devaient rester inviolés. En apprenant leur nature infâme, le pape Bonilace I[1] avait publié en 1153 un décret stipulant qu'aucune autre personne ne devrait jamais plus poser les yeux sur eux. Mais! Ah, le fruit interdit! La curiosité tue le chat! Par conséquent, on avait prêté des serments religieux et judiciaires, les plus anciens menaçant de l'enfer, les plus récents d'une sanction financière en cas de manquement. Mais en plus, on avait imaginé des procédures pour qu'*aucune* personne ne puisse plus jamais avoir accès à ces objets. Par exemple, une grosse récompense était promise à celui qui dénoncerait la personne qui aurait pu le tenter lui-même. Pendant des siècles, la complémentarité de stratagèmes de ce genre avait été couronnée de succès.

Stanley s'avança vers le coffre-fort. Le Père O'Hegarty restait à sa place. Stanley composa les numéros du code à six chiffres que lui seul connaissait. Ces numéros étaient également notés sur une feuille de papier sous enveloppe cachetée gardée dans un coffre-fort à la banque, qui ne serait récupérée et ouverte qu'à sa mort ou s'il abandonnait son travail[2], de sorte que le code puisse alors être remis en toute discrétion au nouveau sacristain. Stanley recula ensuite et le Père O'Hegarty s'avança et introduisit une clé dans la serrure du coffre-fort. Le Père O'Hegarty ouvrit le coffre-fort, puis se détourna et fit signe à Stanley de regarder ce qu'ils gardaient avec tant de précaution. Stanley pouvait voir un vieux reliquaire en bois tout à fait ordinaire.

"Est-il là?" Demanda le prêtre.

---

[1] Le nom et la prononciation sont en français.
[2] En fait Stanley ne savait pas que tous les sacristains précédents étaient morts avant l'âge de la retraite. Il faut dire que parmi eux, un jeune homme avait déclaré son intention de démissionner, mais il avait eu tôt fait de glisser et de tomber raide mort dans les Blackhall Rocks un samedi soir - une tragédie dont la profonde tristesse avait été exprimée publiquement à la messe dominicale le lendemain par le vicaire-général, qui rendait visite à la paroisse ce jour là comme par hasard.

"O... O... O... Oui, P... P... P... Père. Il est là."

Alors seulement, le prêtre regarda à l'intérieur du coffre-fort. C'était le rituel. "En effet, il est bien là," entonna le prêtre. "Nous pouvons dormir tranquille." Il y eut un instant de battement. "Aimeriez-vous connaître son nom, Stanley? N'auriez-vous pas envie de jeter un petit coup d'œil à l'intérieur? "Poursuivit-il de manière inattendue.

"N... N... N..." Stanley secoua la tête et referma le coffre-fort. "Il est in... in... in... interdit de le f... f... f... faire."

"Bravo. Vous avez réussi le test," dit une autre voix irlandaise, et une silhouette surgit de l'ombre de la cage d'escalier et entra dans crypte. Stanley n'avait pas soupçonné la présence de cette personne auparavant, mais il reconnut immédiatement les vêtements de cérémonie rouges du cardinal.

Père O'Hegarty tourna la clé et verrouilla le coffre-fort. "Votre Eminence," dit-il, "je pense que vous serez d'avis que nous avons bien choisi notre homme."

"Il semblerait bien," dit l'autre, comme si Stanley n'était pas là. "Par les temps qui courent, c'était absolument crucial. Il y a un nouveau regain d'intérêt pour cette... cette... obscénité. Sa sécurité est dorénavant doublement impérative!" Il se tourna brusquement vers Stanley et le signa d'une bénédiction. "Bravo, jeune homme! Vous avez tenu votre rang! Le rôle que vous avez ici est d'une extrême importance. Je suis sûr qu'il est placé entre de bonnes mains. Que Dieu vous bénisse, mon fils. Je suis également convaincu que vous vous rendez compte que l'offre du Père O'Hegarty n'était pas une véritable tentation mais simplement un test, et donc que vous n'avez pas droit à la récompense."

"Bien su... bien su... bien sûr que non, Votre E... Votre E..."

"Dieu vous bénisse à nouveau. Vous ne verrez donc pas non plus d'inconvénient à signer une décharge en ce sens dès que nous serons de retour au presbytère."

"N... n..."

"Que Dieu vous bénisse trois fois." Là-dessus, le cardinal se mit à grimper les escaliers.

Père O'Hegarty le suivit, tenant fermement la clé dans sa main droite. Stanley avait des copies des clés de toutes les portes de l'église ... mais pas de celle du coffre! Où le Père O'Hegarty gardait cette clé était un secret, aussi étroitement gardé par *lui seul* que le secret du code du coffre était gardé par Stanley. Sur ce sujet, le Père O'Hegarty était soumis aux mêmes contrôles et incitations que son nouveau sacristain.

Plus tard, confortablement assis au sommet d'un *Herby* rembourrée d'un *Kev*, Stanley but d'une traite une bière de célébration directement à la bouteille. Dans l'ensemble, il était très content de ce qui venait de se passer. En outre, des projets se formaient dans sa tête pour modifier le dé de son jeu de 'Calvaire.' De petits crucifix remplaceraient les points qui indiquent normalement les numéros. Il commencerait à travailler là dessus dans la matinée.

Chapitre Deux

Le point de vue du Père Donal O'Hegarty sur sa propre situation était plus nuancé. Nommé à la paroisse juste après ses soixante ans, il avait réalisé que ce travail lui donnerait beaucoup plus de temps pour suivre ses propres centres d'intérêt. Il n'y avait pas d'enterrements. Les baptêmes et les mariages étaient très improbables. Et il n'avait qu'un seul sermon et qu'un seul bulletin à écrire par semaine. En outre, de toute évidence, les confessions n'étaient pas très prenantes. Compte tenu à la fois de la petite taille et de l'âge avancé de sa communauté, le temps passé derrière le rideau pourpre était en grande partie exempt de péchés d'impureté savoureux. Si une exception se présentait, il préférait la laisser se poursuive plutôt que de la soumettre à la règle. Ce que ces sales vieux bougres voyaient en leur prochain était aussi déconcertant que ce pourquoi ils réussissaient encore à se lever le matin! Et les images qu'ils évoquaient alors, le pauvre prêtre les trouvait plus répugnantes que véritablement pornographiques. Mais qu'importe.

Au cours des trois mois précédents, le Père O'Hegarty avait relu tous les romans de Dickens et s'était finalement replongé dans son roman préféré de Fielding: *Tom Jones. Il n'est pas rare*[1] qu'il en soit ainsi, car sa spécialité postuniversitaire avait été le Roman Anglais du dix-huitième siècle.

Il ne faudrait plus très longtemps avant qu'il puisse déterrer sa récolte de pommes de terre de l'année et commencer à distiller une nouvelle cuvée de *poteen*[2]. Il était soulagé que la dernière visite du cardinal d'Irlande ait été aussi superficielle ; il n'avait pas eu à nourrir sa Nouvelle Eminence, ni à la guider dans une visite à

---

[1] NDT : 'It's not unusual', chanson d'un autre Tom Jones, certainement beaucoup plus connu du lecteur— ce qui, croyez le bien, me réjouit !
[2] NDT : Alcool illicite de pomme de terre maison.

travers le presbytère qui aurait pu révéler au grand jour sa distillerie et sa cave.

L'inconvénient majeur de son poste, cependant, était sa position rurale. Des choses dont il avait mortellement peur entouraient le Père O'Hegarty. C'était une croix qu'il supportait depuis longtemps et qui lui avait déjà coûté cher! Dans la plupart des champs alentour, il y avait des vaches. Ces bêtes pouvaient devenir dangereuses quand elles allaitaient leurs jeunes veaux – et d'ailleurs, juste derrière le presbytère, le chemin traversait un pré dans lequel un fermier faisait régulièrement et malicieusement paitre un taureau *limousin*. C'était une bête énorme, terriblement menaçante.

Mais il y avait également les cygnes, qui se rendaient de temps en temps au ruisseau le plus proche, et le P. O'Hegarty savait pertinemment qu'un cygne furieux pouvait vous casser le bras d'un battement d'aile.

Au moment des saillies, le Père O'Hegarty devait aussi éviter les pâturages occupés par des moutons. Il pouvait y avoir un vérin agressif qui se mette à courir avec le troupeau, et ces bêtes étaient connues pour vous casser les jambes d'un seul coup de cornes.

Père O'Hegarty était terrifié par les chiens. Les gens de la campagne en avaient en grand nombre. Quand ils grognaient et lui montraient les dents, leurs propriétaires faisaient toutes sortes de commentaires qui ne tranquillisaient pas le Père O'Hegarty: "Ils sont capables de sentir la peur, mon Père, c'est pourquoi ils grognent contre vous"; "Ils testent votre position dans le peloton, mon Père, vous devez leur montrer qui est le maitre"; "C'est juste un petit chiot espiègle, Père"; "Il a le sens de l'humour, Père."…

Et puis il y avait les chats. Leurs excréments pouvaient vous transmettre la toxoplasmose. Les chauves-souris l'importunaient particulièrement; ces créatures hideuses pouvaient bien avoir traversé la Manche et rapporté la rage —qui en eut douté!

Chaque fois qu'il découvrait un chemin rural relativement sûr le long duquel il pouvait se promener, le Père O'Hegarty prenait toujours un bâton de marche avec une fourche au bout et portait des bottes Wellington, précautions indispensables contre les vipères.

Il s'inquiétait à propos des rats et de la maladie de Weil [1] que ces petites bêtes transmettent par l'urine qu'elles laissent partout. On lui avait dit une fois que vous n'étiez jamais à plus de dix mètres d'un rat où que vous soyez en Angleterre[2] !

Le pire de tout, cependant, c'était les guêpes, bien pires que les abeilles, pourtant déjà assez mauvaises, mais qui avaient leur utilité. Non seulement les guêpes piquaient horriblement, mais elles bravaient sa foi! Il éprouvait beaucoup de difficulté à les intégrer dans le dessein de la création conçu par le Créateur Miséricordieux. Il se répétait pourtant sans cesse qu'un simple mortel comme lui ne devrait pas prétendre comprendre, ni même encore moins remettre en question la totalité de la Finalité Primordiale de Dieu. Il aurait encore à dire des dizaines de chapelet pour se détourner de ce genre de considération. Il s'était même flagellé une fois avec des tiges de ronce pour dissiper ses doutes. Mais le ver tourillonnant de chacun de ses questionnements n'était jamais définitivement enterré. Pourquoi les guêpes existaient-elles? Quelle était la finalité des guêpes? A quoi avait-Il pensé, au nom du Ciel, quand Il avait créé les guêpes? (Et les chauves-souris!) De manière insidieuse, cette question refaisait inexorablement surface à chaque fois que le prêtre troublé rencontrait une guêpe ou un *frelon* —Quelle guêpe *baroque* ! La seule pensée des *frelons* le faisait pâlir et trembler. La réponse un jour nous sera révélée!

---

[1] Prononcer "vil"— ce qui est vrai de toutes les maladies.
[2] Le lecteur fera ce qu'il voudra de cette affirmation.

Mais une guêpe bourdonnait autour de la table de pique-nique quand le Père O'Hegarty s'aventura dans son jardin le lendemain matin de son rendez-vous dans la crypte avec son nouveau sacristain et le nouveau Cardinal d'Irlande. Il devait en quelque sorte passer par-delà l'horreur pour parvenir là où il voulait aller. Il ne savait pas que l'intermède de la guêpe, qui était sur le point de se dérouler, allait être épié depuis un bosquet non loin de là. Des jumelles étaient même dirigées sur le jardin du presbytère et ce que l'observateur allait voir, l'observateur en serait très surpris, et il comprendrait même que cela pourrait présenter un grand potentiel!

Père O'Hegarty bascula soudain en avant et agita les bras, comme un boxeur lançant et contrant des coups de poing. Toujours comme un boxeur, il se mit soudain en position accroupie, puis donna des petits coups rapides et entrelacés, entreprit des rétropédalages à grande vitesse, en avant et en arrière, longeant le bord de la table, toujours apparemment dans le but d'esquiver ou de repousser les coups d'un ennemi invisible qui chercherait à l'envoyer dans des cordes tout aussi invisibles.

L'homme aux jumelles ne pouvait pas deviner à ce moment là le pourquoi du comment de cet ennemi invisible, mais les profération du prêtre parvenaient jusqu'à lui, traversant le clair éther du matin.

"Abomination! Allez-vous-en! *Disparaissez* !"

Soudain, le prêtre s'enfuit et se barricada dans la maison. L'observateur attendit. A un moment donné, le prêtre réapparut avec une tapette à mouche. L'observateur fut de nouveau intrigué. En effet, une sorte d'insecte volant apparut de manière évidente! Le prêtre prenait clairement l'offensive maintenant. "Où êtes-vous, espèces de petites bestioles? Ah, vous êtes *là*! Mourez! *Mourez*!" Il abattait violemment la tapette à mouche sur la table, et faisait brusquement des bonds en arrière. "Putain! Enfoirée! Arrête-toi un peu! Pose-toi! *Meurs*! "La tapette à mouche s'abattit une nouvelle fois sur la table. "*Là* ! *Tu* l'as bien mérité, sale petite chienne!"

Après avoir éliminé de ce monde une toute petite partie de la création de Son Créateur avec une immense satisfaction, le Père O'Hegarty ramena la tapette à mouche à la maison, puis ressortit très vite et contourna sa demeure en direction de l'église.

Prudemment, l'observateur émergea du bosquet dans le pré et amorça une approche du presbytère. Comme il faisait cela, le taureau *limousin* et le troupeau de vaches et de veaux, qui étaient tout près, le dévisagèrent. Prenant soudain conscience de leur présence, l'homme s'arrêta, se retourna et regarda fixement le taureau. Pendant quelques secondes, le taureau lui rendit son regard, puis détourna lentement la tête, mugit doucement en direction du reste du troupeau et entreprit de le mener loin de l'homme, à l'extrémité la plus éloignée du champ.

L'homme reprit sa marche jusqu'à la porte du jardin du presbytère. Il l'ouvrit et inspecta la table de pique-nique. Il y trouva une guêpe aplatie. "Ah, tout ça pour *ça*! C'est bien ce que je pensais!" Plutôt amusé par ce à quoi il venait d'assister, il songea "Voila quelque chose dont je pourrais me servir!" Déjà, dans son esprit malsain, naissait le germe d'une machination diabolique. Il s'enthousiasma.

Il retourna vers le champ afin qu'aucun promeneur ne le vît sortir par le portillon qui donnait sur la rue.

Il était venu à cet endroit poussé par une suspicion maligne. Bien que, à l'occasion, le reste des curés du diocèse ait pu se poser des questions, ils étaient tellement à court d'argent et ployaient tant sous leur charge qu'ils n'avaient ni le temps ni l'énergie de réfléchir à cette énigme, et encore moins de tenter de la résoudre. Mais il en était tout autrement de notre homme! Il soupçonnait dans cette affaire un stratagème d'une telle subtilité machiavélique que seul l'esprit moyenâgeux d'un Papiste pouvait le concevoir. L'insignifiance et la confidentialité, l'improbabilité même du lieu, étaient certainement les raisons pour lesquelles celui-ci avait été choisi, afin de cacher des choses que notre homme voulait découvrir. Il ne savait pas encore avec certitude ce qu'il en était, mais nourrissait déjà de fortes présomptions, et se donnerait les moyens de le vérifier !

En plus, cette personne rusée et maligne connaissait la vraie nature du genre de choses qu'il cherchait. Il avait été l'un des rares parmi le petit nombre d'individus qui, au cours des siècles, avaient jamais réussi à pénétrer des archives étroitement gardées dans le plus grand secret, à examiner des documents proscrits et ainsi à supposer les raisons pour lesquelles depuis si longtemps un Pape gardait certaines choses à tout jamais secrètes. Et par conséquent, maintenant, il les convoitait comme un carcajou traque de la chair fraîche, comme une chauve-souris vampire fond sur le sang rouge, comme une vache de mer convoite des canneberges mûres.

Il marcha lentement jusqu'à l'étroite route de campagne bordée d'herbes folles —elle était si rarement empruntée— s'éloigna du presbytère et s'en fût vers l'église. Le prêtre se tenait justement dans l'enclos devant le porche d'entrée, absorbé dans une conversation avec un jeune homme. Comme on ne l'avait pas encore remarqué, il écouta le bégaiement du pauvre jeune homme, et entendit le prêtre lui demander ce qu'il pensait du métier de "Sacristain," et demander aussi son avis sur "Le Coq d'Or" — Une auberge située sur un carrefour à environ un mile de Grimdon. Notre homme fit semblant d'attacher son lacet pour se donner du temps et éviter qu'on l'aperçût, afin d'entendre la réponse du jeune homme et le reste de cette petite conversation. Le jeune homme finit par dire qu'il était satisfait de son travail et qu'il aimait bien se rendre au pub le dimanche soir quand il n'y avait personne. Notre homme en prit bonne note.

Sa *Citroën GS* orange était garée un demi-mile un peu plus loin sur la route. Déjà, son esprit fourmillait de projets. Nous étions seulement au milieu de la matinée. Il irait à Middlesbrough. Il se procurerait un équipement d'apiculteur, un filet de pêche pour enfant, deux bocaux avec couvercles —un grand et un petit— et un enregistreur pour lui permettre de formuler à l'improviste toutes les considérations qui lui viendraient à l'esprit. Les premiers articles furent faciles à trouver. Sa dernière acquisition lui demanda un peu plus de temps, mais tout le temps qu'il passa à la chercher, il l'utilisa aussi bien à démêler et à préciser les idées qu'il enregistrerait. Finalement, il trouva exactement ce qu'il voulait. Il était vraiment très content des évènements de la journée.

* * *

Père O'Hegarty et Stanley Crook ne se doutaient pas que leur conversation avait été écoutée et qu'elle était devenue le fil conducteur de projets infâmes, alors qu'ils profitaient tranquillement de cette belle matinée. Stanley travailla à son jeu de société. Père O'Hegarty lut encore un peu Fielding en buvant à petites gorgées son *alcool de pomme de terre maison*.

* * *

L'homme, quant à lui, était retourné dans le cottage qu'il louait dans les environs et déballait ses achats. Il vida le vinaigre du grand pot de cornichons, jeta les légumes dans la poubelle, imprégna le bocal vide d'eau chaude et de liquide vaisselle et fit des petits trous dans le couvercle avec un tournevis. C'était le plus grand pot qu'il ait pu trouver. Ensuite, il vida à la cuiller la purée de poisson du petit bocal et jeta également son contenu dans la poubelle avant de le faire également tremper dans de l'eau chaude et du liquide vaisselle . C'était aussi le plus petit pot qu'il ait pu trouver. Il ne perça pas le couvercle, mais se contenta de le nettoyer.

Il se préparait donc à une entreprise qu'il décida de remettre à la semaine suivante. Il était plus impatient de voir ce qui se passerait le lendemain soir. Il continuait pour cela de se répéter la fable qu'il allait mettre en scène.

Chapitre Trois

Au cours du dimanche après-midi, Stanley eut une autre idée pour son jeu de 'Calvaire' dont il était assez content. Il y aurait une case appelée 'Les deux voleurs.' Et à côté un rectangle sur lequel seraient placées dix cartes, face cachée. Cinq des cartes porteraient la mention: 'Bon larron'; cinq d'entre elles porteraient la mention: 'Mauvais voleur.' Les cartes seraient mélangées avant le début de la partie. Le joueur qui atterrirait sur la case 'Les deux voleurs' aurait à retourner la carte au dessus de la pile. Si le joueur retournait une carte 'Bon larron', il ou elle se rendrait immédiatement sur la case 'Résurrection' et très probablement gagnerait la partie. Cependant, si le joueur retournait une carte 'Mauvais voleur' au dessus de la pile, il ou elle devrait retourner à la case: 'Jésus est flagellé au pied de la colonne —passer deux tours' et il devrait attendre avant de reprendre sa lutte acharnée et ainsi de suite.

Le remaniement du dé, le graphisme de ses différentes faces, et maintenant ces nouvelles cartes, rendaient à merveille. Stanley se demanda même, pendant un bref instant, aux alentours de six heures et demie, combien d'autres génies avaient bégayé avant lui à travers l'histoire.

Il avait aussi un autre motif de satisfaction personnelle — ses dents. Elles étaient blanches et parfaitement alignées. Il les soumit à un brossage particulièrement énergique avant de se rendre au pub vers sept heures moins vingt.

Un mois de juillet particulièrement ensoleillé venait de laisser place à un mois d'août radieux sur l'ensemble de l'Angleterre, et la marche d'un mile et demie de Stanley en direction du "Coq d'Or" fut paradisiaque. Le feuillage des arbres était d'un vert éclatant et les haies commençaient à éclore de mille fleurs sauvages ; les narines de Stanley en captaient avec ravissement des parfums subtils, malgré son allergie. Les oiseaux lançaient gaiement leurs trilles alentour; les grillons stridulaient joyeusement. Et —par conséquent, devrait-on dire — un élan de courage jaillit de sa poitrine. Ce soir, il pourrait bien faire plus que de bégayer en commandant sa pinte de bière anglaise. Il dirait : 'S'il vous plait, Cheryl.' Et il aimerait tellement lui dire tant d'autres choses encore.

Il pensait souvent que bégayer, c'était un peu comme essayer d'être vraiment cool avec une poulette française sexy alors que vous êtes nul en français.

Stanley voulait inviter Cheryl dans son cottage pour lui montrer ses jeux de société, mais il savait en même temps qu'un tel plan de drague était d'une naïveté consternante, vouée lamentablement à l'échec, si tant est qu'il arrive à finir sa phrase avant qu'elle perde l'envie de vivre!

D'un autre coté, il était loin d'être évident qu'un de ses jeux soit un jour accepté et commercialisé par une entreprise digne de ce nom. Donc, s'il n'assurait pas lui-même sa production et sa distribution —une perspective angoissante qu'il n'avait jamais sérieusement envisagée— toutes ces choses dont il était si fier ne seraient jamais appréciées par quiconque, à moins qu'il ne les révèle lui-même. Et il aimerait tant que ce soit à quelqu'un comme Cheryl, par exemple, plutôt qu'au Père O'Hegarty! Stanley glissait sur les pentes vertigineuses d'une montagne de désespoir.

Cheryl était en train de tirer une pinte quand Stanley entra dans le pub, et la vue de son décolleté magnifiquement suggestif lui donna des frissons insoutenables... il perdait déjà tout contrôle! Il comprit que lutter contre son bégaiement dans cet état serait aussi insurmontable que de gravir l'Everest. Il fut soulagé de constater que la table dans le coin où il se tenait d'habitude était libre.

Elle servait quelqu'un assis au bar que Stanley n'avait jamais vu auparavant. C'était un homme trapu, vêtu d'un costume trois-pièces en lin blanc froissé. Stanley remarqua une chaîne de montre en or qui dépassait de la poche de son gilet. Le crâne de l'homme était totalement dégarni. Il avait des oreilles plates et sans lobe, des yeux exorbités aux reflets ambrés, et son menton saillait à peine de son cou en un renflement imperceptible. Sa peau ressemblait à un vieux parchemin, et ses dents se révélèrent tordues et jaunies quand il sourit à Cheryl.

Cheryl plaça un verre devant l'homme, encaissa et rendit la monnaie. Alors elle porta son attention sur Stanley. "Re bonjour," dit-elle, en lui lançant un sourire à vous couper les jambes et à vous aplatir les bourses. "Comme d'habitude?"

Ce fut tellement agréable, pas seulement du fait qu'elle l'ait reconnu et se soit souvenu de sa boisson, mais aussi parce qu'elle lui avait évité de dire ce qu'il aurait vraiment eu du mal à dire. Stanley était déjà amoureux. Il aurait pu simplement hocher la tête, mais il se força à dire, "O... oui s'il vous plaît." Il ne savait pas pourquoi, mais, rhume des foins ou non, 'oui' était beaucoup plus facile à dire que 'pinte.' Comme c'était bizarre!

"Vous avez l'air enrhumé," poursuivit-elle. "Vous n'avez pas pris froid par ce temps, j'espère!"

"N... N... N... non, r... r... r... rhume des f... f... foins."

"Oh! Il n'y a rien de pire ".

Stanley aurait aimé lui dire: 'Eh bien, en fait, si la variole et le botulisme ne sont pas plus graves, alors ce n'est pas grand-chose', et rire en connaissance de cause, l'impressionner par son esprit autant que par sa dentition. Au lieu de cela, il découvrit timidement les dents dans ce qui ressemblait à un pâle sourire. Balbutiant des remerciements, il la paya, ramassa sa monnaie, sa boisson, et le journal qui trainait comme d'habitude sur le zinc, et il retourna dans son coin, tout simplement pour soulager sa peine. Il aurait pu ajouter que, comparé au rhume des foins, le bégaiement était bien pire.

Il n'avait pas avalé plus de trois tristes gorgées de sa pinte et déplié la première page de son journal, quand il prit conscience de la présence de l'homme, assis tout à l'heure sur un tabouret, maintenant debout à côté de lui, la pinte à la main. Stanley leva les yeux vers lui.

"Excusez-moi, mais cela vous délangerait-il beaucoup si je vous tenais compagnie quelques minutes, s'il vous plaît?" demanda l'homme qui lui sourit de son sourire aux dents jaunes toutes abimées, véritable antithèse de celles de Stanley.

Stanley détecta un léger accent étranger, bien que l'homme parlât couramment anglais."P... P... P... pas du tout."

"Pelmettez-moi de vous plésenter ma calte," continua l'homme en remettant à Stanley une carte de visite sur laquelle était écrit:

Jacques Frelon[1]
Spécialiste du Discours et de la Langue

"J'espère que je ne vous importune pas, mais je n'ai pas pu m'empêcher de remarquer votre bégaiement. Je suis spécialisé dans ce domaine... Je viens juste d'arriver dans la région pour rendre visite à un compatriote académicien à l'Université de Durham. Je prépare actuellement un doctorat qui étudie le phénomène du délai atypique chez les bègues. Si vous étiez disposé à m'aider dans mes recherches, je pourrais peut-être vous aider dans une certaine mesure. Je mets au point depuis un certain temps des techniques qui donnent des résultats encourageants dans la lutte contre votre problème. Au cas où vous seriez intéressé, mon mémoire de maîtrise portait sur le délai *typique* chez les bègues. Ce n'est pas un

---

[1] NDT : En français dans le texte. Je le précise parce que pour le lecteur anglais, c'est comme si je vous avais dit : James Hornet. Difficile alors de faire le rapprochement avec la phobie du père O'Hegarty.

ouvrage très connu, je l'admets, mais il a été publié dans des revues scientifiques, et je vous le garantis, il est reconnu comme une œuvre fondatrice de grande importance. Car, bien entendu, il faut définir ce qui est normal pour comprendre ce qui est anormal. Vous comprenez sûrement cela, *non* ?" Pendant une fraction de seconde, l'homme craignit, comme on dit, d'avoir 'mis un peu trop d'œufs dans son pudding', mais non! Stanley en redemandait!

"O... O... oui! M... m... m... mais m... m... merci. Qu... qu... qu'est ce qu... qu... qu'il faut... f... f... faire? "

Il fut impressionné que l'homme ait attendu patiemment la fin de son babillage, sans anticiper sur ce qu'il essayait de dire ni terminer la phrase à sa place, comme cela arrivait si souvent, et déclenchait toujours dans l'esprit de Stanley des pulsions meurtrières. Donc, en plus de la perche —n'importe quelle perche—- à laquelle Stanley se serait de toute façon raccroché à partir du moment où elle était tendue, l'attitude de l'homme porta naturellement Stanley à considérer favorablement sa proposition.

"J'aimerais passer un peu de temps avec vous, idéalement dans un endroit confortable, avec un magnétophone pour enregistrer votre voix. Ce serait à la fois une collecte de données pour mon étude et un diagnostic afin de déterminer le meilleur traitement à vous proposer. Je pourrais également vous apprendre des techniques de relaxation. La première session durera une heure. Après cela, peut-être deux ou trois séances plus courtes pour vous expliquer les techniques à suivre et comment les pratiquer. Vous auriez du temps demain?"

Stanley acquiesça vigoureusement.

"Excellent! Alors peut-être demain après-midi, par exemple. Vers deux heures?"

Stanley acquiesça de nouveau vigoureusement.

"Où?"

"Ch… ch… chez moi?"

"Ce serait idéal. Et où est-ce?"

"J... j... juste à u… une... m… minute." Stanley sortit un stylo de la poche intérieure de sa veste d'été, dessina un plan et écrivit son nom, son adresse et son numéro de téléphone sur un carton de bière.

L'homme le prit et l'examina pendant un moment puis il déconcerta à nouveau Stanley de son sourire déchiqueté aux dents jaunes. "Oui. C'est très clair. Merci. Maintenant, je dois y aller. A deux heures demain, alors, Stanley." Il se leva et offrit à Stanley une main à serrer. L'élan d'enthousiasme qu'il avait ressenti pendant leur rencontre fut sérieusement douché lorsque Stanley prit la main de l'homme. L'expérience ressemblait à s'y méprendre à se saisir une poignée d'asticots.

Stanley finit sa bière.

Contrairement à ses habitudes —et peut-être à cause des sentiments contradictoires qu'il éprouvait alors— Stanley décida de s'offrir une seconde pinte. Quand il s'approcha du comptoir, un jeune homme mince, de taille moyenne, se tenait là. Cheryl était en train de lui tirer une pinte. La splendeur de son décolleté affecta de nouveau Stanley profondément, et son émotion fut à son comble au moment de commander sa pinte. Mmm! Quand Cheryl portait son attention sur lui, cela lui coupait toujours les jambes et lui aplatissait les bourses.

"Connaissez-vous le type qui vient de vous parler?"

"N… n… n…"

"Vous ne le trouvez pas un peu bizarre? Il me fait penser à un crapaud."

"Il m'avait plutôt l'air d'une 'glenouille'," dit le jeune homme d'un ton léger. Et il éclata d'un rire bruyant.

Cheryl lui adressa un bref regard réprobateur.

Stanley, quant à lui, haussa simplement les épaules. "Une autre p… p… p…" commença-t-il.

"Pinte," ânonna le jeune maigrichon.

Stanley serra les poings et hocha la tête.

Cheryl fusilla le jeune homme du regard, trahissant un agacement palpable. Avec une indifférence superbement affichée, elle commença à tirer la deuxième pinte de Stanley, qui eut à nouveau les jambes coupées et les bourses aplaties. Et elle lui dit: "Vous devenez un habitué. Vous avez donc emménagé dans la région?"

"Ou… ou… ou… oui." Il lui tendit un peu d'argent.

"Où donc?"

"Gr… Gr… Gr…"

"Grimdon Lea," termina le jeune homme à sa place.

Stanley grinça des dents. Cheryl, à nouveau furieuse, se tourna vers la caisse pour rendre à Stanley sa monnaie. Stanley ne le savait pas, mais Cheryl avait été soulagée d'apprendre que cet homme s'en allait le lendemain matin. Si seulement l'auberge avait été pleine quand il était arrivé. Il en aurait eu mal au trou de balle à chaque fois qu'il aurait mis les pieds au bar. Il avait un accent tintinnabulant comme le caquètement d'un canard ; il répétait tout le temps qu'il prenait ses vacances dans le Nord pour la première fois, comme si toute la région devait lui en être reconnaissante! C'était un vendeur de nains de jardin de Twickenham! Il conduisait une Ford Zephyr! Il habitait un appartement de deux pièces au dessus du "Rawalpindi"! Il devait juste descendre les escaliers pour bouffer dans ce fichu bouiboui indou! Il lui racontait ça comme si c'était extraordinaire, et pour s'en rendre compte, elle devait le supplier de venir passer un week-end coquin avec lui à Twickenham, extase au lit et bouffe orientale comprise. Mais en fait, elle le prenait tout simplement pour un joli petit tas de merde.

Pendant que Cheryl était encore occupée à la caisse, Stanley déglutit les deux tiers de sa pinte, bien décidé à quitter les lieux au plus vite.

Cheryl lui rendit la monnaie et lui demanda: "Avez-vous un boulot dans le coin? Qu'est-ce que vous faites?"

Stanley acquiesça. "Sex… sex… sex…"

"Tu cherches un bon coup par ici, pas vrai?", dit le jeune homme, partant d'un grand rire et lançant un regard complice à Cheryl.

Les yeux de Cheryl se révulsèrent et elle se contenta de dire à Stanley, "Oh, excusez-moi une minute, s'il vous plaît." Elle se retourna et rouvrit sans raison la caisse enregistreuse, pour prendre le temps de calmer sa fureur.

"Sacristain," réussit finalement à prononcer Stanley en contemplant les formes exquises du postérieur de la barmaid.

Il vida soudain le reste de sa pinte en trois gorgées rapides, pivota sur lui-même et envoya un bon coup de genou dans l'entrejambe du jeune homme. Sa victime gémit, s'affaissa, se tenant désespérément d'une main au bar pour éviter de tomber par terre. Son autre main enveloppait ses parties atrocement meurtries. Cheryl se retourna, consciente que quelque chose s'était passé. Elle constata que le visage empourpré du jeune homme à bout de souffle avait doublé de volume et remarqua le sourire à la dentition éblouissante qui s'épanouissait sur le beau visage de Stanley. Alors, elle se rendit compte que son verre était vide.

"Non de Dieu, quelle descente!"

"J'avais soif", déclara Stanley. "A bientôt."

Un sourire et un léger rougissement se propagèrent lentement sur le visage de la fille, mais malheureusement Stanley ne prit pas le temps de s'en rendre compte.

* * *

En rentrant à son cottage par la route bordée d'arbres et couverte de pollen, il avait l'air plutôt désinvolte malgré ses éternuements ; il décida de demander le lendemain à *Jacques Frelon* s'il avait des chiffres sur la fréquence du bégaiement chez les détenus condamnés pour crimes de sang par rapport à la population en général —qui est généralement non-violente.

Chapitre Quatre

Qui avait le plus envie de revoir l'autre, de Stanley ou de l'homme qui se faisait appeler *Jacques Frelon* ? On pourrait en discuter. Quoi qu'il en soit, ils se congratulèrent avec effusion devant la porte de Stanley à l'heure dite.

L'invité de Stanley entra dans la maison et déposa sa serviette et un petit enregistreur à cassette sur *Dave*. Il observa avec attention les nouveaux meubles de Stanley et lui fit des compliments dithyrambiques. "Oh! C'est excellent! Quelle imagination! Je ne peux pas imaginer qu'un designer parisien invente une ligne aussi audacieuse… Très subtil! Nous avons beaucoup à apprendre de vous, les anglais, par les temps qui courent…"

Stanley lui montra le catalogue. "Mmm! *Alby*, *Bert*, *Herby*…Quelles appellations!" s'exclama-t-il pour marquer son approbation.

Stanley était enchanté. "P…p…p…puis-je vous off…off…off…offrir un v…v…v…verre?"

"Que buvez-vous?"

"Je pr…pr…pr…préfère une b…b…b…bière."

" Une bière, c'est parfait pour moi, merci."

Stanley posa sur la table deux verres, un ouvre-bouteille et se dirigea vers le frigo. Il revint avec deux bouteilles, les déboucha et les vida dans les verres. Alors qu'il rapportait les deux bouteilles vides, l'homme qui se faisait appeler *Jacques Frelon* vida un sachet de poudre dans le verre de Stanley. Comme il fallait du temps pour la dissoudre, il demanda tout de suite à Stanley de brancher l'enregistreur à une prise et suggéra de faire le tour de la maison.

Finalement, ils se retrouvèrent autour de la table et levèrent leurs verres. L'homme remarqua que Stanley fronçait un peu les sourcils à la première gorgée, mais il se contenta de hausser les épaules et continua de boire.

"Bon", dit l'homme. "Vous êtes prêt?"

Stanley hocha la tête comme d'habitude, pour gagner du temps.

L'homme reprit. " J'ai ici un morceau de prose que je voudrais que vous lisiez et je vais vous enregistrer. Mais laissez-moi d'abord vous expliquer. Il est —ou du moins j'espère que vous le trouverez —tout à fait insipide. Parce que les sujets qui nous émeuvent ou nous enflamment engendrent chez le bègue un niveau supplémentaire de difficulté ... ce qui accentue son trouble. Je veux éviter ce niveau supplémentaire pour voir où ...comment dire... où se situe votre niveau d'assise. Vous comprenez ?"

Stanley hocha la tête.

L'homme prit dans sa serviette une fiche plastifiée au format A4 et la tendit à Stanley. Il positionna ensuite les doigts sur les boutons LECTURE et ENREGISTREMENT de l'enregistreur et avertit Stanley, "Hochez la tête quand vous serez prêt."

Stanley hocha la tête.

L'homme appuya sur les boutons. Et Stanley commença à lire à haute voix le texte suivant:

> Les moyeux des roues de la Citroën GS sont boulonnés à des bras oscillants qui pivotent aux extrémités de chaque essieu. Chaque bras oscillant est associé à un cylindre contenant un piston actionné par un fluide hydraulique sous pression qui s'introduit ou se retire selon l'ouverture ou la fermeture des soupapes d'admission et d'échappement commandées par le mouvement des barres antiroulis avant et arrière. Dans la partie supérieure de chaque cylindre se trouve une soupape d'amortissement qui régule la vitesse à laquelle le fluide hydraulique pénètre ou ressort d'une sphère en métal fixée en haut du cylindre. La

sphère contient un diaphragme en caoûtchouc flexible que le fluide met sous pression. De l'autre coté du diaphragme, dans la partie supérieure de la sphère, se trouve de l'azote gazeux qui agit comme un ressort.

Seule la détermination à poursuivre son but pernicieux permit à l'homme de garder son calme devant l'entêtement de Stanley à aller jusqu'au bout du passage.
Stanley but à nouveau de la bière quand il eut enfin fini, et l'homme s'en réjouit.

"Maintenant", poursuivit celui qui se faisait passer pour *Jacques Frelon*, "je vais enregistrer — pour l'analyser— votre réaction à l'anticipation de la rime et au rythme d'un texte, pour voir si cela vous est personnellement profitable ou non. Vous autres, anglais, avez ces poèmes appelés 'Limericks'[1], n'est-ce pas? J'en ai quelques exemples, mais si vous en connaissiez un vous même, ce serait encore mieux. "

Stanley hocha la tête. "M…m…m…mais il est t…très g…g…g…grossier!"

"La plupart le sont. *Qu'importe*! Voudriez-vous d'abord me l'écrire, s'il vous plait?"

Stanley s'exécuta, et il faut le dire, avec un certain enthousiasme. Voici ce que l'homme put finalement lire:

---

[1] NDT : Un *limerick* est un poème humoristique composé de 5 vers de caractère souvent grivois, irrévérencieux ou irréligieux. Les deux premiers vers ont trois accents, et riment entre eux ; les deux suivants ont deux accents, et riment entre eux ; Le dernier a trois accents, et rime avec les deux premiers.

"There was a young Bishop from Birmingham,
Who liked to fuck girls when confirming 'em.
He'd pull up each nightie,
And praise The Almighty,
And pump his episcopal sperm in 'em." [1]

"Je vois ce que vous voulez dire," dit l'homme d'un air amusé, avec un détachement très professionnel. "Mmm, l'assonance du dernier vers est très intéressante!" De toute évidence, l'œuvre d'un expert érudit dans sa langue! Stanley était à la fois flatté et impressionné!

En son fort intérieur, l'homme exultait d'une allégation aussi égrillarde et irrévérencieuse à propos de la dépravation du clergé. Ses sentiments devenaient également plus chaleureux à l'égard de Stanley. Un petit pincement inhabituel de remords effleurait son cœur au regard de l'utilisation cynique qu'il allait faire de ce jeune homme handicapé, et il prit envers lui une décision de bienveillance inattendue avant de réintégrer sa carapace de malice. Son penchant naturel lui rappela que le seul Bon Samaritain qui n'ait jamais existé était mort depuis longtemps.

Il reprit sa mascarade. A nouveau, l'enregistreur à cassette fut mis en marche, et il attendit patiemment que Stanley s'exécute. A nouveau, à son grand ravissement, Stanley but encore de sa bière quand il eut fini.

"Je veux voir maintenant ce qui se passe quand l'anticipation de la rime s'annonce, mais qu'elle est contrariée. Je

---

[1] NDT : "Il y avait un jeune évêque à Birmingham,
    Qui baisait les fillettes en les confirmant.
    Il soulevait la nuisette de chacune d'elle,
    Et louait le Seigneur, notre Père Eternel,
    Puis pompait son sperme épiscopal dedans ".

vous propose un autre 'Limerick, 'sauf que, cette fois, c'est d'une certaine manière un 'non-Limerick ' Vous allez voir ce que je veux dire. Lisez ceci s'il vous plaît."

> "There was a young man from Tralee,
> Who was stung on the neck by a wasp.
> When asked: "Did it hurt?"
> He said: "No, not at all,
> It can do it again if it likes." [1]

Stanley en lut encore un troisième, la session d'enregistrement se prolongea. Quand ce fut terminé, l'homme complimenta les efforts de Stanley avec emphase. Ils finirent leurs bières. Pendant tout ce temps, l'homme observait Stanley de près. Il attendait l'apparition des signes tant espérés: une langueur dans son attitude, la dilatation de ses pupilles, et finalement un sourire béat de satisfaction intérieure.

"Ainsi s'achève ma collecte de données. Je ne vous remercierai jamais assez. Maintenant, puis-je passer aux techniques de relaxation dont je vous ai parlé? Je voudrais, avec votre permission, bien entendu, tenter une hypnose. Je ne peux pas garantir qu'elle éliminera totalement votre bégaiement du jour au lendemain, mais elle vous permettra certainement d'oublier un peu l'anxiété que le bégaiement génère en vous et cela, bien sûr, vous sera extrêmement utile. Êtes-vous prêt à y consentir?

---

[1] NDT : "Il y avait un jeune homme à Tralee,
>   Qui fut piqué au cou par une guêpe.
>   Lorsqu'on lui demanda: «Est-ce que ça fait mal?"
>   Il répondit: «Non, pas du tout,
>   Elle peut bien recommencer quand elle veut. "

On s'attend à 'bee' (abeille) et non à 'wasp' (guêpe) pour la rime. Il existe de nombreuses versions de ce limerick, dans lesquelles, allez savoir pourquoi, la rime n'est jamais au rendez-vous…

Stanley se sentait tellement en harmonie avec le monde qu'il n'hésita pas une seconde. L'homme sortit sa montre en or de la poche de son gilet et commença à la balancer lentement devant les yeux de Stanley. Sa voix se fit susurrement soporifique, et en moins d'une minute, Stanley tombait dans une profonde hypnose.

Trois minutes plus tard, l'homme qui se disait, mais n'était pas *Jacques Frelon,* savait tout ce que Stanley pouvait lui dire —le secret du code à six chiffres, le rituel du vendredi après-midi, les allées et venues des clés dans l'église, le contenu du coffre-fort et l'existence de l'autre clé, celle gardée par le prêtre. L'homme était désormais convaincu d'avoir trouvé ce qu'il cherchait et qu'il en prendrait bientôt possession. Puis, après avoir effacé tout souvenir de ce qui venait de se passer dans l'esprit de Stanley, une perle inattendue de bonté apparut dans le granit de son cœur, qui l'amena à utiliser avec philanthropie une partie de sa toute puissance au bénéfice de Stanley.

Un peu plus tard, lorsqu'il en reçut l'ordre, Stanley sortit de sa transe.

"Comment vous sentez-vous?"

"Je me sens bien. Totalement détendu. Merci ", dit Stanley, sans la moindre hésitation. "Oh mon Dieu! Hou la la! Merci!"

"S'il vous plait, s'il vous plait! Pas encore. Permettez-moi de vous mettre en garde. Vous êtes actuellement anormalement serein à cause de ce qui 'vient juste' de se passer. Il y aura probablement une rechute, quand l'effet va se dissiper, et surtout quand vous vous trouverez dans une situation difficile ou stressante. Nous avons encore du chemin à faire et beaucoup de travail. Puis-je vous proposer le même horaire la semaine prochaine pour une autre séance, et d'ici là, bien sûr, j'aurais fait une analyse approfondie de vos enregistrements, ce qui nous orientera vers de nouveaux traitements. *Eh bien*, je prends congé. A la semaine prochaine."

* * *

En écoutant l'enregistrement des révélations de Stanley, l'homme, assis dans sa voiture, sourit abominablement et partit d'un rire croassant et méphistophélique.

* * *

Stanley, quant à lui, écoutait de la musique ; il sautillait, tournait en rond avec *Dave* et, entre deux gorgées d'une nouvelle bouteille de bière, il déclamait devant les murs de sa cuisine/salle à manger le flot débridé de toutes les choses dont il ferait bientôt part à Cheryl.

Chapitre Cinq

L'ordination de Donal O'Hegarty avait inauguré un ministère dans lequel la hiérarchie catholique irlandaise avait placé de grands espoirs. Issu d'une famille riche et respectée Dublin, Donal avait été un étudiant prêtre très prometteur et avait continué ses études en obtenant une première place à la Trinité de Théologie ainsi qu'une maîtrise de littérature anglaise. Ses sermons démontraient sans conteste qu'il était vraiment "béni pour le boniment." Il était aussi d'une saisissante beauté, avec cette combinaison celtique frappante de cheveux noirs et d'yeux bleus perçants! Qui plus est, il était doté d'une voix de ténor particulièrement agréable. Certaines personnes le surnommaient déjà "Le Caruso de la chasuble!" Un vendredi Saint dans la cathédrale de Dublin, il avait interprété en solo un "Ave Maria" de Bach d'une si poignante beauté que des hommes cultivés avaient pleuré ouvertement et que des religieuses s'en étaient pâmées sur leurs bancs. Il était alors clairement destiné à aller loin...

Cependant, de manière absurde, pendant sa jeunesse, au cours d'une seule visite à la ferme familiale dans le Connemara, il avait croisé le serpent qui finirait par le bannir de sa promesse d'Eden. En effet, un véritable serpent fut à l'origine de sa déchéance! Une morsure de vipère expédia ad patres sa vieille grand-tante Dympna, et ses parents l'emmenèrent là bas pour cette raison. C'était la première fois que Donal quittait Dublin. C'était aussi la première fois qu'il voyait un cadavre. Il se tenait devant le cercueil ouvert derrière son grand-oncle Fergal —le plus jeune frère de Dympna — quand il l'entendit murmurer, admirant le talent des embaumeurs, "Oh, bien sûr, si elle avait eu cet air là quand elle est morte, elle serait encore de la fête aujourd'hui!" Plus tard durant la veillée mortuaire, alors que Guinness et *alcool de pomme de terre maison* déliaient les langues, Donal apprit comment Fergal lui-même avait échappé de justesse à la mort quelques jours auparavant en voltigeant par-dessus une murette de pierres sèches pour éviter la charge d'un taureau. Un tel athlétisme à un si grand âge méritait que l'on boive à sa santé. La Guinness et *l'alcool de pomme de terre maison* avaient coulé de nouveau.

"Est-ce que personne ne t'a jamais dit, " lui avait demandé tante Bernadette peu de temps après, "que la campagne est un endroit terriblement dangereux? Sais-tu que les vaches peuvent être plus méchantes que les taureaux quand elles allaitent leurs veaux? Et laisse-moi te raconter aussi comment, à l'âge de neuf ans, mon bras a été brisé par un cygne sauvage à Coole! "Elle le lui raconta avec des détails aussi insolites que macabres.

Ce fut aussi elle qui le mit en garde le jour où il réussit à faire reculer "Paisley," le Chien-loup Irlandais, alors qu'il gardait la ferme, attaché par une longue laisse au poteau de clôture près de l'entrée. "Maintenant, écoute moi bien, Donal, ce chien n'est pas d'un naturel accommodant. Pas du tout! Il a une fois arraché la gorge de deux Alsaciens! "

Il y avait dans la grange des chats sauvages qui sifflaient et crachaient quand on s'en approchait. Tante Bernadette lui avait conseillé de ne jamais essayer de les caresser. Le Jeune Seamus — son demi-cousin —l'avait fait et avait souffert pendant des semaines de la 'Fièvre des Griffures de Chats'.

Seul dans une minuscule petite chambre —où il dormait sur un matelas de paille sous une couette tricotée au crochet— alors qu'il passait sa seconde nuit là bas, il avait regardé par la fenêtre au crépuscule et vu une chauve-souris, quelque chose qu'il n'avait jamais vu auparavant. Elle était suspendue à l'avant-toit et avait déployé ses ailes pour prendre la fuite. Il avait été frappé d'horreur! C'était comme une créature grotesque que vous pourriez trouver cachée dans le coin d'un tableau de *Jheronimus Bosch*. Pour la première fois, mais pas pour la dernière, un vague malaise troubla l'esprit du jeune croyant catholique à propos de certains aspects du

Grand Dessein du Tout-Puissant. Et puis, le dernier jour, une guêpe l'avait piqué! Cela avait été comme si une aiguille chaude s'était enfoncée dans son bras, mais la chaleur torride avait mis un siècle à se dissiper. La seule consolation qui lui avait été proposée (par tante Bernadette) avait été de dire "Eh bien, cela aurait pu être pire ... si tu avais été piqué par un frelon!"

* * *

Il était retourné à Dublin, et peu de temps après, avait fait son entrée au Séminaire. Les souvenirs de ces horreurs rustiques avaient été vite oubliés quand il avait commencé à exceller dans la voie qu'il avait choisie. Il était destiné, selon toute vraisemblance, à atteindre de manière quasi certaine un haut niveau ecclésiastique.

Presque, mais pas tout à fait! Le jeune vicaire était proche de la maîtrise "Nessun Dorma" lorsque, alors qu'il était dans la salle de bain du presbytère de sa première paroisse à Dublin, un coup de téléphone de nul autre que le cardinal de l'Irlande en personne lui avait fait dévaler l'escalier en peignoir.

"Oui, votre Eminence?"

"Ah, Donal, bonjour. J'espère ne pas vous avoir dérangé à un moment inopportun! Non? Oh, parfait! Et comment allez-vous? Bien. Bien. Maintenant, je me demande comment je ne l'ai pas fait plus tôt, mais laissez moi vous dire que je vous estime comme un jeune homme aux talents exceptionnels, et je ne vais pas tergiverser là dessus en prétendant que je n'ai pas imaginé de grands projets pour vous! Oui bien sûr! Je ne vais pas trop entrer dans les détails à ce stade, et je vous fais confiance pour rester discret sur le sujet. Je dois vous faire confiance à ce propos, Donal, non? Oui. Bien. Mais écoutez. L'ascension que je prévois —votre ascension— ne doit cependant pas être perçue comme trop ... 'météoritique ...' Vous me suivez? Nous ne devons pas donner des armes à certaines personnes —je ne dirai pas lesquelles— qui nous montreraient du doigt, que ce soit vous ou moi. Me fais-je bien comprendre? Donc, je crains que l'on puisse vous reprocher de ne pas avoir eu une expérience plus étendue que celle du Séminaire, des universités et de cette cure dans la ville de Dublin —une expérience pas très 'catholique', si vous préférez; s'il vous plaît, pardonnez moi ce calembour. J'ai décidé de vous nommer vicaire d'une petite paroisse de campagne dans le comté de Sligo. Vous n'y resterez que quelques mois et ensuite vous reviendrez à Dublin et à partir de là, vous irez loin. Je suis sûr que vous comprenez la logique de tout cela, Donal; Je pense faire pour le mieux. "

"Ben sûr, votre Eminence!"

En vérité, Donal n'avait pas vraiment le choix. Et puis il était flatté par cette déclaration de faveur aussi sincère venant du cardinal et se félicitait d'avoir affiché ouvertement une humilité exemplaire, alors qu'il n'avait même pas commencé à réfléchir un instant à quoi le comté de Sligo pouvait bien ressembler.

Mais il s'avéra que le comté de Sligo ressemblait au Connemara! Très vite, les inquiétudes sur les terribles dangers naturels qui se manifestaient autour de lui et que tante Bernadette, la chauve-souris et la guêpe avaient instillés en lui, mais qui avaient depuis longtemps sommeillé dans sa psyché profonde, étaient réapparus et prenaient leur revanche. Au bout d'à peine trois semaines, alors qu'il devait visiter des personnes âgées et des malades dans des chaumières isolées gardées par des chiens ou infestées de chats, croiser des bêtes pâturant avec leur progéniture sur les chemins de terre, aller et venir dans des corps de fermes, rentrer tard au crépuscule envahi de chauve-souris, passer devant les ruches du couvent local où il devait dire une messe hebdomadaire, bref, les ballonnements de son estomac et l'affaiblissement de ses genoux furent tout ce que son corps put inventer pour tenir en échec sa terreur!

Et puis la catastrophe se produisit le mardi après-midi de la quatrième semaine de Donal dans la paroisse.

* * *

À ce stade, cependant, je tiens à dire au lecteur quelque chose au sujet de ce couvent local, qui comprenait une petite école conventuelle de filles. Les religieuses étaient les Sœurs de la Merci[1] dirigées par Mère Inviolata, une femme formidable pleine de verrues et de poils sur le visage, dotée d'une poitrine éléphantesque. A cette époque, les religieuses irlandaises tenaient leurs prêtres en grande estime. Ainsi, leur joie quasi unanime à l'arrivée du nouveau vicaire avait fait beaucoup de bruit. Mais le jugement de Mère Inviolata évolua bientôt. La présence régulière de ce jeune homme à la beauté d'un dieu grec et à la voix angélique commençait sérieusement à perturber son institution. Les écolières devenaient "effrontées"[2] les jours où il venait dire la messe, et même une partie de son propre ordre, de jeunes nonnes alors si tendres et soumises, commencèrent à devenir capricieuses et étourdies quand il était là. Au cœur de son être, Mère Inviolata considérait la passion comme un principe imprescriptible de la foi: "Ici demeure la Foi, l'Espérance et la chasteté; mais la plus grande vertu est la chasteté" Elle en conclut très vite que Donal provoquait chez elles des pensées impies et libidineuses. il était une sérieuse source de péché! "Par leurs fruits vous les reconnaîtrez!" Quand le fléau s'abattit sur Donal, Mère Inviolata y vit clairement la main de Dieu!

* * *

---

[1] L'Auteur a entendu dire une fois —il ne se souvient plus par qui— que ce fut probablement l'appellation la plus inappropriée de l'Histoire. L'Ordre aurait été fondé à l'époque de Merlin et de Morgan Le Fay et se serait appelé "les religieuses téméraires." Une diffamation calomnieuse, sans aucun doute, mais peut-être d'un certain intérêt pour le lecteur.
[2] Une des accusations les plus accablantes qu'une religieuse puisse proférer!

Le mardi après-midi en question avait été particulièrement étouffant. Donal avait marché très loin dans l'exercice de ses fonctions et était en sueur à cause de l'effort physique et de la peur (il avait rencontré plusieurs fois des animaux potentiellement très dangereux). Il avait décidé vers de trois heures et demie de l'après-midi de prendre un bain chaud et de mettre des vêtements propres. Lorsque le bain fut prêt, il décida de créer un courant d'air frais à travers la salle de bain, sachant que sa fenêtre était sans vis à vis. Toutefois, les battants n'avaient pas été ouverts depuis un certain temps et Donal dut les pousser et les tirer un moment avant qu'ils ne lui échappent à l'extérieur, hors de portée. En claquant contre le mur de la façade, ils délogèrent malheureusement un nid de frelons. Au début, Donal perçut seulement un bourdonnement de colère, puis un, puis trois, puis beaucoup d'insectes furieux apparurent devant la fenêtre ouverte. Le souvenir de cette brûlante piqûre de guêpe et les mots inquiétants de tante Bernadette lui revinrent: "Cela aurait pu être pire ... si c'avait été un frelon." Il y en avait maintenant une myriade, sur le point d'entrer dans la pièce même où il se trouvait, chaque centimètre carré de sa chair s'offrant à leur venin virulent! Pris d'une incommensurable terreur et dépourvu de toute capacité de réflexion, tout ce que Donal put faire fut de suivre son instinct de fuite. Sans penser à attraper son peignoir, il bondit hors de la salle de bain et dégringola l'escalier alors que l'essaim en colère envahissait la maison.

* * *

L'auteur fera à nouveau une petite digression, avec la bienveillante indulgence du lecteur.

Comme nous l'avons vu, la Nature avait été généreuse dans les attributs qu'Elle avait fait pleuvoir sur le jeune homme, mais il y avait un domaine dans lequel elle avait été capricieusement négligente : le pénis de Donal était tout petit.[1]

* **

Ce fut sur le battement frénétique de sa grassouillette petite quéquette que tomba fatalement le regard horrifié de Mère Inviolata, alors que Donal, complètement nu, pris d'une panique aveugle, dégringolait le chemin du jardin devant le presbytère et courait vers elle, vers les sœurs Carmel et Fatima et leur cohorte d'écolières parties en randonnée cueillir des fleurs sauvages pour l'autel de la chapelle du couvent.

* * *

---

[1] NDT. Dans le texte : "Donal's donker was decidedly dinky"

Père O'Donnel, le prêtre de la paroisse, un homme simple et généreux, prit soin pendant un certain temps de son jeune et nouveau vicaire, retrouvé dans un état pitoyable, entièrement nu, recroquevillé dans un coin du jardin du presbytère. Il fit venir ensuite quelqu'un pour faire face à l'essaim de frelons qui infestait la maison.

Mère Inviolata, cependant, n'avait pas perdu de temps pour faire part de la pire interprétation possible de ces évènements au cardinal lui-même. Ce dernier se trouvait être un de ses jeunes cousin, et elle le mit fermement en garde comme s'il était un enfant :

"C'est absolument hors de question! Il ne peut pas rester vicaire ici une minute de plus! " avait-elle conclu.

Donal fut sommé de rentrer immédiatement à Dublin.

Il serait exagéré de prétendre que Donal s'était fait des ennemis, mais il découvrit rapidement qu'il avait peu d'amis. Quand il ressortit, clairement penaud, de son entretien avec Son Eminence, le secrétaire du cardinal le consola avec une candeur feinte, "Votre recours en grâce est rejeté, Donal? Hé bien, elle ne devait pas être très grande!"

La nouvelle s'était déjà répandue.

* * *

En effet, elle s'était répandue! C'est un fait qu'une blague racontée à Glasgow le samedi soir fait le tour des pubs de Londres le mardi suivant et se colporte dans tous les bars de Sydney en moins de quinze jours.

* * *

Mais on ne sut jamais qui rendit publique la petitesse du pénis de Donal et les circonstances de cette découverte. Mère

Inviolata elle-même? Sœurs Carmel ou Fatima? Ou l'une des plus effrontées fillettes de l'école du couvent[3] Peu importe. Car en moins de quinze jours, l'histoire était connue de toute l'île d'émeraude!

Donal était l'objet de la risée publique.

* * *

Il fut convoqué à nouveau par le cardinal deux semaines plus tard.

"Je suis désolé, Donal. Ce qui est fait est fait. Il est dit que même le Tout-Puissant ne peut pas transformer le passé! Pour vous, la meilleure chose est de vous éloigner définitivement, de prendre un nouveau départ dans un endroit où vous n'avez pas d'histoire. Je me suis arrangé pour vous procurer un poste de vicaire à Québec. Alors, qu'en dites-vous? "

"Que puis-je dire, Votre Eminence?" À cet instant Donal aurait accepté n'importe quelle proposition d'évasion. Mais la perspective soudaine de la reconstruction de son statut et de sa carrière de l'autre coté de l'Atlantique, dans une ville moderne et dynamique, enflamma immédiatement son imagination. "Bien sûr! Votre Eminence, je ne pourrais jamais assez vous remercier! "

"Que Dieu vous bénisse, Donal, et bonne chance."

Le Québec dans lequel le cardinal l'envoyait, cependant, était le Québec du comté de Durham, un minuscule et étroit hameau situé sur une crête balayée par les vents à dix kilomètres environ de la ville de Durham. Chiens, chats, chauves-souris, vipères et insectes venimeux abondaient parmi des êtres humains dont Donal pouvait à peine comprendre le langage; et tout autour

---

[3] Si nous supposons -comme il semble raisonnable de le croire- que ce fut l'une d'entre elles, cela soulève tout de même une question: Quel moyen de comparaison avaient-elles?

de sa nouvelle demeure se trouvaient des champs pleins de bovins, de moutons, et bizarrement, —rien que pour aggraver ses problèmes— dans une ferme bien particulière, des lamas et des alpagas. Un spécimen de cette espèce de chameau d'Amérique du Sud qui ressemble à un mouton conçu par un comité de légalisation du LSD cracha même sur Donal par dessus un mur de pierres sèches alors qu'il se promenait tranquillement. En moins d'un mois, Donal sombrait dans une dépression nerveuse carabinée et il fut confiné pour un séjour de longue durée dans un hôpital dirigé par les Sœurs de la Charité[4].

* * *

Petit à petit, quoi qu'il en soit, Donal fut en mesure de reprendre ses fonctions sacerdotales —bien sûr, exclusivement dans un contexte urbain — à nouveau comme vicaire, puis comme curé de paroisse, et enfin comme aumônier catholique dans un collège de Durham, où il était à nouveau entouré de livres et de gens instruits. Ce poste, en particulier, l'avait aidé à surmonter sa colère, son amertume et sa frustration, à se construire une acceptation résignée et, finalement, une certaine paix intérieure. Tant et si bien que lui, qui rêvait autrefois de devenir l'émissaire papal de l'Eire, de pouvoir entendre les meilleurs ténors du monde au Teatro dell 'Opera ou à La Scala et, qui sait peut-être même, de devenir l'un des leurs, dut se contenter de donner un peu de joie à un public de quarante-trois personnes en interprétant le rôle de Frederick dans Les Pirates de Penzance, à la Ferryhill Operatic Society....

* * *

---

[4] Selon la rumeur venant de la même source d'information calomnieuse, peut-être le deuxième pire abus de langage de l'histoire.

Quand à la sinécure de Saint-Polycarpe qu'on lui avait finalement offerte, il avait su prendre quelles dispositions pour profiter de ses avantages. Les fenêtres du presbytère n'étaient jamais ouvertes. Des aérosols d'insecticides étaient répartis stratégiquement dans chaque pièce. Une tapette à mouches à portée de la main sur son chevet, une autre toujours sur la table de la cuisine. S'il devait visiter une ferme, il le faisait en voiture, et s'arrêtait devant la porte d'entrée. Il avait expliqué à tous ses paroissiens qu'il était allergique aux poils de chien et de chat afin de bannir tous ces animaux de ses visites. Enfin, sauf en cas d'extrême urgence, il ne sortait jamais après le coucher du soleil, quand les chauves-souris s'envolent de leurs perchoirs.

* * *

Donc, on aurait pu croire qu'il vivait là une fin de carrière à peu près heureuse.

Chapitre Six

Presque, mais pas tout à fait.

Pour Donal et Stanley, le vendredi suivant semblait très prometteur. Un temps splendide d'été se prolongeait sans discontinuer.

Donal en jugeait depuis les fenêtres closes de son étude, alors qu'il tapait son bulletin hebdomadaire sur sa ronéo Banda Master. Il la ferait bientôt tourner pour faire six copies avant midi, l'heure de son premier verre *d'alcool de pomme de terre maison*, juste avant le déjeuner, et puis il en boirait encore un peu pour se détendre une bonne partie de l'après-midi en compagnie de Fielding, son auteur préféré.

Stanley profitait du beau temps pour ramasser les fleurs fanées du cimetière, mettre dans des sacs les papiers gras, les brindilles et les feuilles mortes, et arroser la pelouse desséchée. Ses éternuements étaient un petit prix à payer, tant la chaleur et la lumière radieuse étaient exceptionnelles.

Plus tard dans l'après-midi, leur brève obligation hebdomadaire serait expédiée rapidement et sans problème.

Qui plus est, le bégaiement de Stanley revenait à peine. Ce soir, il irait au Coq d'Or et *parlerait* à Cheryl, il discuterait sérieusement avec elle, il l'impressionnerait de ses mots d'esprit, de ses dents et de son talent; il se comporterait en *boulevardier* cool qui drague une poulette française sexy. Son niveau nul en français? *Pas du tout!* Il dirait couramment et sans accent *chic, Ma Chérie! Mais oui!* Métaphoriquement parlant, bien sûr.

* * *

A moins de trois kilomètres de là, l'homme qui se faisait appeler *Jacques Frelon* disposait des bols de confiture de fraises sur la table du jardin du cottage qu'il avait loué et savourait les libéralités de la journée avec autant de bonheur. Une heure plus tard, muni de gants et d'un casque d'apiculteur, il retournait à ses bols de confiture avec son filet de pêche et ses bocaux. Il utilisait le filet et le plus petit pot pour le piégeage et le plus grand pot pour le confinement. Il travailla durement, mais à midi, il avait emprisonné une bonne douzaine de guêpes en colère dans le plus grand des deux pots dont le couvercle était percé. Il était fin prêt!

A deux heures de l'après-midi, il entrait en action. Il tira sur la cloche de la porte d'entrée du presbytère de Donal, puis se précipita vers la porte de derrière en faisant le tour de la maison. Comme il s'y attendait, il la trouva ouverte ; il se glissa rapidement à l'intérieur et se cacha dans un recoin de la cuisine.

"Oui? Oui? Il y a quelqu'un? "entendit-il le prêtre hurler. Quelques secondes s'écoulèrent. "Mer…credi!" La porte d'entrée claqua. Le prêtre revint à la cuisine. Il ne fut pas plus tôt dans la pièce que l'homme se jeta sur lui et plaqua un tissu imprégné sur la bouche et les narines de Donal. En quelques secondes, le stupéfiant faisait son œuvre.

"*Là*, avale ça," dit une voix avec un léger accent étranger, et la personne qui se tenait debout derrière lui se pencha en approchant un verre de ses lèvres. À vrai dire, Donal apprécia le liquide. Il ne lui faisait pas peur. L'*alcool de pomme de terre maison* avait un goût un peu étrange, remarqua-t-il cependant!

"Maintenant", poursuivit la voix, "vous avez la clé du coffle-fol de la clypte. Où est-elle cachée? "

"C'est un secret que je ne peux pas dévoiler", déclara Donal, "à personne, jamais!"

"Vraiment!" Quelques secondes plus tard, le grand bocal contenant les guêpes se trouvait sur la table devant lui. "C'est l'affaire d'une seconde, je vous assure, pour enlever le couvercle."

Pris d'une frayeur terrible, Donal vacilla soudain dans un désarroi à vous donner la nausée et à vous couper les jambes!

"Non! Non! "Cria le prêtre. "Allez dans le cellier et soulevez la petite lame de parquet à droite de la porte. La clé est dessous! N'enlevez pas le couvercle de ce pot! Ne faites pas ça! S'il vous plaît! S'il vous plaît!"

"Ta mère était une prostituée dévergondée? " Demanda la même voix avec cette fois un accent grinçant de méchanceté malveillante. L'homme s'approcha de Donal par derrière et commença à dévisser le couvercle du pot.

"Oui! Oui!" Cria le prêtre.

"Une sale catin? Une salope immonde?"

"Oui! Elle en était une! Elle en était une!"

"Mmm!" Le pot resta fermé sur la table.

Père O'Hegarty entendit derrière lui des pas s'éloigner vers le cellier. Il entendit des bruits de remue-ménage, puis les pas se rapprochèrent à nouveau. "Donc, il y avait bien une clé là où tu me l'as dit. Il vaudrait mieux que ce soit la bonne! Plus longtemps les guêpes resteront enfermées, plus elles seront en colère, tu sais! "

Pour l'homme qui se faisait appeler *Jacques Frelon*, administrer un tranquillisant faisait partie du plan B. Mais son mépris était maintenant si grand qu'il décida d'utiliser ses pouvoirs d'hypnose pour soumettre ce lamentable petit pasteur de la même manière qu'il avait soumis son sacristain . Il attendit que les effets du barbiturique se fassent sentir et commença à balancer la chaine de sa montre... La voix de l'homme devint un susurrement soporifique, et en moins d'une minute, Donal sombrait dans une hypnose profonde.

Deux minutes plus tard, Donal était, pour ainsi dire, comme un fusil chargé, et ce qui déclencherait la détente seraient les mots que l'on prononce traditionnellement après la lecture des évangiles. Le sermon que sa communauté entendrait le dimanche suivant promettait d'être ... percutant!

A deux heures de l'après-midi, alors que l'homme qui se faisait appeler *Jacques Frelon* tirait la sonnette de la porte principale du presbytère, Stanley pensait à une autre idée pour son jeu de Calvaire —la constitution d'un petit bac dans lequel seraient disposés des morceaux de papier enroulés. Ceux-ci devraient être découpés suivant le pointillé sur des feuilles fournies avec le jeu. Dans la case précédant la case 'Crucifixion' se trouveraient les mots: '*Eli, Eli, lama sabachtani* - qu'est-ce que ça veut dire et qui l'a dit?' Le joueur qui atterrirait sur cette case aurait à choisir un morceau de papier enroulé dans le baquet. Seul un des cinq rouleaux contenait la bonne réponse: " Mon Dieu, Mon Dieu, pourquoi m'as-tu abandonné — Jésus sur la Croix." A quatre heures moins dix, Stanley était satisfait de ses esquisses préliminaires pour les bordures et les motifs, mais il n'avait trouvé qu'une seule mauvaise réponse: "Ali, Ali, je t'ai cassé la mâchoire —Ken Norton."[1]

Stanley commençait déjà à avoir des doutes sur son projet, mais néanmoins, sa démarche était aussi sereine que son cœur léger quand il partit pour son office rituel hebdomadaire.

Comme il approchait de l'église, il vit que le portail était ouvert, mais Père O'Hegarty ne l'attendait pas dehors. Stanley s'aventura à l'intérieur de l'église. Il vit que la porte de la crypte était aussi ouverte et la cage d'escalier éclairée. L'anxiété monta en lui alors qu'il descendait l'escalier en colimaçon et appelait le Père O'Hegarty, sans qu'aucune réponse ne lui parvienne. Il resta figé dans son élan quand il vit le coffre-fort ouvert et, à la place du reliquaire qui avait été si bien gardé secrètement pendant plus de huit cent ans, il n'y avait plus qu'une clé.

"Oh pu…pu…pu…put…" essaya-t-il de crier.

---

[1] NDT. Ken Norton est un boxeur américain né en 1943. En 1973, il brise la mâchoire de Mohamed Ali d'un crochet du droit.

Stanley bondit en arrière, remonta les escaliers et se précipita au presbytère.

Le tranquillisant administré à Donal commençait à se dissiper. Le prêtre éprouvait une raideur et des crampes. Le couvercle sur le pot rempli de guêpes, toujours posé devant lui sur la table, était prêt à se soulever. Son état mental se détériorait.

"Oh, Stanley! Stanley! Tu ne peux pas savoir comme je suis content de te voir", dit-il avec effusion, des larmes de gratitude perlant de ses yeux, après que son sacristain l'eut libéré, lui eut servi un plein verre d'*alcool de pomme de terre maison*, se soit emparé de l'objet de son effroi et l'eut balancé loin dans le champ derrière le presbytère.

"P…P…P…Père, Il n'est…p…plus là!"

Il fallut plusieurs secondes à Donal pour se rendre compte que son sacristain ne parlait pas du pot de guêpes. "Oh mon Dieu! Attendez, Stanley, laissez-moi imaginer le pire. "Donal prit la mesure de ce que Stanley essayait de lui dire, mais il aurait pu s'en douter après le calvaire qu'il venait d'endurer. "Oh! Jésus, Marie Joseph! Murmura-t-il. "Cela ne peut pas être pire!"

Fugitivement, Stanley pensa qu'une gangrène ou un mélanome malin aurait pu être pire ... mais ce n'était vraiment pas le moment de faire cette réflexion au Père O'Hegarty, même s'il s'en sentait maintenant tout à fait capable! Ils atteignaient tous deux le sommet d'une montagne nommée 'Désespoir.'

Ils soulagèrent leur peine en avalant deux nouveaux gobelets d'*alcool de pomme de terre maison*.

"Stanley," dit finalement Donal, "tout ceci est entièrement de ma faute.[1] J'ai besoin d'un peu de temps pour réfléchir et décider de ce qu'il faut faire." Il avala son verre d'*alcool de pomme de terre maison* comme une vache de mer avalerait une seule canneberge. "Stanley, Dieu vous bénisse, pourriez-vous m'en

---

[1] Les fervents catholiques sont absouts de leurs péchés chaque semaine.

verser un autre ... et soulagez votre peine vous aussi." Les deux hommes partagèrent encore quelques instants de beuverie silencieuse avant que Donal ne dise, "laissez-moi seul un instant, Stanley , si cela ne vous dérange pas. Il me faut du temps pour penser et pour prier." Il se pencha en avant, les coudes sur la table et le menton entre les mains, les yeux fixés sur un point que lui seul pouvait voir.

Stanley regarda ce corps brisé, aux rares cheveux gris. Il ne pouvait imaginer qu'ils avaient autrefois été noirs et luxuriants. Et ces yeux larmoyants, injectés de sang, autrefois si bleus, perçants, clairs et lumineux, ce visage gonflé et couperosé autrefois d'une pureté saisissante. Il fut pris à la gorge par la pitié et un terrible sentiment de culpabilité.

"B...b...b...bien sûr."

Alors qu'il traversait le couloir, Stanley entendit distinctement le Père O'Hegarty murmurer d'une voix éraillée par l'*alcool de pomme de terre maison*, alors qu'elle avait été autrefois celle d'un merveilleux ténor: "Mon Dieu, mon Dieu, pourquoi m'as-tu abandonné ?"

Stanley décida immédiatement de faire disparaitre cette question de son jeu.

Chapitre Sept

A six heures, ce même vendredi après-midi, Père Donal O'Hegarty se décida enfin à *'cracher le morceau.'* Il prit son téléphone et composa le numéro du vicaire général.

"En avez-vous parlé à quelqu'un d'autre —par exemple à la police?" Fut sa première question, courte et glaciale. "Bon!" Continua la même voix glaciale quand Donal lui eut dit que non. "Vous avez au moins fait une bonne chose. N'en parlez à personne! Attendez-moi dimanche matin avant de faire quoi que ce soit. Dites à votre sacristain que je veux le voir aussi." La conversation prit fin.

* * *

Canon Arnold Geldhard mesurait 1,88 mètre, pieds nus. Son corps était maigre, mais semblait toujours tendu par une énergie qu'il pouvait à peine contenir. Son visage était long et squelettique et, derrière des lunettes aussi épaisses que des culs de bouteilles, on devinait des yeux brillant d'une acuité redoutable. Habillé toujours d'une longue soutane noire, ce vicaire général n'entrait jamais simplement dans une pièce, il la balayait. Par temps froid, il portait toujours une longue cape noire à capuche. Il ne marchait pas simplement le long d'un chemin ou d'une route, il les balayait. Le très littéraire Donal l'avait secrètement baptisé "Le Seigneur des Nazgûl" [1] et le redoutait comme s'il l'était vraiment.

---

[1] Je sais, bien des lecteurs n'ont jamais lu ou vu "Le Seigneur des Anneaux" et n'ont pas l'intention de le faire. Pour eux, je dirai simplement que dans ce conte, les "Nazgûl" ou "Spectres" sont des entités effrayantes et leur chef, "Le Seigneur des Nazgûl," l'est tout particulièrement!

A neuf heures moins le quart le dimanche matin, cet homme balayait le chemin de sa cape jusqu'à la porte d'entrée du presbytère, et après s'être annoncé, il balaya de sa soutane le hall et le salon de Donal. Stanley était déjà assis là. La colère brûlante qui, au bar, avait envoyé violemment son genou au contact des couilles du vendeur de nains de jardin s'était maintenant tout à fait calmée. Il se sentait lui-même écrasé.

Quelques secondes de relâchement intestinal s'écoulèrent... comme de telles secondes peuvent s'écouler... avant que le vicaire général ne pose ses questions.

Il écouta dans un silence impénétrable d'abord Donal, puis Stanley, raconter ce qui leur était arrivé et donner leur description de l'homme qui se faisait appeler *Jacques Frelon*. En fait, Donal aida un peu Stanley sur ce point, et pour une fois, Stanley ne lui en voulut pas. Cela abrégeait l'épreuve.

Finalement, Canon Arnold Geldhard siffla son verdict et sa voix fut terrible! «Ainsi donc, vous avez préféré anéantir le travail de plusieurs siècles, saper un authentique édit papal, plutôt que d'endurer une ou deux piqûres d'insectes, mm? *Misérable lâche!*" Tonna-t-il. "Et toi!" Continua-t-il en se tournant vers Stanley. "Investi depuis quelques semaines seulement d'une charge bien payée qui ne te demande rien d'autre que de garder la relique, dont l'importance primordiale t'as clairement été signifiée, que fais *tu*? Tu invites un parfait étranger dans ta maison et tu le laisses t'hypnotiser! *Abruti sans cervelle!*" Rugit-il.

Le vicaire général éprouvait un respect fondamental et passionné pour le Dieu de l'Ancien Testament. Par tempérament, Canon Arnold Geldhard était mal à l'aise avec certaines idées relativement *modernes*. Il n'acceptait pas que les gens soient présumés innocents tant que leur culpabilité n'avait pas été démontrée. L'homme était, après tout, déchu et faible. Il n'y avait pas à chercher de preuve plus loin pour accuser les deux malheureux qui se tenaient devant lui. L'homme était coupable! Peut-être que seuls les bébés et les simples d'esprit pouvaient être reconnus innocents. Bien qu'il ne faille pas englober tous les simples d'esprit! En tout cas, certainement pas ces deux là! Il était persuadé que les aveux obtenus sous la contrainte ou la torture étaient, quoi qu'en pensent les *libéraux* 'bien-pensants,' tout à fait recevables, Tout simplement parce que, pour une fois dans leur vie, ces vénaux et misérables mécréants étaient efficacement incités à dire la vérité! Et il ne pouvait pas imaginer de peines plus appropriées à la paire d'irresponsables qui se trouvait devant lui que le feu et de soufre; ou peut-être le chevalet, suivi par le bucher ou la pendaison, l'écartèlement et le démembrement. La crucifixion était certainement trop clémente pour eux —elle les mettrait sur un pied d'égalité avec le Sauveur, et cette idée frisait la blasphème!

Néanmoins, après un bref coup d'œil à sa montre, il dit à Donal: "Vous avez une messe à dire! Dites-la. J'aurais encore d'autres choses à vous dire à tous les deux après ".

Donal et Stanley se glissèrent dans le sillage de la terrible silhouette encapuchonnée en direction de l'église, dans laquelle le reste de la maigre communauté était réunie.

Père O'Hegarty commença enfin la messe. Quand le moment fut venu, il longea l'autel en direction du pupitre et commença à lire l'évangile du jour. Son message résonna de façon poignante: "Que celui qui n'a jamais péché lui jette la première pierre." En effet, il était certain que la hiérarchie catholique était prête à l'enterrer sous une tonne de gravats. C'était peut être le dernier évangile qu'il lirait jamais dans une paroisse, et dans une minute, il prononcerait peut-être son dernier sermon. Quand il eut terminé sa lecture, il entonna comme d'habitude, "Ceci est l'Évangile de notre Seigneur."

Au signal, sa minuscule communauté, augmentée d'un fidèle, murmura: "Amen."

Ce qu'il fit alors fut comme si un interrupteur avait basculé dans sa tête. Il regarda son troupeau dérisoire, puis, malgré la crainte de la présence du Vicaire général, il fut incapable de s'empêcher de commencer son homélie ainsi:

"Un vice désobligeant et obscène
Tient notre cher évêque en haleine.
Avec des hurlements de fou,
Il enfile de jeunes hiboux,
Qu'il tient en une cage souterraine. [1]

Au nom du Père, et du Fils, et du Saint-Esprit." Et il se signa.

Tout à fait conscient de ce qu'il venait précisément de dire sous l'envoûtement, Donal réfléchit frénétiquement comment diable il pourrait bien sauver le moindre vestige d'une quelconque crédibilité sacerdotale. En désespoir de cause, il mit finalement à contribution sa formation littéraire.

"Personne n'a la moindre idée," improvisa-t-il fiévreusement, "de la raison pour laquelle le 'Limerick' —forme poétique généralement attribué à Edward Lear— a pris le nom d'un comté de l'ouest de l'Irlande, mais c'est ainsi! Son schéma de rimes est en A, A, B, B, A, et le rythme de ses accents toniques est très précis: boum-Titty-boum-Titty-boum; boum-Titty-boum-Titty-boum; boum-Titty-boum; boum-Titty-boum; boum-Titty-boum-Titty-boum... " [2]

Malgré l'intérêt inhabituel que ses paroissiens semblaient porter à son sermon, il savait que son ministère avait irrévocablement fait naufrage, du fait de l'iceberg perfide et titanesque avec lequel il avait récemment eu le malheur d'entrer en

---

[1] NDT : Dans le texte :
"A vice both obscene and unsavoury,
holds our very own Bishop in slavery.
To maniacal howls,
he rogers young owls,
which he keeps in an underground aviary."

[2] NDT : Titty veut dire le téton. Titty Boom : Situation périlleuse, style de Jazz…

collision! Y avait-il assez d'*alcool de pomme de terre maison* dans sa cave pour lui permettre de traverser un tel cauchemar?

Après la messe, Donal et Stanley se glissèrent à nouveau dans le sillage de "Nazgûl" pour retourner au presbytère.

Installés dans le salon de Donal, ils attendirent avec résignation le réquisitoire du vicaire général.

"Un sermon très intéressant, " finit-il par siffler, avec le même ton profond et glacial. "Pour ajouter au catalogue de vos gaffes monstrueuses, je devrais souligner également dans mon rapport à l'évêque que je n'ai pas réussi à comprendre la portée religieuse ou morale d'un exposé pseudo-littéraire à propos d'une forme de poésie vulgaire et obscène, sur laquelle vous prétendiez fonder votre homélie —une profanation du verbe qui fait une référence libertine, en particulier et entre autres choses, à des culs et à des nichons! Je vous suggère de commencer immédiatement à chercher tout à la fois une entreprise de déménagement et un logement moins onéreux! "Et sur ce, il les balaya de sa présence.

Il inclurait également dans son rapport, avait-il décidé, la proposition que ce lourdaud de prêtre irlandais (avec son histoire de s'exposer à des religieuses et à des écolières et vu la faiblesse méprisable de son caractère —et qui plus est, manifestant maintenant clairement les signes d'un comportement irrationnel, paranoïaque et délirant— sans doute alimenté par une consommation avérée d'alcool probablement illicite) devrait non seulement être relevé de sa paroisse, mais aussi être défroqué et donc cesser d'être un fardeau pour quelque diocèse que ce soit qui aurait la malchance de le retrouver quelque part en son sein!

* * *

Un verre de son alcool illégal à la main, Donal regardait tristement ses rangées de pommes de terre —pas encore prêtes pour la récolte— et se demandait d'où viendrait son approvisionnement *en alcool de pomme de terre maison* l'année prochaine.

      Stanley —dont le bégaiement se manifestait à nouveau de façon très prononcée— ne pouvait pas se résoudre à rendre sa visite coutumière du dimanche soir au pub. Il regarda amèrement ses meubles nouvellement acquis, et supposa qu'il devrait les restituer. Sinon, comment ferait-il pour rembourser le crédit de sa carte bancaire Barclay ? Et Cheryl ne pourrait jamais les voir, ni toutes les autres choses qu'il aurait tant aimé lui montrer. D'ailleurs, reverrait-il jamais Cheryl?

Chapitre Huit

Pendant ce temps là, alors que ce n'était pas nécessaire, l'homme qui se faisait appeler *Jacques Frelon* déjoua une éventuelle tentative d'arrestation dans l'un des ports de la Manche. Pour ce faire, il embarqua à Tynemouth, sur un ferry de nuit en direction de Rotterdam, l'après-midi même du vol du reliquaire.

La traversée avait été calme, la nourriture et le vin agréable, et sa cabine confortable. A l'abri de celle-ci, il avait eu le temps d'inspecter soigneusement le butin de sa manœuvre. Il y avait trouvé tout ce qu'il avait espéré! Puis il avait bien dormi.

Les passagers furent réveillés le lendemain matin en quatre langues. D'abord une voix hollandaise charmante avait demandé: *"Uw aandacht, alstublieft, aub kunnen de passagiers hun cabines verlaten..."* Puis une voix calme anglaise enjoignit poliment: *"Your attention, please. Would passengers kindly leave their cabins..."* Troisièmement, vint la mélodieuse requête française: "Votre attention, s'il vous plait. Les passagers sont priés de quitter leurs cabines..." Et pour finir: *"Achtung, bitte..."* D'un seul coup, à bord, tout le monde avait envahi les couloirs.

Et bien sûr parmi eux se trouvait l'homme qui se faisait appeler *Jacques Frelon*. Une fois sur la terre ferme, il avait dû poursuivre sa mission en donnant un seul coup de téléphone, probablement à des complices, un indice qui pourrait s'avérer très utile. Car prétendre qu'il était le seul derrière cette affaire reviendrait tout simplement à se cacher le petit doigt derrière un écran de fumée. Il n'était certainement pas le seul à connaitre le véritable objectif du vol du reliquaire. Il avait certainement pris d'autres mesures utiles à l'accomplissement de sa mission. En moins d'une semaine, tout serait joué, et sa gloire éternelle serait assurée! Le maître qu'il servait le récompenserait certainement très généreusement pour ce travail!

Mais là encore, il s'était montré extrêmement prudent, avait joué au touriste pendant quelques jours de plus, serpenté la Hollande, la Belgique, l'Allemagne et le Luxembourg avant de pénétrer en France au nord de Metz, puis en direction du sud-ouest vers la ville où il se trouvait actuellement.

* * *

Son Eminence Padraig Finbar O'Flagherty-Ahearn s'assit à son bureau Chippendale dans ses somptueux locaux de Dublin et réfléchit aux deux éléments d'information qu'il venait d'obtenir. Ses pensées étaient confuses, et il décida de ne rien faire de manière hâtive. Il laisserait ses idées murir pendant vingt-quatre heures avant de prendre une décision.

Il venait d'apprendre la disparition de l'artefact abominable de l'église de Grimdon Lea, et il venait également de recevoir des informations très troublantes sur le sujet, venant du Vatican lui-même.

Le cardinal éprouvait une inclination particulière pour le café irlandais bien filtré à partir de grains brésiliens fin moulus, corsé d'une mesure généreuse de son propre whisky Jamesons de Dublin. C'était le moment d'en prendre un pour expliciter sa pensée. Il en prépara un plein verre sur le champ.

Une ou deux minutes après l'avoir bu, Padraig Finbar O'Flagherty-Ahearn réfléchit à la décision qu'il avait envisagée et il se dit que c'était la bonne. Il avait bien raison, il ne devrait prendre *aucune* décision aujourd'hui. Il devrait prendre sa décision demain. Et il décida que la décision de ne pas prendre de décision aujourd'hui était en fait, assurément, la meilleure décision qu'il puisse prendre. Alors, il décida de prendre un autre café irlandais pour célébrer cette sage décision. Quand il eut pris la première gorgée de son second verre, il décida que cette décision elle aussi était décidément excellente!

Le lendemain, cependant, le Cardinal prit des mesures décisives. Il commença par réserver un vol à destination de l'aéroport de Teesside sur une compagnie aérienne irlandaise prestigieuse et organisa un rendez-vous dans un couvent de Darlington avec l'évêque d'Hexham et de Newcastle, et avec son vicaire général. Puis il lança un appel téléphonique vers le sud de la France. Là, il apprit que la personne à qui il voulait parler était, en fait, en vacances[1] dans le nord de l'Angleterre, ce qui tombait à pic. Il téléphona au numéro qu'on venait de lui donner et fut rapidement mis en relation avec la personne qu'il cherchait. En trente secondes, il avait organisé un autre rendez-vous différent du premier mais au même endroit.

* * *

"J'apprécie que vous ayez tenu compte de mes conseils et n'ayez pris aucune mesure en ce qui concerne notre cher pauvre Père O'Hegarty et son malheureux sacristain", dit le cardinal à l'évêque. "Merci. Des ramifications politiques compliqués se greffent à cet enchaînement d'événements —je vais vous expliquer brièvement— et il vaut mieux ne rien faire qui puisse attirer l'attention des regards indiscrets et inopportuns. Tout doit paraître normal à Grimdon Lea."

Assis à côté de son évêque, le vicaire général bouillonnait d'une colère rentrée. Il ne pouvait pas comprendre pourquoi cet homme faisait ingérence dans les affaires d'un diocèse si éloigné du sien. Pourquoi se sentait-il concerné par le sujet? N'était-ce pas à cause de sa difficulté à trouver des excuses recevables pour un prêtre, pour O'Hegarty, en l'occurrence? La situation présente de Canon Arnold Geldhard n'était pas, en effet, si éloignée de celle

---

[1] Ce qui n'est *pas* un péché mortel!

d'un "Nazgul" qui aurait soudain vu "Sauron"[2] lui-même le priver de sa proie désignée. Derrière ses verres en culs de bouteilles, les yeux du Vicaire général brillaient de colère, et le cardinal Padraig Finbar O'Flagherty-Ahearn en prit soudain conscience.

"Je vous suggère d'accorder un peu de pitié à ces deux infortunés, Canon", déclara le cardinal en se tournant vers lui. "Ce soi-disant *Jacques Frelon* ne nous est pas inconnu, et croyez-moi, c'est un ennemi contre lequel vous-même n'auriez rien pu faire!"

* * *

On était passé du dimanche au lundi, du lundi au mardi, du mardi au mercredi et pourtant, pour Donal et Stanley, la hache tant attendue et redoutée ne s'était toujours pas abattue. Donal s'était remis à prendre plaisir à la lecture de son Fielding et avait recommencé à arroser ses pommes de terre. Stanley avait retrouvé un certain goût à travailler sur son 'Calvaire,' il avait recommencé à tapoter affectueusement sur son mobilier nouvellement acquis, et s'était finalement décidé à s'aventurer de nouveau au pub le jeudi suivant. Il *irait* donc voir la belle Cheryl une fois de plus, et même si ce ne devait être qu'une fois de plus, il s'arrangerait, contre vents et marées, pour rendre la rencontre féconde, avec ou sans bégaiement!

Le glorieux été perdurait avec la même vigueur. Le cœur de Stanley s'embrasa quand il parvint au bout du chemin, devant le Coq d'Or. Et à ce moment là, sa bonne fortune lui sourit encore. Un des deux jeunes gens qui se tenaient sur le bord de la route lui demanda : "Tu veux ma photo?"

---

[2] Pour les mêmes non-aficionados, "Sauron" est l'éponyme du vil "Seigneur des Anneaux" et les neuf "Nazgul" sont ses plus terribles serviteurs. Si vous êtes ouvert à cette l'idée, et si vous disposez de six mois de congés payés, vous pourriez apprécier le livre.

"P...p...p...pardon?"

"Pe...pe...pe..." commenta le jeune homme, en lançant un vilain sourire narquois à son compagnon.

Stanley ne fit qu'un bond pour atteindre son adversaire et lui envoya un violent coup de tête, qui le projeta au sol. Il se retourna les poings levés, mais l'autre péteux avait déjà pris la fuite.

"Petit branleur!" Hurla Stanley au fuyard.

"Oh, bonjour", lança Cheryl avec son sourire à vous couper les jambes et à vous aplatir les bourses. "Vous m'avez manqué dimanche soir. Je tenais à vous remercier de m'avoir débarrassé de ce branquignol qui m'importunait la semaine dernière. Je ne sais pas exactement ce que vous lui avez fait, mais en tout cas, ça a été efficace. Il ne m'a plus fait de l'œil jusqu'à son départ. Je suis très contente. Merci encore."

"Avec plaisir," répondit Stanley.

"Mm!" continua Cheryl, "votre... vous savez... ça va mieux!"

"Bégaiement," dit Stanley. "Oui je sais. Le type que vous trouviez bizarre m'a aidé un peu en fait," dit Stanley, sans mentir tout à fait, "et puis d'autres choses aussi m'ont aidé. Ca va, ça vient..." Stanley poussa son avantage. "Avez-vous un soir de repos?"

"Oui, le mercredi."

"Puis-je vous emmener quelque part, alors, mercredi prochain?"

A la réponse qu'il reçut, les genoux de Stanley ne s'étaient jamais sentis aussi faibles, sans parler de ses bourses!

* * *

"Bienvenue, mon cher vieil ami", déclara le cardinal Padraig Finbar O'Flagherty-Ahearn, en tendant la main, "je suis ravi de vous revoir, c'est si aimable à vous d'être venu."

Son grand invité si élégamment vêtu lui serra la main, mais resta de marbre. S'ils se connaissaient depuis longtemps et avaient partagé des expériences douloureuses, il n'existait pas entre eux de vraie liaison ni de profonde amitié, et tous les deux le savaient. Le cardinal voulait certainement obtenir de lui quelque chose d'important, pour le saluer avec autant de déférence. Cependant, le noble visage de son interlocuteur raffiné ne trahit rien de ses pensées en lui rendant *ses* salutations. Il devrait faire preuve d'ouverture d'esprit.

L'offensive de charme de Padraig Finbar O'Flagherty-Ahearn se prolongea —on sortit le cognac et les cigares. Enfin, le cardinal commença son discours et formula sa demande. Son invité l'écouta avec une attention de plus en plus soutenue et lui répondit.

"Ce que vous me dites est très inquiétant. Je prends cela très au sérieux. Voulez-vous me donner un peu de temps pour réfléchir et en discuter... car j'attends des invités demain, qui pourraient m'être d'une grande utilité dans ce... d'ailleurs, vous les connaissez déjà…

Le cardinal ne pouvait pas faire autrement que de lui accorder un délai. "Merci. De combien de temps avez-vous besoin?"

"Je vous donne ma réponse dimanche."

"Merci."

"Mm!" Murmura son invité pour lui-même. "*Jacques Frelon*! Je me demande comment cet individu a trouvé un tel pseudonyme? Connaissant la faiblesse qu'il allait exploiter chez ce prêtre, cela suggère un sens de l'humour particulièrement malveillant ".

"Comment cela?"

"Comment cela? '*Frelon*' veut dire frelon en français."

* * *

Juste avant le vol du reliquaire et de son contenu, le moral des Quatre Cavaliers de l'Apocalypse était depuis quelque temps moyen, moyen. La 'Guerre' s'était manifestée au cours de l'année, les soi-disant 'sales guerres' en Argentine, la 'Guerre des Gangs,' à Londres et il y avait déjà des rumeurs de 'Guerre des Etoiles'. Des 'Conquêtes' avaient vu le jour, le lancement de 'La Conquête de l'Amazonie' par John Russell Fearn et le jeu de société 'Conquête Galactique.' La 'Famine' se disputait avec la malbouffe. Bien que globalement les choses ne soient pas allées tellement mieux que l'année précédente, elles n'avaient pas été pires! Merde à l'Oxfam et aux Nations Unies! Seule la 'Mort' ne se plaignait pas. Elle avait acquis un de ces ordinateurs d'un nouveau genre et utilisait ce qu'on appelle une 'feuille de calcul' pour tenir ses comptes. "Vous savez," remarquait-elle avec satisfaction de temps à autre, comme le montraient ses statistiques, pendant les pauses où elle aiguisait sa faux, "il y a des gens qui meurent alors qu'ils n'étaient jamais morts auparavant!" Ce constat irritait gravement ses trois collègues . Mais en réalité, tous quatre auraient préféré qu'Armageddon arrive au plus vite. Ils rongeaient leur frein dans cette attente, qui semblait durer une éternité!

Puis le bruit leur parvint que le reliquaire avait été volé. Par le passé, ils savaient que son contenu infâme avait fait l'objet d'un usage futile. Mais savoir qui pouvait bien le détenir désormais les excitait énormément. Cette personne devait certainement en connaitre le véritable et terrible pouvoir. Et pour quelle raison l'aurait-elle volé, si ce n'était pour libérer sa puissance? Sous peu, à n'en pas douter, ils allaient enfin assister à un évènement extraordinaire! "Nee hah!" criaient-ils chaque jour tous les quatre dans la joie et l'allégresse, en montant leurs chevaux lancés au galop, tournant et virant dans leur paddock céleste.

Deuxième Partie

Chapitre Neuf

Le *Duc de Cornsai-Tantobé* prit entre le pouce et l'index de son aristocratique longue main droite bien manucurée le bouchon qu'il venait de retirer de la bouteille de porto *Ricardo Montalaban* 1963, un *cépage Gento-Puskas* rare, et il le porta à ses narines distinguées et bien épilées, ouvertes sur son noble nez aquilin.

"Mmm!" murmura-t-il d'un ton approbateur, avec cette profonde résonance de baryton qui lui était propre: "il n'est pas bouchonné...", et il ajouta en français; "...*heureusement!*" avec un accent si *classique* que ses deux invités ne se croyaient plus dans la retraite du *Duc* de Throstlenest Hall dans le Yorkshire, mais déjà sur '*la Rive Gauche.*'

Il versa un peu de ce liquide sombre et épais dans une exquise coupe ellipsoïdale en verre taillé portant, en une fine gravure, l'emblème de sa famille, fit tourbillonner le vin avec habileté, d'abord pour voir sa '*couleur*', puis pour renifler son '*bouquet*', avant d'en prendre une '*bouchée*', qu'il savoura en expert, de son palais expérimenté. Enfin, il l'avala et a annonça à ses deux vieux amis: "Je pense que vous l'apprécierez. Il est... sardonique mais pas cynique!"

Ses invités exprimèrent leurs remerciements lorsque leurs exquises coupes ellipsoïdales en verre taillé furent remplies. Ces récipients portaient aussi, en une fine gravure, l'emblème de la famille du *Duc*. D'une même voix, les deux hommes durent admettre, simultanément mais individuellement, que ce vin avait un goût sublime!

Comme ils ingurgitaient leurs premières gorgées, le *Duc* regarda ses deux vieux amis et un pincement au cœur fronça ses sourcils distingués. "Pourrais-je? Dois-je?"

Ils avaient vécu et survécu à tant d'épreuves ensemble. Ils s'étaient même sortis, mais pas tout à fait indemnes, de Woodstock. Ils avaient accompli là bas une mission de surveillance au nom du gouvernement américain. Ils s'étaient mélangés à la foule dans de ridicules caftans indiens imprimés et imprégnés de patchouli, toujours en alerte et rapportant la moindre manifestation *sérieuse* d'anti-establishment! Ils avaient enduré les vociférations sacrilèges de cette voix exquise —Joan Baez colportant un boniment gauchiste-libertaire; sans parler de ce youpin nasal à la tête de fouine qui pleurnichait sur les temps qui sont en train de changer! Autant de grain à moudre apporté au moulin des Forces des Ténèbres!

C'est pourquoi, pour la mission qui lui était proposée, le *Duc* ne pouvait pas songer à de plus braves et dignes associés. Mais pouvait-il encore leur demander de faire face à un nouveau péril? Car il savait que s'il le faisait, ils ne pourraient pas refuser!

Il les observait à la dérobée et un amour profond, mais tout à fait chaste, jaillissait de son noble cœur. Non! Il ne le pouvait pas! Le Saint-Siège devrait chercher ailleurs!

Comme s'il devinait ses pensées, *Hatch Beauchamp*, son énorme ami Américain, parla. Sa voix traînante et paresseuse de la Nouvelle-Orléans cachait un esprit perspicace. Diplômé de Harvard en Astrophysique, il avait également été considéré comme le seul boxeur de sa génération capable de battre *Mohammed Ali* à ses débuts, malheureusement ils ne s'étaient jamais rencontrés sur un ring, *Hatch* parce qu'il était allé se battre au Vietnam, et le lâche noir parce qu'il avait refusé d'y aller...

"Alors, *Théo*"—*Hatch* utilisait toujours le diminutif du *prénom du Duc*— "Tu ne trompes personne, en aucune façon. Qu'est-ce tu caches donc dans ta manche, espèce de vieux raton laveur?"

"En Ruzzie auzzi, nous zavons zette exprezzion avec les manches. Le conzpirateur les porte longues et bouffantes...pour mieux cacher zes zecrets...*Hatch* et moi zavons que tu en gardes un. Quand est-ze que tu vas le zortir de ta manche, *Mon Cher Théodore?*"

Alexandrov Slivovitch Romanov, issu en effet de cette lignée royale au destin tragique, —et aussi différent de son ami américain que l'on puisse imaginer— regardait d'un air interrogateur le *Duc* de son œil unique. C'était un biochimiste soviétique renommé qui avait subi de terribles blessures dans l'océan Arctique en tenant à distance une bande de narvals jusqu'à ce que tous ses camarades aient trouvé refuge dans un courant d'eau glaciaire avant de pouvoir rejoindre le *Skromsk*, un navire scientifique d'étude des cétacés. Plaies et gelures avaient prélevé leur tribut! Autrefois dixième Dan en jujitsu, malgré sa carrure gracile de poids léger, il devait maintenant compter sur d'autres moyens d'auto-défense de son cru. L'élégante canne en bois de cèdre sur laquelle, forcément, il devait s'appuyer dorénavant, dissimulait à son extrémité inférieure un stylet imprégné de protéine botulinique qu'il pouvait actionner en tournant son pommeau d'argent sculpté. Et lorsqu'il l'inclinait et le pressait, la canne libérait également d'un orifice placé juste en dessous un jet d'acide fluorhydrique concentré! Le gant couleur sable qu'il portait toujours à la main droite pour cacher ses deux doigts coupés était doublé d'un polymère hydrofluorocarbone de son invention qui le protégeait de l'attaque de la plupart des produits chimiques.

Le silence et l'indifférence officiels sur le sort du navire et de son équipage —vous n'en trouverez mention nulle part [1]— avait conduit *Alexandrov Slivovitch* à s'expatrier à la première occasion ... et le *Duc* lui avait fourni cette occasion lors de leur première aventure commune.[2]

"Oui en effet. J'ai quelques tours dans ma manche... mais j'ai besoin de temps pour réfléchir... je vous serais gré, tous les deux, de bien vouloir... m'aider à mettre de l'ordre dans mes idées..."

---

[1] Sauf ici.
[2] Voir *Le Zizi* de *Satan* du même auteur.

"Nous nous ennuyons! *Hatch* et moi avons imaginé que, oui... tu allais nous proposer une... aventure... c'est bien ce que tu disais, *Hatch*? "

"Quoi que ce soit ! Nous sommes prêts à... quoi que ce soit... oui, bien entendu!"

"Je ne vous ai pas invités ici parce que j'avais une 'aventure' en tête, *mes amis*; il est vrai que, depuis, une occasion s'est présentée... mais par amour pour vous deux, à la onzième heure, j'ai soudain des doutes... mais comme toujours, vous... quel est cette expression nautique anglo-saxonne... puisque nous sommes sur cette petite île, nous pouvons bien l'emprunter, non? 'Vous prenez le vent dans mes voiles'. *Mais comme d'habitude.* "

Et encore une fois, ce fut comme s'ils étaient déjà en route, mais ce soir là, du peu qu'il en dit, pour le *paysage* lumineux du *Languedoc*, dans la maison ancestrale du *Duc*, Le *Château du Prat Rage*...

"Je crains que la mer ne nous surprenne... pardonnez-moi, ces métaphores maritimes deviennent, je le crains *un peu de trop*... mais passons une bonne nuit là dessus ... nous en reparlerons plus sérieusement au petit déjeuner. Vos chambres habituelles vous attendent. Maintenant, si vous le permettez, je vais me retirer ... débrouillez vous comme vous pouvez ... *Faites comme chez vous.* Comme disent les Zoulous[3] , '*ulalani kamnandi*' ...bonne nuit... *à demain...*"

* * *

Mais le *Duc* ne se retira pas tout de suite dans sa chambre. À l'insu de ses amis, il avait à vérifier certaines choses pendant la nuit, ce qui l'amena, en prenant des couloirs éclairés par des

---

[3] Pour expliquer l'aisance du Duc en zoulou, voir *Les Impies de Belzébuth*, également du même auteur.

chandeliers, aux extrémités les plus reculées de l'édifice seigneurial, car en effet, l'édifice en avait. Construit à l'origine par les *De Montefort*, il avait été cédé aux ancêtres du *Duc* en récompense de leur aide apportée pendant le massacre des habitants de *Béziers* en 1209. Sans doute considérée comme une *bagatelle* par les *De Montefort*, cette excursion dans les tréfonds calcaires d'un territoire barbare, lointain et froid, était fort appréciée du *Duc*, qui en avait fait son refuge préféré, loin du chaudron impitoyable de l'été *languedocien*.

Située dans un petit appentis vétuste personnellement réaménagée par le *Duc*, chauffée et humidifiée par un générateur indépendant, donc sans risque de coupure de courant pouvant compromettre son *passe-temps* secret, c'était probablement la seule Paresseuserie privée de tout le Royaume-Uni. *Tristan et Iseut*, les deux paresseux à trois doigts du *Duc*, étaient suspendus dans un sommeil paisible à deux branches distinctes des deux secropias, en pleine poussée de sève dans cette atmosphère artificielle. La fourrure de chaque animal était recouverte d'une mousse que des papillons exploraient avidement. Tout allait bien. Le *Duc* attendait qu'ils se reproduisent, mais ils étaient paresseux et prenaient leur temps. Il vérifia les niveaux de température et d'humidité, jeta un regard affectueux d'adieu au duo somnolent et se retira en refermant doucement la porte derrière lui.

Entre la Paresseuserie et sa chambre à coucher, le *Duc* prit sa décision. Et ses scrupules laissèrent place à une exaltation grandissante. Lui et ses deux amis étaient à nouveau sur le point de percer un mystère, de faire face à de nouveaux ennemis et à de redoutables obstacles pour que le monde reste un endroit sûr.

Il prit sur la table en bois d'olivier poli, à côté de son lit à baldaquin en fonte, orné de délicats draps et rideaux de lit de couleur taupe, une autre exquise carafe ellipsoïdale en verre taillé, portant au moyen d'une subtile gravure l'emblème de sa famille et versa dans un tout aussi exquis verre à cognac ellipsoïdal en verre taillé portant également au moyen d'une subtile gravure l'emblème de sa famille —ces deux *objets d'art* (car en effet ils méritaient ce terme) se trouvaient toujours à son chevet —une petite dose de *cognac Renier-Renato* millésimé.

Comme il savourait la liqueur douce et enivrante, il éprouva une satisfaction grandissante. Malgré ses appréhensions, il savait qu'il allait bien dormir!

Chapitre Dix

Élevé pour apprécier les délices de *la cuisine française*, tels que le *foie gras* ('pâté' de foie gras) et *rillettes de bœuf* (pâté d'abats de bœufs), le *Duc* avait mis un certain temps à familiariser son palais avec les petits déjeuners britanniques que Flora, sa gouvernante écossaise, se faisait un plaisir de lui servir, ainsi qu'à ses invités de Throstlenest Hall: boudin noir (*sang de porc coagulé*), andouillettes (*estomac de vache haché*), œufs brouillés (*œufs touillés dans la matière grasse*), haggis (*blague écossaise*[1]), et porridge royal (*bouillie d'avoine au whisky*).

Ce fut au cours d'un tel petit-déjeuner, le lendemain matin, que le *Duc* fit part à ses deux invités de l'essentiel de sa rencontre, plus tôt dans la semaine, avec Son Eminence Padraig Finbar O'Flagherty-Ahearn —Il ne leur parla que de ce qui concernait la mission envisagée. Beaucoup d'autres choses liaient trop intimement le *Duc* au Prélat.

Tous deux étaient de vieilles connaissances; mais le *Duc* ne pouvait pas dire qu'ils soient vraiment amis. Une distance les séparait, d'une part en raison des prises de position exaltées du clerc au sein de l'Église; d'autre part parce que, malgré les prises de position exaltées de l'Irlandais, tous deux savaient que ce dernier était beaucoup moins un 'adepte' que le *Duc*! Le cardinal avait pris un vol de Dublin à Teesside, sur une compagnie aérienne irlandaise de prestige et avait rencontré le *Duc* dans un couvent catholique de Darlington. Le *Duc* avait choisi de faire la cinquantaine de miles qui le séparait de Throstlenest Hall plus discrètement, préférant la Jaguar, beaucoup moins ostentatoire que sa Bentley.

Comme toujours, son *chauffeur* avait réalisé une excellente moyenne. Etant français, il n'avait pas hésité à dépasser les

---

[1] NDT : Panse de brebis farcie

limitations de vitesse, et il avait l'art des coups de klaxon intimidants. La famille du *chauffeur* était liée à des subalternes du *Duc* depuis plus d'un siècle. Mais *Jean Le Taureau* devait au *Duc* une reconnaissance particulière. Il était rentré un jour plus tôt que prévu de son service dans la Légion étrangère française et avait trouvé sa femme étendue sous le corps haletant de son amant, le directeur de la succursale du *Crédit Agricole*. Il aurait peut-être réagi avec plus de discernement si elle avait choisi un joueur (de rugby),... mais un banquier![1]

Il les tua tous les deux sur le coup. Comme c'était un *crime passionnel* et que la *tramontane* avait soufflé de façon ahurissante toute la journée, en vertu du droit français, il avait toutes les chances de s'en tirer avec une légère amende. Cependant, pour obtenir un tel résultat, il fallait payer un bon avocat et s'acquitter de l'amende. Le bon *Duc* pourvut aux deux. Depuis, il n'y avait rien que *Jean Le Taureau* ne puisse refuser à son bienfaiteur.

Quand le *Duc* sortit de la Jaguar, Jean lui demanda: "Quand dois-je revenir vous chercher, mon *Seigneur*?"

"Je ne sais pas combien de temps cela va prendre, malheureusement ... sois là quand je sortirai."

"*Bien sûr.*"

Heureusement, —*Jean Le Taureau* s'en rendit vite compte— il n'y avait pas de limitation de stationnement dans la localité où le *Duc* lui donnait ces instructions. 'Etre là' quand le *Duc* sortirait ne poserait donc aucun problème... comparativement aux problèmes qu'il avait pu rencontrer à Paris ou à Londres.

Quant à la suite, *Jean* décida de n'en rapporter au *Duc* qu'une version édulcorée. Particulièrement détendu et n'ayant aucun problème à résoudre, *Jean Le Taureau* sortit de la voiture, traversa la rue et alluma une Gauloise à l'ombre d'un arbre. Une

---

[1] Le français du midi offre également une variante de cette "rime argotique" cockney. (NDT : "Not a player, but a banker")

minute plus tard, il vit deux jeunes boutonneux approcher de la voiture sur le trottoir d'en face. Après avoir échangé un bref sourire narquois, l'un d'eux descendit dans le fossé herbeux, ramassa quelque chose, et s'affaira derrière la voiture. *Jean* ne se manifesta pas et leur laissa trente secondes pour s'éloigner en riant. Il traversa alors la route et découvrit une longue éraflure dans la peinture de la Jaguar. Bien que saisi d'une rage meurtrière, *Jean Le Taureau* garda son calme. La rue bénéficiait de l'ombre de nombreux arbres et surtout, il n'y avait personne et aucune circulation. Silencieusement, pour un homme si imposant, il les poursuivit en catimini et, par chance, les rattrapa devant l'entrée d'une grande maison isolée au milieu d'un parc. Avec la soudaineté d'une panthère, il les saisit tous deux, leur cogna violemment la tête l'un contre l'autre et traîna leurs corps inanimés dans le parc ombragé. Une frappe de karaté au larynx les expédia tous deux ad patres. Il abandonna les cadavres dans un coin sombre du jardin. Il faudrait sans doute un certain temps avant qu'ils ne soient découverts. Il n'y avait pas de témoins. *Jean Le Taureau* avait porté ses gants de chauffeur pendant toute l'opération. *Fait accompli*! Il retourna à l'ombre de son arbre et s'offrit une deuxième *Gauloise*. Alors il décida, pour célébrer son exploit, d'avaler d'un trait une grande *gorgée de calvados* au goulot de la flasque qu'il portait en bandoulière.

* * *

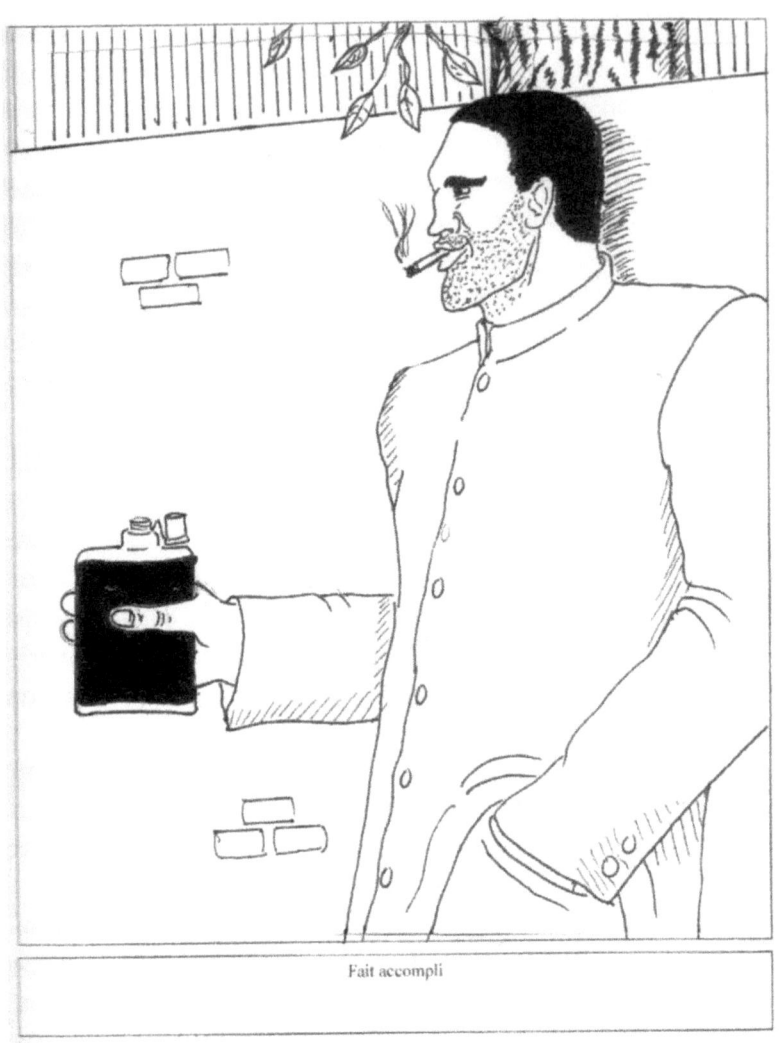
Fait accompli

Pendant que cet acte de justice naturelle tout à fait légitime se produisait, un autre drame d'un genre différent s'était joué entre le *Duc* et le Cardinal, dont l'essentiel tenait dans la question que *Théodore de Cornsai-Tantobé* posa à ses deux invités.

"Permettez-moi de vous demander, *mes amis*, si vous avez déjà entendu parler du 'Talisman de Skerne?' "

Ses amis secouèrent la tête de concert.

"Moi non plus, pas avant mon entretien avec le Cardinal la semaine dernière. Il semblerait que 'Skerne' se faisait passer pour un missionnaire chrétien au XIIe siècle. Il était issu d'improbables territoires au nord-est de l'Angleterre, épargnés par l'influence de Cuthbert ou de Bede —des endroits du genre 'Sorti de nulle part', 'Ayez pitié de moi 'ou 'Cachez ce que je ne saurais voir'..."

Le *Duc* remarqua l'expression incrédule de ses amis.

"Laissez-moi vous dire, *mes amis,* que ces lieux ont bien existé... et existent toujours... mais laissez-moi continuer ... Skerne, paraît-il, avait sa propre interprétation très personnelle du christianisme... Il aurait détenu un 'Talisman'—un phallus en or d'origine inconnue datant de l'antiquité qui, selon lui, conférait à son détenteur désigné par la puissance du Saint-Esprit la capacité de guérir la stérilité. Il était, selon ses dires, un simple intermédiaire terrestre du Paraclet, et la chair et le sang de son propre phallus étaient le moyen physique par lequel la Troisième Personne de la Sainte Trinité pouvait entrer dans le corps des femmes infertiles et faire des miracles.[2]

"De toute façon," —Pour ses deux auditeurs, il y avait là encore un *soupçon* de quelque part en France—" quand la rumeur a atteint le pape sur la véritable nature de la 'position du missionnaire'

---

[2] Cette idée est considérée par de nombreux et célèbres historiens de la musique comme ayant inspiré les paroles de Gershwin: "Nice work if you can get it, and you can get it if you try", "(NDT :Beau travail si vous pouvez y arriver, et vous pouvez y arriver si vous essayez" ...)

de Skerne, celui-ci fut immédiatement excommunié pour hérésie et, peu de temps après, en apprenant cela, une foule en colère, des gens venus de toute la région, le capturèrent et le brûlèrent sur le bûcher. Un reliquaire, dans lequel Skerne gardait son 'Talisman' et des documents prétendant attester de sa provenance et de son authenticité, décrivant divers rites associés à ses pouvoirs, fut immédiatement saisi par l'évêque local et relégué dans un lieu sûr et secret."

"Cependant, du fait que Skerne était à ce point décrié par notre Sainte Mère l'Eglise, l'attrait de son 'Talisman' a perduré et s'est même amplifié. Depuis le début du siècle, l'Église a pris conscience qu'une société secrète voyait en lui un libérateur des femmes en avance sur leur temps, un martyr de l'ignorance et de la superstition médiévale. Cette secte cherche activement à s'en emparer depuis un certain temps."

Le *Duc* enfourcha un nouveau morceau de boudin noir, l'enfourna dans sa noble bouche parfaitement proportionnée et savoura son goût subtilement sanguinaire. Il laissa ainsi à ses amis le temps d'assimiler ce qu'il venait de dire.

Puis il poursuivit: "L'emplacement du 'Talisman' n'était connu que d'une poignée de personnes et il était très bien gardé... mais, *mes amis*, chose incroyable, le reliquaire de Skerne et son contenu ont disparu... et il se trouve que cela pourrait avoir de graves conséquences... à cause des intentions réelles de la secte... qui ont été formulées dans un message écrit au Saint-Siège lui-même la semaine dernière..."

Le *Duc* garda de nouveau le silence pour laisser ses deux amis digérer ces dernières informations. Comme ils s'y employaient, il brossa soigneusement d'inconvenantes miettes sur la délicate nappe en lin couleur taupe qui recouvrait la table en bois d'olivier poli sur laquelle ils venaient de prendre le petit déjeuner.

Chapitre Onze

Le *Duc* avait interrompu son récit —il y avait pourtant encore beaucoup de choses à dire— comme ils achevaient leur petit-déjeuner ... son sens du suspens était tellement excitant.

Il leur laissait le temps de réfléchir. Il proposa de reprendre au cours du déjeuner. En attendant —s'ils voulaient bien l'excuser— il avait d'autres préoccupations qui, hélas, réclamaient toute son attention. Mais il était certain, *n'est-ce pas*, que tous deux avaient aussi plein de choses à faire.

Ses deux amis lui assurèrent vivement qu'ils appréciaient grandement, comme toujours, sa délicatesse.

Hatch retourna dans sa chambre pour faire ses deux cents abdos-départ assis quotidiens, une centaine de pompes, et neuf exercices de renforcement du cou et de la mâchoire, d'extension du corps, de suspension par les dents à une solide corde en nylon tendue entre la porte de sa chambre et la rampe d'escalier. La dixième extension lui parut demander un effort insurmontable. .Peut-être le lendemain, s'il déjeunait plus légèrement ... Puis il se doucha, s'habilla de manière décontractée avec des bottes en peau de crocodile sur des chaussettes de coton jaune, un pantalon chiné terre cuite et une chemise de soie vert-olive et il s'assit pour se détendre avec quelque lecture enrichissante —*Rêve et Symbolisme dans la Psychologie Jungienne* ... Quelle distraction de l'esprit stimulante et rafraichissante, comparée à la complexité des interactions entre électrons et positrons...

Pendant ce temps, *Alexandrov Slivovitch* avait pris sa retraite dans sa chambre pour travailler un peu plus à la formule chimique d'une toxine complexe de son cru, qu'il pensait être à deux doigts de finaliser ... une substance si foudroyante, qui tuerait instantanément, et se métaboliserait immédiatement en dioxyde de carbone et en eau, des déchets que l'on trouve naturellement dans le corps, ne laissant ainsi absolument aucune trace. Il savait que c'était à la fois un défi intellectuel *et* accessoirement un exutoire à une rage plus ancienne, lorsqu'il envisageait d'exterminer l'ensemble du *Politburo* en mélangeant à leurs verres, remplis de vodka premium de petits privilégiés, son poison absolument indétectable! A l'époque, *Alexandrov Slivovitch* connaissait quelqu'un en Union soviétique qui aurait pu faire cela à sa place! Car il n'avait aucune envie d'abandonner sa blouse à ceinture en coton blanc sans col, son pantalon bouffant de serge brune enfoncé à mi-mollet dans ses bottes en peau d'antilope.

Pour ne pas ennuyer le *Duc*, *Jean Le Taureau* l'avait informé que les dommages mineurs constatés sur le coté de la carrosserie de la Jaguar étaient absolument inexplicables, mais que la réparation serait sans conséquence. Il espérait que le *Duc* n'était pas trop contrarié par cet incident, car ils devraient utiliser la Bentley pendant un jour ou deux !

Comme d'habitude, le *Duc* se félicita d'avoir choisi un personnel qui savait faire face de manière efficace à ce genre de petit contretemps.

Le *Duc* s'assura que *Tristan et Iseut* allaient bien, comme il le faisait toujours en milieu de matinée. Ils dormaient paisiblement... puis il donna un appel téléphonique crucial...

Plus tard, le *Duc* proposa à ses amis de déjeuner sur les coups de midi au Dingleberry Arms —en vérité, son pub local— un charmant dédale du XVIe siècle aménagé dans une bâtisse situé au cœur du village le plus proche, Wangthwaite. Le pub servait une cuisine saine et traditionnelle du Yorkshire et une boisson fermentée efficace, connue dans la région sous le nom de "Cul de Blaireau."

Le *Duc* choisit des brochettes d'écureuil avec une purée de rutabaga et de pommes de terre —comme son palais les appréciait! *Hatch* prit de l'agneau et de la tarte aux champignons avec des navets, du chou et des pommes de terre cuites dans la bière.

Alexandrov Slivovitch opta pour une grive cuite en ragoût, accompagnée de chou et de betterave. Ils décidèrent tous trois d'arroser absolument leur repas de cette fameuse bière locale.

"*Bon appétit*", dit le *Duc*. Encore une fois, ses amis furent immédiatement transportés quelque part en France, mais cette fois, sans raison apparente, *Hatch* se souvint d'une rencontre avec une jeune elfe dans un *restaurant* français. La rencontre avait duré peu de temps, mais était restée gravée dans sa mémoire. Cela s'était produit dans la ville de Nevers un dimanche ... le dernier dimanche d'un mois de septembre particulièrement agréable, l'année dernière, quand ils avaient décidé de descendre de Paris dans le *Languedoc*, lieu de villégiature à la mode, pour sa semaine annuelle de congés, avec le *Duc* et *Alexandrov Slivovitch*. *Hatch* avait parlé avec cette jeune femme assise à la table voisine pendant une bonne demi-heure, avant qu'elle ne leur souhaite aussi "*Bon appétit*" à l'arrivée des *moules frites*. Puis elle s'était détournée et lui avait lancé un regard insistant de connivence qui le hantait toujours... *Marie Laverge... mais bien sûr*, il n'aurait pas pu oublier son nom...

Il s'était demandé par la suite si tout cela n'avait pas été un vœu pieux, et s'il ne l'avait pas aussi aperçue dans l'avion lors de son retour à Paris. En fait, pendant un certain temps, il voyait son visage partout dans la foule... peut-être était-ce la rançon de l'amour? L'était-il en effet? Il avait passé une si belle nuit dans la vallée de *la Loire*. Les souvenirs se précipitaient pêle-mêle... *Chinon*... lune rousse d'équinoxe... sa silhouette gracieuse sur l'arche du pont... d'un seul coup d'œil, il avait été sûr de la reconnaitre... et elle avait aussitôt disparu. Avait-il tout imaginé? Il n'aurait su le dire!

La voix de baryton profonde et autoritaire si particulière du *Duc* sortit *Hatch* de sa rêverie.

Le *Duc* avait réservé un salon minuscule de trois places, où tous trois étaient maintenant assis afin d'être seuls à entendre ce qu'ils avaient à se dire. *Jean Le Taureau* profitait quant à lui de la douceur de l'été anglais[1] dans le jardin de la brasserie, et mangeait une côte de bœuf de 900 grammes avec des frites, accompagnée également de cette fameuse bière locale. Il renouait avec Betty, la serveuse, qu'il connaissait bien. Elle trouvait son accent français irrésistible et lors de ses visites, il lui proposait généralement de faire des choses en fin de soirée —choses auxquelles elle ne résistait jamais.

"Permettez-moi de reprendre là où j'en étais ce matin," commença le Duc. "Je n'ai pas besoin de vous dire que nous vivons une époque de plus en plus hostile à la religion... en effet, vous avez vu ce que cela donne dans votre propre pays, *n'est-ce pas, mon cher Alexandrov?* Comme le cardinal me le faisait remarquer, le nombre de prêtres recrutés par notre Sainte Mère l'Eglise diminue autant que le nombre de ses fidèles... et nos saintes institutions chéries semblent de plus en plus fragiles... *Eh bien*, il semblerait qu'un autre pouvoir soit attribué au 'Talisman de Skerne'. Son Eminence ne m'en a pas encore révélé la nature, mais ce pouvoir serait bien plus dangereux que la dérisoire supercherie libertine d'un charlatan médiéval. Il serait terriblement blasphématoire et représenterait une arme redoutable si elle se retrouvait entre les mains des puissances des ténèbres qui persécutent l'Eglise.

"La secte ferait effectivement chanter Sa Sainteté elle-même. Elle demanderait une réhabilitation de la 'bonne réputation' de Skerne et même une enquête *bona fide* en vue de son éventuelle canonisation. Sinon, elle révélerait aux médias du monde entier la nature exacte du blasphème avec 'démonstration' à l'appui. Les conséquences, de l'avis du cardinal, seraient catastrophiques. Premièrement, beaucoup pourraient prendre le blasphème pour 'évangile' et saper davantage la légitimité de l'Église, ce qui réduirait sans doute encore plus le nombre de fidèles... ceux dont la

---

[1] Il y en a parfois!

foi n'est à priori pas très forte... et ceux qui reconnaissent le baptême mais seraient quand même influencés... en outre, cela engagerait l'Église dans un long, difficile et préjudiciable processus de réfutation du blasphème, qu'elle ne pourrait se permettre en ce moment, et dont le succès ne serait pas totalement garanti, car ses nombreux ennemis opposeraient à chaque argument des contre-arguments, ce qui émousserait la portée du verdict final!

"*Apparemment*, ai-je également appris, ce ne serait pas la première fois que l'Église aurait eu à faire face à une telle crise ces dernières années! Il n'y a pas si longtemps, un obscur *curé* français a affirmé qu'il avait trouvé les 'preuves' que Jésus ne serait pas mort, mais se serait remis de son calvaire sur la Croix, aurait quitté la Terre Sainte et épousé Marie-Madeleine... *Sacrebleu*, quelle sorte d'*imbécile* peut bien trouver cette *folie* plus plausible que la mort, la résurrection et l'ascension du Christ au ciel? *Mais heureusement*, ces sottises ne reposent sur aucun fondement."

Le *Duc* gifla soudain son noble front de la paume de sa fine main aristocratique. "*Ma foi*," dit-il, "le démantèlement de l'Inquisition, la suspension des lois contre le blasphème, la montée d'Amnesty International... cela représente-t-il *vraiment un progrès*?"

Une telle explosion était d'autant plus frappante chez le *Duc* qu'elle était rare.

Mais le *Duc* retrouva rapidement son calme. "Notre mission, si nous l'acceptons," dit-il, "est de prendre des mesures pour s'assurer que cette dernière *bêtise* ne fasse jamais l'objet d'aucune crédibilité..."

L'arrivée de Betty, venue vérifier l'état d'avancement de leur déjeuner, coupa le *Duc* dans son élan.

"Cinq minutes encore, Betty, s'il vous plaît ... et puis, peut-être un peu de café et de cognac?"

Bien que son accent français soit encore plus exquis que celui de son *chauffeur*, et que le grand et noble *Duc* soit encore un homme d'une beauté surprenante malgré son âge, celui-ci était aussi suffisamment modeste pour considérer que le rougeoiement qui se répandait déjà sur le charmant visage de Betty, la tension de son cou de cygne, le dénuement provocateur de sa poitrine avenante et, *en plus,* l'érection glorieuse de ses mamelons pointant sous la blouse diaphane de coton blanc à froufrous qu'elle portait clairement sans soutien-gorge,[2] tenaient certainement à ce que *Jean Le Taureau* venait de proposer à la jeune femme.

"Il y aurait encore beaucoup à dire", annonça le *Duc* quand ils se retrouvèrent à nouveau tous les trois dans la pièce. "*Mais à plus tard.* Que chacun apprécie le reste du repas et ce *petit digestif*".

---

[2] Certains lecteurs anglophones peuvent trouver le Duc un peu lubrique. Si oui, je voudrais simplement rappeler que le Duc est français. Effectivement, le Duc lui-même serait très content que soit gravé sur sa pierre tombale, comme Thomas Hardy: "C'était un homme qui remarquait ce genre de choses." Bien entendu, la plupart des hommes remarquent ce genre de choses!

Chapitre Douze

Cela avait été un mois d'août particulièrement ensoleillé sur l'ensemble de la France, et, bien entendu, en août, toute la France profite *des bonnes vacances.*

Marie Laverge se réveilla pour sa première matinée dans l'*appartement* de sa mère à *Nevers*. Elle venait de passer une semaine chez son père, *Joachim*, à *Chinon*. Il l'avait emmenée la veille acheter un nouveau pull-over, un gilet, une écharpe, et une jupe en laine —on serait demain le *quinze août* et, par conséquent, inévitablement, le temps changerait très vite. Elle n'avait pas pensé à cela quand elle avait fait ses bagages sous le soleil de plomb de *Montpellier,* —où elle travaillait comme chercheuse médicale— ce soleil qui semblait éternel.

Anne Laverge se trouvait déjà dans la longue pièce salon - salle à manger – cuisine. Elle portait comme toujours l'un de ses déshabillés préférés mauve, négligé, soutien-gorge et petite culotte coordonné. Ses yeux en amande brillaient à la perspective d'une belle journée quand sa fille apparut. *Marie* portait aussi son déshabillé de bon goût couleur cerise, négligé, soutien-gorge et petite culotte coordonnés, les yeux en amande encore à moitié collés par le sommeil.

On aurait pris la mère et la fille pour deux sœurs sans le léger reflet gris naissant dans les cheveux d'*Anne*, qui, contrairement à *Marie*, les portait très courts, et sans la sensualité de la jeunesse qui illuminait encore les épaules, les bras, les seins, les fesses, les cuisses et les mollets de *Marie*, de sorte que, en les comparant, on trouvait maintenant la mère 'jolie' plus que 'belle', bien qu'elle le fut encore, tellement sa fille l'était si voluptueusement !

Toutes deux avaient le même visage coquin d'une elfe, lèvres bouton de rose, nez droit parfaitement proportionné, et le genre d'yeux sombres et humides dans lesquels les hommes se noient... mais aussi des silhouettes minces et souples, l'estomac et l'abdomen si délicieusement plats que l'on se demande encore pourquoi personne n'a jamais vu l'une d'elles sur la couverture de *Vogue*.

"Petit déjeuner, *Ma Petite?*" demanda *Anne*. Au signe de tête approbateur de sa fille, *Anne* alluma immédiatement le four et plaça dedans un plateau chargé de *croissants* et de *pains au chocolat*. Pendant que ceux-ci réchauffaient, *Marie* s'approcha de la table déjà mise où était disposé un grand saladier rempli de pommes, bananes, figues, raisins, nectarines, oranges, pêches, poires et coings. («Ah!», pensa immédiatement *Marie* ", c'est pour cela que Maman a sorti les *cuillères Runcible!*") *Anne* sortit du réfrigérateur des grands pots de yaourt nature.

Après avoir dévoré toute cette splendide nourriture, *et* les *croissants* et les *pains au chocolat*, le tout arrosé d'un bol de *café crème*, Anne annonça qu'elle devait récupérer quelques documents commandés à la bibliothèque, dont certains faisaient partie du projet de recherche historique dans lequel elle s'était lancée. Elle proposa à sa fille de se retrouver pour le déjeuner à midi dans leur restaurant préféré.

Marie était heureuse de disposer d'un peu de temps pour lire —elle était déjà à mi-parcours de *Schrödinger* et de son *Exposé sur la Physique Quantique du Chat* et elle avait bien envie d'aller plus loin...

* * *

Elle et sa mère arrivèrent au "*Cul de Blaireau*" presque en même temps, à 12h05. Déjà, le restaurant se remplissait... mais *Anne* et *Marie* avaient réservé une table... *heureusement...*

En face d'elles, de nombreux membres de la police locale et des pompiers occupaient trois tables juxtaposées, savourant déjà leurs premiers *Ricard*. C'est un aspect mésestimé de la vie française, mais néanmoins très appréciable, que la sacro-sainte pause déjeuner d'au moins deux heures soit également respectée par les assassins, les voleurs et les pyromanes. Par conséquent, les organismes d'application de la loi et de la protection civile sont presque toujours assurés de pouvoir compter sur un repas de midi suffisamment long, décontracté et insouciant.

Un garçon inhabituel —un saisonnier, sans doute— s'approcha d'*Anne* et de *Marie*, leur adressa à toutes deux un regard salace et lança d'un ton exagérément suggestif: " *Vous désirez ?*" Il grognait en se frottant le pantalon pour suggérer qu'il disposait là d'une 'arme' d'une si merveilleuse puissance que toutes deux en resteraient à jamais confondues si elles avaient l'occasion d'y goûter. (Chose incroyable, cette approche avait sans doute réussi une ou deux fois, ce qui était probablement la raison pour laquelle il continuait... il n'avait pas encore réalisé, cependant, que cela ne pouvait arriver qu'*après* avoir bu beaucoup de vin ou de *cognac*... mais ses chances avec l'une ou l'autre des femmes *Laverge* étaient très 'minces', voire totalement 'inexistantes'!)

"*Fous le camp, espèce de limace, je passerai commande à la serveuse*[1]" gronda *Anne* dans cet élégant français, qui, comme celui de sa fille, était dépouillé de tout accent méridional.

Le garçon marqua un temps d'arrêt, puis haussa les épaules, étouffa un juron entre ses lèvres pincées à la manière typique bien française et se rendit à la table voisine.

"*Maman*, tu deviens féministe," commenta *Marie*.

"Que puis-je y faire ? Il m'a donné de bonnes raisons…"

La discussion sur ce sujet potentiellement fascinant fut interrompue par l'arrivée de la serveuse, qui avait entendu la diatribe d'*Anne*. Elle prit leurs commandes, qui s'avérèrent semblables: *crudités* (carottes crues, concombre, oignons, maïs sucré, poivrons et tomates dans l'huile d'olive à la moutarde et au vinaigre); soupe de poissons avec croûtons et *rouille* [2]; *escargots* au persil, à l'ail, dans une sauce au beurre; *entrecôtes de cheval*: leur *cuisson* préférée étant *à point* (mi-saignant) —les autres options, en

---

[1] En Français dans le texte.
[2] Pas de la «rouille», mais une sauce tomate épaisse à l'ail.

France, sont *saignant* (sanglant) ou *bleu* (encore hennissant); *frites*; *salade mixte*; fromage; *île flottante à la crème fraîche*, et enfin café au *calvados* (*pour "creuser un trou normand"* [3]).

La serveuse prit également leur commande de boisson. *Marie* connaissait les arguments de sa mère et de son père au sujet de sa consommation de *pastis*, aussi, bien qu'elle eut préféré en prendre un pour l'*apéritif*, elle accepta à la place de commander comme sa mère un *kir royal*. En outre, elle accepta aussi un *pichet* de *blanc* pour accompagner la soupe de poisson et les *escargots*, un *pichet* de *rouge* pour la viande. Elle admit que ces dispositions étaient *exactement comme il faut*...

"*Maman*," dit malicieusement *Marie*, "n'ai-je point aperçu une bouteille de *pastis* dans la cuisine ce matin?"

"*Ma Chérie*," répondit *Anne* avec un bel aplomb, "J'ai parfois encore besoin de discuter avec un électricien ou un plombier ..."

"Alors*, Maman*, quel est ce projet de recherche historique?"

"*Oh...bof...ce n'est pas grand chose...*c'est à propos d'un curieux missionnaire anglais du moyen-âge appelé 'Skerne'... il fit le tour du nord de l'Angleterre avec un 'Talisman' qu'il utilisait essentiellement pour séduire un grand nombre de femmes ...c'était une supercherie ridicule...mais il semble qu'un culte se soit développé autour de son nom tout au long du XX° siècle...*incroyable! Mais ce n'est pas important...ça m'amuse, tout simplement...*"

"Comment diable as-tu découvert cette histoire?"

" Une conversation fortuite avec un monsieur rencontré à la bibliothèque ...il m'a parlé de Skerne...en fait, je le rencontre

---

[3] "Creuser un trou normand" : un truc pour manger toute la journée —un peu comme la plume romaine dans la gorge mais sans provoquer de vomissements. Vous descendez le calvados cul sec et il fait son chemin dans votre estomac trop chargé... enfin, en théorie...

régulièrement et discute avec lui de l'évolution de mes recherches …il m'est très utile…un *Monsieur Mochet*…"

"*Papa* est au courant de ce *Monsieur Mochet, Maman*?"

"Rappelle toi que nous avons divorcé avec ton *Papa, Ma Petite*. Nous sommes tous deux libres de prendre un amant si nous en avons envie…mais là, ce n'est absolument pas le cas…nous avons simplement…des relations basées sur un intérêt bien compris…*Monsieur Mochet* ne manifeste aucune attirance sexuelle pour moi, je t'assure…"

Sa mère était prof d'histoire dans un collège —*une agrégée*— ce qui ne lui donnait pas beaucoup d'heures de travail… il était donc logique ... qu'elle eut le temps de se livrer à ce genre de 'distraction', tout particulièrement pendant les vacances scolaires.

"Et toi, *Chérie*, comment vont tes recherches?"

"*Eh bien*, je suis encore loin de savoir guérir toutes les maladies connues…"—*Marie* savait être aussi revêche que sa mère—" mais nous faisons des progrès utiles dans notre domaine d'application…" Elle fit une pause. "*Maman*, c'est excitant… j'adore…"

"*C'est bien!*" répondit sa mère. "Mais toujours pas d'*amant*?"

Chapitre Treize

Marie soupira. On en revenait toujours à ça. *"Non*, et toi *non plus, Maman?"*

Anne ne se laissait pas manœuvrer. *"Non, Chérie,* mais je m'y suis déjà brulé les ailes, *n'est-ce pas?* Toi tu n'a pas d'excuse."

"Pourquoi aurais-je besoin d'*excuse*? J'aime ma vie, mon boulot, mes copains…si par hasard un homme arrive au milieu de tout cela, hé bien *voilà*, je suis libre d'aller…si j'ai envie…"

" Mais jusqu'à présent, il n'y a eu personne avec qui tu veuilles… aller ?"

*"Non…*pas à *Montpelier…*pas jusqu'à présent…"

"Mais peut-être ailleurs?"

"Non, pas ailleurs non plus, *Maman…"* Mais *Marie* se souvint de sa rencontre dans ce même restaurant avec ce colossal américain au nom de famille français et au *prénom* ridicule *…mais bien sûr*, elle se souvenait…*Beauchamp…Hatch Beauchamp…*il avait dû épeler son *prénom* pour elle…

Ils étaient seuls tous les deux, à deux tables voisines, et elle avait perçu lors de sa conversation irréprochable avec le serveur un léger accent étranger non identifiable. Intriguée, elle avait accepté de discuter avec lui, ce qui était inhabituel, elle était plutôt du genre à couper court à toute conversation proposée par un homme, et elle fut encore plus intriguée de découvrir qu'il était américain ... très peu d'Américains sont capables de parler sa langue comme il l'avait fait. La plupart des Américains ne savent même pas où se trouve la France! En un tournemain, était-t-il apparu, elle lui avait parlé d'elle et de son travail et avait découvert qu'il était ... donc non seulement un francophone américain, mais en plus un astrophysicien, *Mon Dieu!* Elle avait alors convenu qu'il était vraiment très séduisant…avec un physique étonnamment puissant,

Mon Dieu, Mon Dieu! Et elle avait ressenti à peine un brin [1] de honte quand elle l'avait complimenté sur son français. Ce qui avait produit une surprise encore plus grande: alors que l'on se serait attendu à l'expression d'une grande confiance en soi, l'américain avait manifesté beaucoup de modestie et d'effacement!

" Merci, Je suis très flatté que vous le pensiez, " avait-t-il commenté," mais l'apprentissage d'une langue avec un bon professeur ... et j'ai eu la chance d'avoir l'un des meilleurs ... un Français ni plus ni moins ... et la possibilité de pratiquer et d'apprendre encore plus *de temps en temps* lorsque je viens ici…comme aujourd'hui avec vous, *Mademoiselle*, merci encore; mais ce n'est pas la même chose que de l'assimiler vingt-quatre heures par jour depuis le jour de votre naissance. Il y a tellement de choses que vous saisissez accidentellement de cette façon et que je ne maitrise pas —par exemple, j'ignore les noms français de toute une gamme de mammifères ..."

Marie ne pouvait pas imaginer que, pendant qu'il disait cela, *Hatch* se demandait: "Au fait, quel est le mot français pour un lamantin, un okapi, un carcajou, un tatou, un loris grêlé, un ragondin, ou même celui d'une taupe, par tous les Saints ?"

"…Ou les différentes parties d'une automobile…" Et c'était reparti, "Ouais, quel est le mot français pour une bougie d'allumage, un joint de culasse, une courroie de distribution, un arbre à cames, un segment de piston, ou même un voyant, pour l'amour du ciel ?"

"…Ou encore tout ce qui concernait le bricolage."

Marie s'était rendu compte qu'il devenait *un peu distrait*. Ce qu'elle ne pouvait pas deviner, c'est que, à ce moment là, il se demandait tout à coup, inexplicablement, s'il ne devrait pas épouser une jeune fille française... cette fille en particulier... et s'établir en

---

[1] L'auteur aimerait que le lecteur classe par ordre d'importance: un peu, un brin, et un iota.

France, et se lancer dans le bricolage. "Nom de Dieu," se demandait-il, "quel est le mot français pour mastic, plinthe, isolation des combles, boîte de dérivation, gouttières, cheville, et même clé ou tournevis, bordel de merde?"

"Excusez moi, *Monsieur*, mais je ne vous suis plus," avait-elle dit d'un air taquin.

Elle avait été étonnée qu'il rougisse et balbutie quelques instants avant de retrouver son calme. Il était charmant ... quel dommage, pensa-t-elle, que cette rencontre ait été si éphémère ... Elle avait regardé sa montre, au moment de l'arrivée des *moules frites* de l'américain et avait réalisé qu'elle devait partir…"*Bon appétit*," avait-elle dit en se levant de son siège, mais elle n'avait pu résister à un dernier coup d'œil vers lui depuis la porte du restaurant ... et il l'avait regardée droit dans les yeux!

Mais aussi, chose incroyable! Elle avait cru l'apercevoir un soir, une semaine plus tard, les yeux fixés sur elle, alors qu'elle traversait le pont de *Chinon* en allant chez son père. *Une coïncidence ou une illusion*? Elle ne savait pas!

"Où es-tu encore partie, ma belle? "

Sa mère interrompit brutalement sa rêverie.

"*C'est mon affaire*, Maman. *C'est méchant*, j'ai plus de vingt ans, tu ne devrais plus me chercher les poux dans la tête comme ça!"

"Qu'est-ce que j'en ai à foutre? Tu ne peux pas m'empêcher de t'aimer comme une mère, tout simplement parce que tu as grandi, *Ma Petite*. Pardonne-moi, c'est pour cette raison que je te le demande... mais restons-en là. *De toute façon*, notre commande arrive…"

* * *

Après avoir bien déjeuné, *Anne* et *Marie* quittèrent le restaurant. Comme elles marchaient tranquillement dans la rue, un homme trapu, vêtu d'un costume trois-pièces blanc chiffonné, les salua. *Marie* remarqua une chaîne de montre en or qui disparaissait dans une poche de son gilet. Le crâne de l'homme était totalement chauve. Il avait des oreilles plates et sans lobe, des yeux exorbités, le teint ambré, et son menton se confondait avec son cou en une imperceptible ondulation de son profil. Sa peau avait l'air d'un parchemin jauni, et ses dents, qu'il montra quand il sourit aux deux femmes, étaient tordues et jaunes. Il évoquait à *Marie* un crapaud enflé et dégoutant...(*Marie* savait bien que les crapauds n'ont pas d'oreilles ni de dents ...mais le reste de son corps ressemblait à un crapaud...)

"*Madame Lavelge*," dit-il en prenant la main d'*Anne* pour la secouer. "*Quel plaisil*...et voici sûlement votle fille..."

"*Marie*," dit sa mère, "voici *Monsieur Mochet* qui m'aide dans mon projet."

"*Enchanté*," dit *Monsieur Mochet*, et il tendit sa main à *Marie*. Elle la secoua, et eut tout de suite l'impression de serrer des vers mous, froids et humides. "*Marie*...oui, *Marie*...votre mère m'a parlé de vous...c'est un...très joli nom... mais je ne voudrais pas abuser de votre temps à toutes les deux, *n'est-ce pas? Je vous laisse...à la prochaine... bonne continuation.*"

Comme ils se quittaient, *Marie* remarqua l'ombre projetée sur le mur à côté d'eux. C'était sûrement une illusion causée par les irrégularités de la maçonnerie, pensa-t-elle, mais ce qu'elle vit ressemblait pour le commun des mortels à une hideuse créature fourchue comme ces gargouilles que l'on trouve en haut des murs de certaines églises médiévales ...

* * *

A sept heures du soir, *Marie* annonça qu'elle mourait de faim. *Anne* fut heureuse de préparer immédiatement le *souper*. Elle fit mijoter une soupe de nouilles au poulet, hacha des *lardons* et des champignons et fouetta des œufs pour faire une omelette —*Marie* l'aida bien sûr, découpa une *baguette* entière, prépara la sauce de la *salade verte*, et mélangea la mayonnaise dans le bol de pommes de terre qui étaient déjà cuites, hachées, réfrigérées, et parsemées de ciboulette. Elle tire-bouchonna un *vin de table* simple mais fruité, et elles attaquèrent la soupe. Toutes deux adoraient l'éponger avec du pain plutôt qu'avec une cuillère —une habitude à laquelle elles se livraient sans réserve dans l'intimité de la maison— et très vite la soupe et les deux tiers de la *baguette* disparurent.

L'omelette qu'*Anne* avait rapidement préparée était délicieuse. La salade, les pommes de terre, la conversation aussi furent très agréables, le tout envoyé en un rien de temps —sauf peut-être deux tranches de baguette et deux demi-verres de vin pour accompagner le fromage. Après le fromage, *Anne* offrit une petite gâterie à sa fille —*une tarte aux pommes* avec du *muscat* doux. Puis café et *cognac*.

Marie rangea les bouteilles vides avec les autres sous l'évier, puis aida *Anne* à faire la vaisselle et à ranger. Il était près de onze heures.

"*Maman*, ce fut un excellent repas," dit *Marie*, frottant sa main sur son estomac et son abdomen délicieusement plats. "Je pense que je vais aller me coucher."

"Moi aussi."

La mère et la fille s'embrassèrent.

"*Bonne nuit*" et "*dors biens*" furent échangés…et puis, avant de se séparer, *Marie* lâcha soudain: *Maman*, j'espère que tu ne m'en voudras pas…mais ce *Monsieur Mochet*…je ne l'aime pas du tout!"

Chapitre Quatorze

Le quinze août commença comme *Joachim Laverge* l'avait prévu. Sa fille lui fut reconnaissante pour le pull-over, le gilet, l'écharpe et la jupe de laine qu'il lui avait achetés, et que, forcément, elle devait maintenant porter. La température avait chuté pendant la nuit de 32 ° Celsius à un glacial 21° C. Quoi qu'il en soit, cela ne devait pas gêner le *Duc* et son *entourage*. Ils étaient encore dans le nord de l'Angleterre où, bien sûr, une température de 21° Celsius était considérée comme tropicale.

Justement, notre récit revient maintenant à la soirée du 14.

* * *

"*Seigneur,* me demanderez-vous autre chose pour *ce soir?*" demanda respectueusement *Jean Le Taureau* au *Duc* autour de neuf heures et demie.

Le *Duc* éprouvait pour les compétences de son *chauffeur* un profond respect et beaucoup d'estime. Il ressentait pour l'homme lui-même une vive affection, quoique tout à fait chaste. Mais ayant deviné la raison de sa requête, il ne put s'empêcher de le taquiner un peu. Absorbé dans une profonde réflexion, le *Duc* fronça les sourcils d'un air pensif, puis tira sur le lobe de l'une de ses oreilles exquises, épilées et aux proportions parfaites, suivant les contours de sa tête avec une précision aérodynamique... et il fit une pause. Puis il sourit, révélant deux rangées de dents blanches, telles que même son ami américain pouvait les envier.

"*Non, pas du tout*...la fin de la soirée est à vous, *Mon Brave*. Je vous en prie, prenez la Bentley si vous voulez…" puis, les yeux intelligents et sombres du *Duc* brillèrent de malice: "et s'il vous plaît dites à Betty que nous avons trouvé son service de midi aussi *impeccable* qu'elle est elle-même *charmante*..."

Quelques minutes plus tard, *Jean Le Taureau* faisait semblant de faire une pause derrière la porte intérieure du pub pour écouter ce qu'un jeune homme mince de taille moyenne disait à Betty derrière le bar.

"Alors vous terminez bientôt. Quelle belle et chaude nuit! Avez-vous envie de marcher un peu quand vous aurez fini?"

" Non merci. Il se trouve que j'ai déjà un rendez-vous."

"Vraiment ? Hé bien, vous pouvez toujours le laisser tomber."

"Je ne crois pas."

"Comme vous voudrez." Sur ce, le *petit morceau de merde* finit son verre et se dirigea vers la sortie. En passant devant *Jean Le Taureau*, il prononça distinctement: "Quelle grosse vache morveuse!"

Immédiatement, *Jean Le Taureau* fut pris d'une rage meurtrière, mais depuis son premier meurtre impulsif, il restait prudent. Alors que cela n'avait pas été le cas avec les deux vandales de la voiture, cette fois ci, il y avait des témoins de la scène dans le bar, et un certain nombre d'entre eux le connaissaient, ou du moins auraient pu fortement suspecter son badinage avec Betty. Et peut-être pour cette raison, une autre idée —évidemment bien plus amusante— frappa soudain *Jean*, bien meilleure que sa première impulsion et peut être plus appropriée, en représailles à la grossièreté et à la présomption de cet homme. *Jean* laissa s'écouler trente secondes avant de suivre sa proie dans la nuit. L'homme se fraya un chemin hésitant à travers la pelouse en direction de la maison d'hôte de Langthwaite Guest House. L'ardent ex-légionnaire le suivit, aussi vif et furtif qu'un chat et l'intercepta au moment où il atteignait la porte du gite et sortait la clé de sa poche.

"Excusez-moi," dit *Jean Le Taureau*, "vous avez oublié quelque chose au bar." L'homme se retourna et regarda avec des yeux effarés la personne qu'il n'avait pas entendue venir. "Quoi?"

"Vous avez laissé ça au pub." *Jean Le Taureau* fit semblant de retirer quelque chose de la poche droite de son pantalon, et balança de tout son poids considérable un crochet du droit qui atterrit droit sur le plat de la mâchoire. L'homme tomba en avant — ce qui est toujours le signe d'un nettoyage par KO — et resta inerte sur le bord engazonné de la route.

Une demi-minute plus tard, comme *Jean* l'avait prévu, l'homme était toujours inconscient alors que la Bentley ronronnait à l'arrêt à côté de lui. Après avoir enfoncé le bouton sous la plaque minéralogique, *Jean* n'eut aucune difficulté à soulever le maigre type et à le déposer dans le coffre caverneux de la voiture.

Jean Le Taureau avait déjà calculé avec précision la distance, le temps du parcours, et la fin du quart de Betty. Son voyage dépassa Throstlenest Hall —à environ cinq kilomètres en dehors du village— en direction d'un fourré qui se trouvait un kilomètre plus loin.

L'air doux de la nuit réveilla le prisonnier de *Jean* quand il ouvrit la malle. Le malheureux petit tas fut soulevé sans ménagement et trainé sur le bord de la route. Peu à peu, l'homme faisait le point de la situation. Ses vacances avaient été un désastre du début à la fin. On lui avait pourtant dit que le Nord était un endroit agréable, mais il avait été snobé par toutes les femmes qu'il avait approché, frappé à l'entrejambe dans un bar, traité de "femmelette du sud" cinq fois, questionné sept fois sur ce qu'il allait prendre dans le cul, et maintenant, ce... il décida que s'il survivait à cette soirée, à partir de maintenant, il ne s'aventurerait plus jamais au nord de Finchley!

"Que…qu'est-ce que vous allez faire de moi?" Balbutia-t-il en regardant le menaçant *languedocien* avec une terreur grandissante.

"Rien, si tu me donnes ce que je veux!"
"Qu'est-ce que vous voulez?"
"Donne-moi tes fringues."
"Quoi?"

Jean Le Taureau lui lança un pain dans la gueule et répéta ses instructions. L'homme détachait déjà la boucle de la ceinture de son pantalon.

Quand l'homme fut complètement nu, *Jean* plia les vêtements avec une précision militaire et les rangea dans le coffre encore ouvert de la Bentley. "Tu les retrouveras dans le jardin de la maison d'hôtes. Voici ta clé. A l'avenir, montre plus de respect à Betty, *n'est-ce pas?* Plains-toi à la police, de quelque manière que ce soit. Tu seras la risée de tout le monde. Voici ton chemin de retour. "*Jean* leva la main et pointa le doigt dans la direction du village. Puis, dans un grand éclat de rire, il referma le coffre de la voiture, se mit au volant de la Bentley et retourna prestement vers Langthwaite.

* * *

L'odeur et le contact des sièges en cuir à l'arrière de la Bentley avaient toujours exacerbé la sensualité de Betty, mais après une longue journée besogneuse au pub, sa *jouissance* laissait souvent place à la somnolence. Ce fut le cas jusqu'à ce que *Jean* lui parle de la justice appropriée qu'il avait infligée à cet insecte malvenu dans le bar. *Jean* apprit que l'homme était vendeur de nains de jardin à Twickenham... de sorte que la *bestiole* venait de l'équipe rivale de rugby de *La Patrie*! Le cours des actions de *Jean* grimpa soudain... la mort aurait été trop douce pour ce vermisseau! Les dispositions de Betty pour *Jean* se réveillèrent. La nuit devenait beaucoup plus intéressante!

* * *

Pendant ce temps là, le *Duc* avait sorti une carafe et trois verres à whisky ellipsoïdaux magnifiquement coordonnés en verre taillé et gravé, dans lesquels les trois compères avaient déjà bu un bel assortiment de liquides. Pour l'instant, le *Duc* servait à chacun *une bonne dose* d'un rare malt Islay Single de trente ans d'âge —un *Ceoinkinryroaig*[1]. Puis il fit tomber une goutte d'eau dans chaque verre à l'aide d'une pipette…"Pour libérer le parfum subtil de la tourbe," expliqua-t-il.

"*Eh bien, mes amis*, maintenant, il est temps de vous dire tout ce que je sais sur le sujet. J'ai appris du Cardinal que presque tous les membres de cette grotesque secte de Skerne sont connus par le Vatican... disons ... pour leur quotient intellectuel. Il s'agit pour la plupart d'un ramassis fourre-tout de nullités égarées... des hippies, des renégats, des lesbiennes, des femmes frustrées par leur carrière qui ont des idées indignes de leur rang…" Le *Duc* crachait cette énumération avec un mépris à peine dissimulé. "Alors, comment diable une bande aussi hétéroclite a pu découvrir la cachette du reliquaire et en orchestrer le vol, cela a d'abord été un mystère. Mais un de leurs nouveaux membres est peut-être en cause. C'est quelqu'un d'un tout autre acabit. Il s'appelle *Mochet…mais oui, un Français…* un personnage entouré de mystère. Il semble qu'il ait de gros moyens personnels... il n'a pas d'emploi reconnu, mais là où il vit, il vit bien. Il a, au cours de ces dernières années, changé de résidence à plusieurs reprises... mais à chaque fois, des rumeurs inquiétantes ont circulé, du genre... culte du diable! Quel intérêt peut-il éprouver pour le 'Talisman', je l'ignore. J'ai appris d'une autre source ... connue également par le cardinal... que tout les documents concernant Skerne et son Talisman —en tout état de cause, il n'y en a pas beaucoup— ont été récemment empruntés à la bibliothèque publique de *Nevers*…par un professeur d'histoire du coin… qui n'est *pas* un membre de la

---

[1] La route du coin en irlandais (?) prononcer "Sean Connery."

secte. Il est intéressant, toutefois, de constater que *M. Mochet* se trouve actuellement à *Nevers*... Coïncidence? Je ne pense pas. C'est pourquoi c'est là que dans deux jours notre aventure débutera, *mes amis*! Nous commencerons, je pense, par faire la connaissance de ce professeur d'histoire —Son nom est *Anne Laverge*...

Anne Laverge—Nevers! La coïncidence était frappante! A l'idée de revoir peut-être cette fille dans son costume *chic cerise* — comme un joli flamant rose— *Hatch* se demanda immédiatement s'il n'allait pas un jour faire sa... si seulement il en avait l'occasion, si seulement elle voulait... assurément, le destin semblait... et puis il se demanda soudain: "Quel est le mot français pour 'flamant', nom de Dieu?"

"Une question, *Mon Cher Théodore*," intervint le mutilé russe, "pourquoi nous?"

"Comme toujours, tes questions font preuve d'une grande perspicacité, *mon ami*! Je suis sûr que le Cardinal ne m'a pas tout dit. Mais la ligne 'officielle' est que le Vatican lui-même ne doit *pas* être soupçonné par la secte de vouloir récupérer le reliquaire, cela les mettrait, dirons nous, dans une position délicate pour négocier. Sans le reliquaire, quoique la secte de Skerne décide de dire, on les prendrait pour une bande de *fous*...mais avec le reliquaire, *alors ça, c'est autre chose*...et si on ne pouvait pas le récupérer, Sa Sainteté souhaiterait garder 'un coup d'avance.'

"Quoi qu'il arrive, nous resterons des *inconnus*. Notre pacte avec Notre Sainte Mère l'Eglise ne sera pas rendu public. Nous devrons intervenir de manière totalement secrète et indépendante.

"Cependant, je soupçonne que *M. Mochet*... est le genre d'ennemi auquel le cardinal ne peut pas s'opposer lui-même, et c'est la raison pour laquelle Son Eminence s'est adressée à moi... Je ne vous l'ai jamais dit, *mes amis*, mais dans le domaine bien particulier de la magie noire, je suis un *Ipsissimus*![1]"

"Un quoi?" demanda *Hatch*.

"Un *Ipsissimus!*"

"Ahh," murmura l'américain.

"Mmm," ajouta le russe.

Le *Duc* se leva et posa une main tendre, rassurante, mais tout à fait chaste, sur chacun de ses amis. "Finissons maintenant notre whisky. Dans deux jours, nous partons pour *La Belle France*... et par ailleurs, je vous mets en garde, demain, c'est le *quinze août*. Le temps va changer... Apportez des vêtements chauds. *Bonne nuit*."

* * *

Le *Duc* alla vérifier que *Tristan* et *Iseult* allaient bien. Ils dormaient profondément du sommeil du juste. Etait-il troublé par la conversation, ou par les effets de la *Ceoinkinryroaig*[2], il n'en était pas sûr, mais il décida de prendre un bol d'air frais. Il ouvrit la porte arrière de son historique et monolithique domicile anglo-saxon et se promena jusqu'au portail de l'entrée. Il savourait l'air embaumé et tournait le dos au hall d'entrée quand soudain... quelque chose d'éphémère attira son attention... ses sens étaient troublés, sa *dose* de whisky avait-elle été un peu trop *bonne*, ou avait-il vraiment vu un homme frêle et dénudé se précipiter furtivement en direction du village?

---

[1] NDT : Grade élevé d'un initié aux sciences occultes. Titre d'un album de John Zorn, musicien de rock métallique.

[2] NDT : Prononcer 'Sean Connery.' Les bons single malts se terminent en 'oaig'

Chapitre Quinze

Le *Duc* avait beaucoup réfléchi avant d'acheter sa première voiture anglaise. *Bien sûr*, le choix se réduisait à deux modèles, *à son avis*— une Rolls Royce ou une Bentley. De manière incontournable, Rolls Royce ne voulait pas révéler la puissance de ses véhicules... la firme prétendait simplement qu'elle était 'adéquate.' Le *Duc* avait vu dans cet euphémisme le reflet de la modestie qu'il prenait soin d'afficher lui-même au regard de sa propre supériorité sur les autres mortels dans de nombreux domaines de l'accomplissement humain. Mais en fin de compte, il avait opté pour la Bentley, en partie parce qu'il trouvait que sa beauté classique et intemporelle était sous-estimée, et en partie parce que la puissance développée par le modèle qu'il avait choisi passait pour être 'plus qu'adéquate!'

Il avait choisi ensuite une Jaguar comme seconde voiture anglaise pour son style tout à fait différent. Comme cette voiture était bien nommée! Son apparence était vraiment féline. Et le sens esthétique du délicat *Duc* était raffiné et éclectique! C'était pour les même raisons qu'une *Citroën DS 23* futuriste au nez de requin l'attendait dans son immense garage du *Château du Prat Ragé* à côté d'un élégant roadster *Bugatti* vintage.

Ce fut dans la Bentley que l'intrépide trio s'en fut vers le sud, animé d'une détermination sans faille. Ils firent halte dans une auberge de campagne, simple mais convenable, sur le bord de la route près de Douvres avant de prendre le ferry de huit heures le lendemain matin. En raison de l'heure de départ, de la lente procession à *la douane* et de la différence d'heure avec le continent, ils s'engagèrent sur les *routes* de France en fin de matinée.

Ils déjeunèrent pendant deux heures dans la charmante ville médiévale de *Laon* perchée en haut d'une colline sur les contreforts de la *Champagne*, et perdirent encore deux heures pour dîner dans le charmant centre médiéval de *Troyes*. Le *Duc* avait choisi soigneusement l'itinéraire afin de l'agrémenter de visites historiques autant que gastronomiques! Ses inclinations culturelles cosmopolites étaient aussi bien sensuelles qu'intellectuelles! Par conséquent, il était plutôt tard quand ils arrivèrent à *Nevers*.

Pour choisir leur hébergement, le *Duc* avait consulté le *Guide Michelin* et opté pour l'*Hôtel De La République*, qui n'affichait pas moins de cinq étoiles. *Jean Le Taureau* avait appelé et appris que, malheureusement —mais c'était prévisible —il était *complet*. Le réceptionniste avait suggéré d'essayer à *L'Hôtel Du Roi*, en espérant qu'ils aient encore des chambres libres. Ce qui se confirma. Après avoir consulté *Le Duc*, il avait fait les réservations. En pénétrant dans l'hôtel, la raison de cette disponibilité fut manifeste. Le propriétaire était un fan obsessionnel d'Elvis. Il avait recréé le décor intérieur de "Graceland" [1] ... et évidemment, il était dénué du moindre bon goût. Cependant, il était très tard ... la décision de rester ou de partir ne pouvait plus attendre; C'était maintenant ou jamais! Le *Duc* se rendit à l'évidence, mais il fut catégorique... "Ca ira bien," [1] dit-il aux autres, " mais une nuit, pas plus! Ce serait trop!"

Sa chambre, la *Easy Come, Easy Go*, se trouvait dans le couloir de la suite nuptiale *The Good Rocking Tonight*, tandis qu'au fond du couloir, *Hatch Beauchamp, Alexandrov Slivovitch* et *Jean Le Taureau* furent logés respectivement dans des chambres *King Creole, Wild In The Country,* et *Kid Galahad*.

Le lendemain matin, ils fuirent devant le menu qui offrait des sandwiches à la purée de banane et au beurre d'arachide pour prendre le petit déjeuner dans un *café* des environs. A l'arrivée du *café* et d'un petit verre d'*eau de vie* digestive, ils commencèrent à

---

[1] NDT : Résidence du King à Memphis, reconvertie en musée.
[2] NDT : "That's alright" chanson de Jimmy Rogers

planifier leur journée. *Jean Le Taureau* fut chargé de trouver un hébergement plus adapté; *Hatch, Alexandrov Slivovitch,* et le *Duc* chercheraient où *Anne Laverge* habitait; en outre, le *Duc* s'assignait la tache supplémentaire de prendre lui-même contact avec *Anne Laverge.*

* * *

La mission de *Jean Le Taureau* fut accomplie avec succès en une demi-heure —*L'Hôtel De La Paix,* seulement trois étoiles au *Michelin,* mais tout à fait convenable, *à son avis.* Il était certain que le *Duc* et ses amis n'auraient pas hésité. Il retourna à *L'Hôtel du Roi* pour régler les comptes et charger les affaires dans le coffre de la voiture. Comme il redescendait dans le parking pour son dernier voyage, il vit une femme âgée aux jambes arquées, vêtue d'une blouse à fleurs bleues et d'une robe noire, laisser un caniche miniature ridiculement tondu uriner sur la roue de la Bentley coté passager. Immédiatement, *Jean Le Taureau* fut prit d'une rage meurtrière, mais la prudence récemment acquise depuis son premier meurtre impulsif lui fut très utile. Il attendit. Quand elle retourna dans la rue et fut à peu près hors de vue —il avait noté la direction qu'elle avait prise— avec la vitesse furtive d'un rapace d'autant plus surprenante qu'il avait une carrure imposante, il chargea la dernière valise dans la voiture et se mit à poursuivre sa proie. En moins d'une minute, une opportunité se présenta. La vieille attachait la laisse de cet animal absurde à un lampadaire et grimpait la marche d'une *pharmacie*. Le chien fut détaché en quelques secondes et partit avec *Jean Le Taureau* faire une petite "trotte" ; il tourna au coin de la rue. Deux rues plus loin se trouvait une ruelle sombre jalonnée de poubelles municipales à roulettes. *Jean* attira le chien dans la ruelle. Une torsion rapide du cou eut raison du cabot. *Jean* balança son cadavre sous deux grands sacs poubelles dans l'un des deux containers. Il n'y avait eu pas de témoins. Il portait depuis le début ses gants de *chauffeur. Fait accompli*!

Comme il revenait sur ses pas, il alluma une *Gauloise* pour fêter cela. Devant la *pharmacie,* une jeune femme en blouse blanche essayait de consoler la vieille sorcière hystérique. Jean fit tout ce qu'il put pour retenir un éclat de rire triomphal.

Il conduisit la Bentley à leur nouvelle résidence et déposa les valises dans leurs chambres respectives. Plus tard, il faudrait prendre des dispositions pour laver la voiture. Pour l'instant, il reprenait sa liberté. Il entra dans un bar du voisinage et commanda un quadruple *pastis* pour accompagner sa seconde *Gauloise* de célébration.

Le *Duc, Hatch,* et *Alexandrov Slivovitch,* quand à eux, goutaient un *café* à l'*eau de vie* dans un autre bar. Ils s'étaient procuré un plan de la ville et un annuaire téléphonique. Malheureusement, les noms dans les annuaires téléphoniques français sont regroupées par village et secteur, et c'était justement l'information qu'ils cherchaient —dans quel village ou quel quartier *Anne Laverge* habitait-elle?— leur tâche promettait d'être laborieuse.

A midi, ils avaient établi la liste de tous les *Laverges* de l'annuaire, et éliminé ceux qui n'avaient pas les bonnes initiales, ce qui leur en laissait neuf. La pause-déjeuner fut la bienvenue. *Hatch* suggéra d'aller au restaurant où il avait dîné l'année dernière. Il ne pouvait pas se souvenir de son nom, mais il savait comment y aller.

"*Mais c'est bizarre!*" s'exclama le *Duc* alors qu'ils regardaient tous trois le restaurant de l'autre côté de la rue.

"*Qu'est-ze qu'y a, mon ami?*" demanda l' ex-soviétique estropié.

"*Mais, regarde! Le nom!*"

Alexandrov Slivovitch regarda le nom de l'établissement et, tout d'un coup, tout devint clair! "*Le Cul de Blaireau.*" Il poussa un juron russe indicible, puis il dit, "Notre... comment vous dize...

notre bière locale! *Mais, Mon Cher Théodore*, z'est de bon augure, *n'est-ce pas*? *Z'est bon zigne!*"

"Espérons!"

"Allons manger," conclut *Hatch*.

Le trio entra dans le restaurant. Tout de suite, le *Duc* et *Alexandrov Slivovitch* perçurent un changement dans l'attitude du colosse Américain. Ils regardaient leur ami qui s'était immobilisé sur le pas de la porte et commençait à rougir, les yeux écarquillés. Le *Duc* suivit son regard et vit assises à une table deux jolies femmes, des sœurs ou peut-être la mère et la fille... la plus âgée des deux avait un soupçon de gris dans des cheveux courts et noirs. La plus jeune, une cascade de cheveux noirs tombant sur ses épaules galbées. Elles semblaient absorbées par la conversation... quand la plus jeune regarda dans leur direction...

* * *

Anne Laverge écoutait attentivement sa fille et fut tout autant surprise quand *Marie* s'arrêta brusquement de parler au milieu d'une phrase. Sa fille regardait ailleurs en ouvrant de grands yeux. Elle suivit son regard et vit trois hommes debout à l'entrée du restaurant. L'un d'eux était jeune, grand, robuste et séduisant. Le second était également jeune, mais de constitution plus légère. Il portait des cicatrices et un bandeau sur l'œil et s'appuyait avec élégance sur une canne. Le troisième, plus âgé que les deux autres, était néanmoins celui qu'elle trouva le plus intéressant. Il était grand et maigre et avait un port aristocratique, des yeux sombres et intelligents, un nez aquilin, une bouche de gentilhomme parfaitement proportionnée et des oreilles qui suivaient le profil aérodynamique de la tête —en somme, un bel homme avec beaucoup de charme. Elle se tourna vers sa fille.

"*Mais, alors, Ma Chérie*, tu rougis!" S'exclama-t-elle avec surprise.

Chapitre Seize

Le français d'*Alexandrov Slivovitch* était à peu près aussi courant que celui de Hatch, mais peut-être un peu (ou devrait-on dire un brin, ou un iota?) plus accentué. A vrai dire, il ne connaissait pas non plus le mot français pour yack, bœuf musqué, potto, ornithorynque, échidné, ou wombat; ni pour volant, joint homocinétique, vilebrequin, piston, barre antiroulis, amortisseur ou enjoliveur; ou encore lambris, décoration, cheville, ponceuse, pâte à bois, perceuse, foret, clé allène, rabot, bétonnière, auge de plâtrier, truelle, papier peint, grattoir, colle à papier peint, rouleau, ciseau, rallonge, coupe-carreaux, niveau à bulle. Mais pour l'instant, cela ne lui aurait été d'aucune utilité. (Si cela l'avait été, il aurait aussi bien pu se dire que, à en juger par leurs murs de clôture, les français ne connaissaient pas non plus le mot pour niveau à bulle!)

Ce fut lui qui comprit la situation le plus rapidement, en observant le rétablissement simultané du sang-froid de son ami *et* de la jeune fille, qui en disait long à leur auditoire...

(On pouvait en effet parler d'auditoire, tellement leur attitude avait été parlante. Une fois, d'ailleurs, à Moscou, au début d'une conférence qu'il avait donnée sur la tactique de chasse des narvals —sujet sur lequel il était expert en partie grâce à une amère expérience— il avait posé de manière très audible la question habituelle à son auditoire: "Est-ce que vous m'entendez au fond ?" et quelqu'un avait répondu "non" Il avait fallu un interrogatoire musclé du KGB pour conclure que cette personne n'avait pas un problème de dissidence mais de surdité, mais qu'elle lisait sur les lèvres!...)

En tout cas, de manière tout à fait audible, *Alexandrov Slivovitch* dit, *"Mon ami,* je penze que tu connais zette perzonne... s'il te plaît, fais nous l'honneur de nous présenter à zette charmante compagnie," et tous les intéressés l'entendirent. Il ne pouvait pas imaginer, cependant, à quel point tous les membres de son auditoire trouvèrent la proposition bienvenue.

Hatch, qui avait finalement retrouvé la maitrise de soi, prit l'initiative. "Quel plaisir de vous revoir. Puis-che vous présenter mes amis, *Marie*?"

Il aurait été ravi d'apprendre à quel point le fait qu'il se soit rappelé de son prénom fit battre le cœur de la demoiselle!

"*Mais bien sûr, Monsieur*," lança sa mère avant que *Marie* n'ait retrouvé assez de présence d'esprit. "Vous êtes de toute évidence un ami de ma fille! Ce serait un grand plaisir de faire votre connaissance, ainsi que celle de vos amis!" Elle regarda les trois hommes, ses yeux s'attardant sur le *Duc*. "Êtes-vous ici *pour manger, messieurs*? Nous venons tout juste d'arriver. Peut-être pourriez-vous vous joindre à nous?"

Les introductions faites, le trio s'assit en face des deux délicieuses *françaises*. Immédiatement, une serveuse vint à leur table les menus et prit leurs commandes pour l'*apéritif*. *Hatch* fut vaguement conscient pendant un instant de la présence d'un jeune serveur rôdant dans le fond et regardant dans leur direction avec un air maussade de jalousie. Cependant, *Hatch* n'en tint pas compte. Lui et *Marie* étaient déjà trop absorbés dans la conversation.

Ils discutaient tous de ce qu'il fallait manger. Ce faisant, *Anne* ne pouvait pas s'empêcher d'admirer les doigts bien manucurés et les mains élégantes, minces et aristocratiques avec lesquelles le *Duc* tenait son menu. Elle appréciait aussi sa voix de baryton sonore et profonde —qu'elle n'avait pas remarquée au début— alors que le *Duc* lui demandait avec flatterie ce qu'elle lui recommandait.

On aurait pu pardonner à *Alexandrov Slivovitch* d'éprouver de la rancune, qu'il n'éprouvait d'ailleurs pas, pour les blessures qu'il avait subies et surtout pour le fait qu'il ne faisait pas l'objet du même intérêt que ses deux amis pour les membres du sexe opposé —il en avait, il est vrai, éprouvé *autrefois*. — Dans une telle situation, le moindre mortel aurait commencé à avoir des pensées noires, se serait peut-être demandé dans le verre de laquelle des deux femmes il verserait du poison, s'il en avait eu sur lui, afin que le *Duc* et *Hatch* comprennent de première main ce que c'était que d'être privé de leur société ; il aurait pu tourner ou appuyer sur le pommeau de sa canne de sorte qu'un jet d'acide fluorhydrique donne à l'une ou à l'autre de ces deux femmes exquises une idée ce que c'était que d'être défigurées ou amputées. Peut-être, en effet, de tels desseins gisaient enfouis au fond de son subconscient. Mais *Alexandrov Slivovitch* était pour le moment uniquement sensible au bonheur et au plaisir de ses amis !

Il n'empêche que son détachement relatif par rapport aux relations qui se nouaient lui donna un aperçu de ce qui, en tout état de cause, allait bientôt devenir déterminant! Car il apprit, en écoutant *simultanément* des bribes des deux conversations, que la famille *Laverge* se composait d'*Anne*, de *Joachim* et de *Marie*… et ces trois prénoms avaient pour lui une résonance particulière et insaisissable qu'il lui faudrait un certain temps pour faire éclater au grand jour…

"Alors, *messieurs*," demanda *Anne*, "qu'est-ce qui vous amène à *Nevers*?"

" S'il vous plaît, laissez-moi le temps de répondre à votre question, *Madame*," dit le *Duc*, " mais permettez moi d'abord de vous en poser une. Seriez-vous la *Anne Laverge* qui fait actuellement des recherches sur 'Le Talisman de Skerne?'"

Les yeux en amande liquides et sombres d'*Anne*, dans le gouffre desquels le *Duc* était sur le point de sombrer, s'il ne s'y noyait pas déjà *tout à fait*, devinrent d'énormes mares noires d'ahurissement.

"*Mais alors! Mais oui!* Mais comment le savez-vous?"

"*Tout à l'heure*, si vous le voulez bien, *Madame*, mais pour répondre à votre première question, nous sommes venus à *Nevers* pour *vous* rencontrer!"

Avant qu'elle ne puisse réagir, *Alexandrov Slivovitch* envoya un coup d'œil ironique, mais en aucun cas rancunier, à son ami américain. "*Mais, mon ami*, tu es z'un peu couillon, *n'est-ce pas*? De ne pas nous dire que tu connaizzait dézà *la famille Laverge* de *Nevers*? Nous avons passé toute une matinée z'à la pêche au chalut dans l'annuaire téléphonique, quand tu pouvais tout zimplement nous zamener izi!"

A nouveau décontenancé et rougissant, *Hatch* revint un instant par inadvertance à sa langue maternelle. "Ta gueule, *Alexandrov*! Che ne savais foutre pas que c'était elles, bordel. Et *Marie* ne m'avait pas filé son adresse ni son putain de numéro de téléphone…Et comment foutre j'aurais pu savoir qu'elle était là!"

Marie ne comprit pas un seul mot de ce que *Hatch* disait en anglais, à part son propre nom, mais elle le trouvait plus sexy quand il parlait français!

Reprenant son calme, *Hatch* s'excusa pour son manqué de *politesse* et revint au français, que *Marie* trouva tout de suite beaucoup plus agréable. " Che pensais que c'était sans doute une coïncidence," ajouta-t-il.

"Je ne crois pas aux coïncidences," dirent *Anne* et le *Duc* en même temps. L'ironique sourire qu'ils échangèrent instantanément tous les deux donna à chacun l'occasion d'admirer la beauté parfaite de leurs dentitions respectives. Entre les deux parties s'installait une compréhension subtile réciproque, qui mit le *Duc* face à un dilemme! Avant la rencontre, il avait imaginé recourir à une fable, à quelque chose qui suivrait une ligne *très* ténue entre la vérité et le mensonge pur et simple. Mais si la raison lui disait déjà que cette —ainsi qu'il le découvrait maintenant— *superbe* femme ne faisait probablement pas partie de la machination de la secte des Skerne, son intuition le lui confirmait désormais complètement. Et il prit soudain la décision qu'il la mettrait dans la confidence, contrairement à ce qu'il avait prévu au départ. Mais elle était au bord d'un gouffre dangereux, et pour l'en préserver, il devait rester prudent.

" Maintenant, pour répondre à votre deuxième question, *Madame*. Nous aussi, nous nous intéressons au Talisman, mais peut-être pour des raisons que je vous expliquerai sommairement, et qui ne sont pas les vôtres. Il n'a pas été difficile de découvrir que tout le matériel documentaire relatif à cet 'artefact' a été récemment emprunté à la bibliothèque de la ville à votre demande. Et que quelqu'un d'autre ayant un rapport avec le Talisman vit également dans cette ville, ce qui semble faire beaucoup pour qu'aucun de nous, comme nous venons de le constater, ne croie à…*une coïncidence!*"

"Qui est cette personne?"

"Quelqu'un que nous n'avons encore jamais rencontré, un certain *Monsieur Mochet*."

"Mais je le connais! *M. Mochet* m'a orienté dans mes recherches!"

"Je vois." Le *Duc* se rendait compte que *Mochet* savait certainement beaucoup plus de choses sur le sujet qu'*Anne Laverge*, alors pourquoi l'avait-il encouragée dans ces recherches? Il était perplexe.

"Savez-vous qu'il y a tout juste une semaine, le Talisman et son reliquaire ont été dérobés?"

"*Mais non!*" Ses sombres, liquides et étonnés yeux en amande s'élargirent encore davantage —leur profondeur n'avait jamais été aussi profondément engageante— à cette révélation. "Mais comment? Son emplacement est un secret bien gardé par l'Église! Jamais ce lieu ne fut révélé!"

" Pourtant, d'une manière ou d'une autre, il a été découvert; le Talisman a disparu! Et les voleurs entendent utiliser ce trophée de façon pernicieuse. Nous agissons, dirons-nous, comme des agents secrets de l'Église pour le récupérer. *Madame*, Je viens de vous donner ma confiance et je vous en prie, je compte sur vous pour ne pas la trahir! Mais vous m'avez posé une question, et alors même que nous nous connaissons si peu, j'ai décidé que vous êtes une personne qui ne mérite pas d'être trompée."

Si *Marie* et *Hatch* devenaient de plus en plus rouges, le visage d'*Anne* rosit d'une nuance plus délicate. Et le *Duc*, avec la sensibilité raffinée propre à un homme si distingué, était à la fois heureux et désolé d'en être la cause!

"Mais les *hors d'œuvres* arrivent! Mangeons!" Il évita ainsi tout embarras supplémentaire, avec son aplomb habituel!

Ils mangèrent magnifiquement! A la fin du repas, le *Duc* resta fidèle à lui même et paya. *Anne* insista pour les inviter tous à diner *chez elle* le soir suivant. Mais *Hatch* et *Marie* avaient déjà prévu de manger ensemble quelque part et *Alexandrov Slivovitch* fit également ses excuses. Comme il l'avait promis, il donnerait à *Jean Le Taureau*, leur *chauffeur*, une leçon d'échecs. Il fut donc convenu que les trois couples dîneraient dans trois endroits différents.

En quittant le restaurant, *Marie* eut la vision fugitive d'une silhouette tournant au coin de la rue la plus proche. Elle ne reconnut pas qui c'était, mais elle fut déconcertée de voir pendant quelques secondes une ombre sur le mur d'en face, la même ombre qu'elle avait déjà vue à cet endroit ... une sorte de démon cornu!

"*Maman!*" s'écria--elle. "Je crois que c'était M. Mochet! Est-ce qu'il nous espionne?"

Immédiatement, *Hatch* se lança à sa poursuite et se retrouva au milieu de plusieurs attroupements en tournant au coin de la rue. Qui pouvait être *Mochet*? Il n'en avait pas la moindre idée! Désemparé, il revint sur ses pas.

Peu de temps après, ils se dirent *au revoir*.

Jean Le Taureau avait laissé un message pour son employeur et ses amis au *patron* du café où le trio s'était donné rendez-vous. L'homme les reconnut immédiatement et leur donna le nom et l'adresse de *L'Hôtel de La Paix*, qui, comme il le précisa, se trouvait à quelques pas.

* * *

Deux autres quadruples *pastis,* en plus du vin de son diner, et pour finir, un incontournable *calvados,* décidèrent *Jean* à faire impérativement la *sieste,* en particulier au cas où son service de *chauffeur* devrait être requis dans la soirée... mais il amena d'abord la voiture à un lavomatic, en pensant —se dit-il raisonnablement— que de toute façon, sa grande taille diluait beaucoup plus l'alcool en lui au centimètre cube que, disons, la même quantité chez un nain microcéphale!

En fait, son employeur et ses amis n'avaient pas l'intention de s'éloigner de l'*hôtel* restaurant ce soir là, et *Jean* put retourner au bar boire d'autres *pastis.*

* * *

Le *Duc, Hatch,* et *Alexandrov Slivovitch* avaient pris un léger *souper* de *cuisses de grenouille* et de *crevettes à l'ail* ce soir là, arrosés de *Chablis.* Un *Beaujolais* avait accompagné de délicieux fromages. Puis *café* et un *digestif.*

Ce fut peut-être le *calvados* qui libéra un souvenir enfoui.

"*Illum!*" s'exclama soudain *Alexandrov Slivovitch,* en faisant sursauter ses amis. "Mais comment ais-je pu ne pas voir zela tout de zuite! Dites-moi, quelle autre famille a une mère et un père appelés Anna et Joachim et une fille appelée Mary, mm?"

"Lawdy, lawdy," balbutia *Hatch.* "La Chainte Famille!"

"*Nom de nom!*" éructa le *Duc. "Mais oui,* maintenant que tu le dis, *c'est évident*! Comment n'ais-*je* pas vu cela? Tu as du génie, *mon ami!*"

"Mais qu'est-ze que za veut dire?"

"Je ne sais pas, *Mon Brave...* attendons encore un peu. Demain, j'apprendrai beaucoup plus de choses sur *M. Mochet,* grâce à la délicieuse compagnie d'*Anne Laverge,* plutôt que de passer encore des heures fastidieuses à feuilleter l'annuaire téléphonique...

"Et toi, *Hatch*, tu pourrais aussi apprendre des choses… Au fait, où as-tu dit que le père de *Marie* habitait maintenant?"

"*Chinon.*"

"*Vraiment*! *Incroyable*! Il n'y a pas si longtemps, *M. Mochet* habitait aussi à *Chinon*!"

Le *Duc* prit alors une décision. "*Mes amis*, après demain, nous rendrons visite à *Joachim Laverge*. Je ne veux pas trop impliquer sa fille ou son ex-femme dans nos recherches, et d'ailleurs, même si nous demandions à *Marie* de *lui* poser quelques questions, elle ne saurait pas nécessairement où le mener à partir de ses réponses …"

"*Illum*!" s'exclama soudain *Alexandrov Slivovitch*, surprenant à nouveau ses amis.

"*Laverge*! *Laverge*! *Mon Cher Théodore*, z'est peut-être une forme corrompue de *La Vierge*? *Marie La Vierge*? Marie la pucelle?"

Le *Duc* regarda encore avec admiration son camarade handicapé. "*Et en plus*, cette corruption elle même, si en effet c'en *est* une, a une autre signification, le sais-tu? *Une verge*[1] est un fouet ou une canne, mais c'est aussi l'*argot* pour…quels sont déjà ces termes Anglo-Saxon grossiers et ridicules…un resquilleur, un foret, un John Thomas, un nœud, une bitte, un Willy!

(O combien plus étendu était le vocabulaire anglais du *Duc*, comparativement à leur français respectif, se dirent simultanément, mais indépendamment, chacun de ses deux amis!)

"Mais qu'est-ce qui nous a donc amenés à cette chose?" continua le *Duc* dans sa superbe rhétorique. "Ah, *mais oui*! La

---

[1] En voyant les panneaux de signalisation "soft verges" (accotements instables) les visiteurs français sourient souvent de la langue anglaise. En poursuivant vaguement dans la même veine, les paquets informatiques envoyés par les clés USB impressionnent aujourd'hui beaucoup plus les filles que ce que ne pouvaient le faire à l'époque les " disquettes 3½ pouces."

recherche du resquilleur en or, du foret en or, du John Thomas doré, du nœud en fil d'or, de la bitte aux oscars, du Willy doré à la feuille...*La Verge d'Or*!

"*Non, vraiment,* cette fois, je suis tout à fait sérieux, je ne crois pas aux coïncidences! Non, pas dans ce cas! Vraiment pas!"

Chapitre Dix Sept

Jean Le Taureau était de nouveau en proie à une rage meurtrière. Malheureusement[1], cette fois-ci, il n'avait pas de victime sous la main…

A vrai dire, *Jean* était un iota (ou devrait-on dire un peu ou un brin?) bourré, mais surtout, alors qu'il bichonnait l'intérieur de la Bentley, il avait de nouveau rencontré Le Mystère De La Tache Blanche … Bien qu'il ait aspiré plusieurs fois le luxueux tapis à longs poils noirs de la voiture ces dernières quarante-huit heures, mystérieusement, ces taches blanches apparaissaient de nouveau! Qu'est-ce que cela pouvait être? D'où venaient-elles?

Ce n'étaient pas des cendres de cigarette! Peut-être en avance sur son temps de plusieurs décennies, le *Duc* insistait sur le fait que ceux qui fumaient ne devaient pas le faire, que ce soit à la maison ou dans la voiture. Cela gênait uniquement et principalement *Jean Le Taureau* et *Alexandrov Slivovitch*, qui souffraient respectivement d'une addiction aux *Gauloises* et aux cigares Cocktail *Sobranie*. (En fait, le bon *Duc* lui-même ne répugnait pas à savourer à l'occasion un délicat cigare cubain *Roberto Fonseca*, mais en observant néanmoins les mêmes restrictions qu'il demandait aux autres —car tel était le sublime sens inné de l'équité notre homme!)

Jean s'arrêta dans son travail, se redressa et beugla, uniquement pour sa satisfaction personnelle, à propos de ce phénomène exaspérant: "Bande d'enc…! Bande d'enc…!"

Cependant —à croire que le paroxysme de la colère de ce grand échalas se dirigeait contre *eux*— deux joggeurs fluets et d'âge mûr sprintaient à déborder d'adrénaline et à vous éclater les poumons assez loin de son voisinage immédiat, mais comme par

---

[1] Bien sur, je devrais dire "heureusement"…

hasard, au bout de quelques minutes, l'un d'eux fit un infarctus du myocarde qui lui fut fatal. Cela aurait calmé la rage de *Jean Le Taureau* s'il l'avait su!

Tôt ce soir-là, cependant, le *chauffeur* du *Duc* était en bien meilleure forme, son déséquilibre *sang-pastis* s'étant rétabli. Il put conduire la Bentley sans tache blanche avec une précision incomparable et la garer devant l'*appartement* d'*Anne Laverge*.

Jean attendit à côté de la somptueuse limousine, jusqu'à ce que les *délectables Laverge* descendent à la rencontre du *Duc* et de *Hatch* pour les accueillir dans l'entrée de l'immeuble.

"*Seigneur*," demanda alors le zélé *chauffeur* " quand dois-je venir vous chercher?" Le titre de *Seigneur*, encore plus que la vue de la Bentley, élargirent d'étonnement les yeux sombres et pulpeux des deux femmes.

"Mais, *Mon Brave*, vous avez votre soirée d'échecs," répondit le *Duc*. " Profitez-en ... et tel que je connais *Alexandrov Slivovitch*...profitez aussi de la vodka! La ville, j'en suis sûr, a un bon service de taxi. *A bientôt*."

Il n'avait donc pas besoin d'être présent quand le *Duc* sortirait! Il fut d'abord surpris, puis reconnaissant. Son étonnement et sa reconnaissance furent cependant tempérés peu de temps après, à la pensée que le bon *Duc* avait peut-être seulement essayé de faire bonne figure! (On ne peut pas faire son *service militaire* dans la Légion étrangère française sans devenir *un peu cynique, n'est-ce pas?*)

Alors que *Jean Le Taureau* remontait dans la Bentley, *Hatch* répondit à l'étonnement des deux femmes. "*Théo* n'aime pas en faire étalage, mais en fait, il est *Le Duc de Cornsai-Tantobé!*"

Anne fut immédiatement impressionnée par la modestie de ses convives. Mais elle pensa ensuite —un peu cynique elle aussi, même si elle n'avait jamais servi dans la Légion étrangère française— que peut-être son convive essayait de l'impressionner par sa modestie. Puis elle fut impressionnée à l'idée que — éventuellement— *elle* était une personne qui, dans son esprit à lui, était encore plus impressionnante!

Anne observa la réaction du *Duc*. Il leva des sourcils résignées, haussa les épaules et étendit les bras au bout desquels les paumes aristocratiques de ses fines mains libéraient ses longs doigts élégants aux ongles parfaitement manucurés. *"Ce n'est pas grande chose!* Aujourd'hui nous sommes *en République…* par les temps qui courent, la vieille Noblesse n'est Noble que de nom, à moins de l'être par essence, et plus personne n'a besoin de titre pour *cela…"*

Mm! Maintenant, comme tout cela était impressionnant!

"Entrez, je vous prie, *Seigneur Le Duc,*" lui susurra *Anne* d'un esprit délicieux tout à fait charmant. "J'espère que ma *terrine de lièvre* sera à votre convenance." Ce qui réjouit le *Duc!*

* * *

Cette soirée marqua un tournant décisif dans la vie des deux couples.

* * *

Anne et le *Duc* trouvèrent quelque chose de plus succulent que le civet de lièvre à savourer. Ils découvraient une relation profonde qui devait les conduire à une évolution poignante et déterminante.

Pour la toute première fois, le *Duc* parla ouvertement à un autre être humain du seul, mais du plus désolant évènement de sa vie : Lors de son safari dans le delta de l'Okavango, quelques instants d'imprudence avaient suffi pour qu'un hippopotame enragé piétine dans le fourrage sa jeune femme enceinte et l'héritier qu'elle portait… *Mais oui*, depuis, il avait eu d'autres femmes dans son lit[2]...*après tout*, il était français... mais il n'avait jamais eu d'autre femme dans son cœur! Et finalement, de parler à quelqu'un de sa tragédie devint cathartique... quand il réalisa soudain qu'il pouvait en toute confiance mettre à nu les secrets les plus intimes de son âme devant cette femme merveilleuse... ce fut comme si dans la longue allée stérile du jardin de son être, une nouvelle fleur exotique prenait miraculeusement racine, comme si le brillant papillon insaisissable de l'amour le gorgeait à nouveau de son nectar enivrant, conne s'il était désormais captivé par son iridescence!

Pour la première fois depuis la prise de conscience qu'elle avait éprouvé jadis, suite à un amour d'enfance assez profond pour qu'elle ait eu envie de se marier, mais qui n'était en fait qu'un sentiment d'adoration émotionnel, rabougri et insalubre, un enivrement, une flatulence obsessionnelle et compulsive, *Anne* n'avait jamais voulu croire qu'un homme puisse être un jour autre chose qu'un amusement temporaire. Finalement, découvrir qu'un homme intelligent, attrayant, courtois et plein d'esprit puisse être aussi intéressé par ce qu'elle avait à dire qu'elle-même pouvait l'être pour ce qu'il avait à lui dire... *alors*! Peut-être avait-elle enfin rencontré celui dont elle deviendrait le rosier grimpant qui fleurirait et se mêlerait au treillis du jardin de sa vie!

* * *

Marie et *Hatch* avaient commencé la soirée par une conversation plutôt affectée par la timidité. *Leur* tournant décisif se produisit quand *Hatch* fut assez téméraire pour admettre à quel point *Marie* était restée présente dans son esprit depuis leur première rencontre. Comme cette initiative audacieuse fut

---

[2] Il avait toujours été à confesse après... et dit deux dizaines de Rosaire en pénitence!

récompensée! Elle s'empressa de lui dire avec effusion qu'elle avait vécu exactement la même chose!

Dès lors, ils éprouvèrent l'un pour l'autre de plus en plus de complaisance, à un point qu'ils n'auraient jamais cru possible. Par moments, *Hatch* se sentait même plutôt intimidé par l'affection évidente que cette fille à l'esprit vif, sensible, aux multiples facettes, tout à fait éclatantes, *lui* manifestait ... il lui semblait n'être qu'une épaisse soupe de palourdes comparé au potage créole au gumbo si richement épicé qu'elle représentait à ses yeux...

Pour *Marie,* la compagnie d'un homme qui n'était pas obsédé par la *préciosité* ambiante du *milieu* dans lequel elle évoluait habituellement était plutôt rafraichissante. *Hatch* ne connaissait certainement pas, ou avait été beaucoup moins marqué par l'*œuvre* cinématographique de *Jean-Luc Cliché,* dans laquelle les couples agonisent *ad nauseam* à propos du signifiant et des nuances de tous les sentiments...

La rugosité attrayante de cet homme *puissant* en faisait un délicieux mélange de confiance en soi et de timidité, d'érudition et d'innocence... Il montrait si naïvement et sans affectation, si spontanément et honnêtement, combien il l'appréciait *elle...comme c'était formidable!*

Marie avait-elle finalement trouvé avec cet homme une relation synchrone, une complémentarité symbiotique d'organes totalement différents, et pourtant mutuellement dépendants d'un même corps? Deviendrait-*elle* le pancréas de son duodénum à *lui*?

* * *

Quand *Marie* et *Hatch* arrivèrent devant la porte de l'immeuble de sa mère, *Marie* monta consciemment sur la marche de l'escalier afin de compenser leur différence de taille. Mais elle ne reçut en échange que son sourire! *Hatch* était tellement le produit du sud des Etats Unis qu'il ne se serait jamais attendu à un baiser dès la première rencontre! *Marie* en fut autant touchée que déçue.

Elle ne pouvait pas savoir (même si elle l'avait voulu... les enfants ne peuvent pas imaginer que leurs parents font ce genre de choses *à cette occasion*!) qu'au même instant, de l'autre côté de la porte, le *Duc* saisissait avec une galanterie gaélique la main de sa mère et en caressait le dos d'un effleurement labial de la plus exquise subtilité sensuelle, ce qui avait pour effet de faire littéralement fondre sa mère...

* * *

À ce moment là, pour *Anne* et le *Duc,* ainsi que pour *Marie* et *Hatch*, la soirée était splendide. Comment auraient-ils pu deviner le moins du monde la tournure que les choses allaient prendre en moins de vingt-quatre heures!

Chapitre Dix Huit

Juste avant huit heures du matin, le *Duc*, *Hatch,* et *Alexandrov Slivovitch* s'installèrent sur les somptueux sièges arrière en cuir de la Bentley sans tache blanche sur le tapis. Ils se remettaient entre les mains gantées et expertes de l'ex-légionnaire fidèle qui exploitait toute la puissance utile de la voiture pour filer à toute allure et sans effort vers *Chinon* et leur rendez-vous de l'après-midi avec *Joachim Laverge*.

Ils dînèrent tout aussi simplement dans une *auberge* de campagne au bord de la route et, à deux heures vingt huit à la seconde près, après avoir quitté le charmant centre historique de *Chinon*, ils traversaient le pont sur *La Loire*. Les *recommandations de Marie* s'avérèrent *impeccables*. Ils arrivèrent en deux minutes à la maison de son père. Ils étaient là exactement à l'heure du rendez-vous!

Joachim Laverge vivait dans une maison individuelle à un étage de construction récente, entourée de hauts murs en parpaings bruts montés sans utiliser de niveau à bulle. Des rangées d'arbustes à fleurs dépassaient de cinquante centimètres ces murs de clôture.

Les trois hommes entrèrent dans le jardin. Aussitôt, ils oublièrent la décrépitude du cadre et furent émerveillés par la beauté des plates-bandes! C'était un modèle de proportions, de couleurs et de formes, un paradigme de discernement, d'habileté et d'imagination, le manuel du savoir-faire d'un horticulteur *sans pareil*!

Il fut tout de suite évident pour le *Duc*, quelles que soient les faiblesses de l'homme (et *Anne* en avait énuméré quelques unes), que *Joachim Laverge* avait lui aussi contribué largement au superbe génome de sa fille —et maintenant que son ami lui aussi génétiquement supérieur (la splendeur physique et l'intelligence incisive de *Hatch* étaient sans pareilles) semblait sur le point de choisir une telle compagne pour se reproduire, le sage, bienfaisant, courtois et noble aristocrate ressentit une joie immense jaillir de sa noble poitrine!

"*Monsieur De Cornsai-Tantobé?*" demanda une voix tranquille légèrement chevrotante.

Le *Duc* et ses deux amis se détournèrent de la splendeur du jardin et regardèrent d'où venait la question. Un homme à la stature efflanquée, d'une taille supérieure à la moyenne, sortait de la maison. Le *Duc* remarqua à la fois le léger œdème de la peau de son visage, la légère rougeur de son nez et de ses joues, le léger tremblement de sa main droite, le léger tic de l'œil gauche, le léger chancèlement de sa démarche et, comme il se rapprochait, le léger effluve anisé qui l'enveloppait... Il se rappela la consternation d'*Anne* pour le douloureux problème de cet homme —bien que la perte d'*Anne Laverge*, pensa le *Duc* en une louable analyse mentale magnanime, avait certainement pu inciter cet homme à sombrer dans l'amnésie du *pastis*, *n'est-ce pas*! Mais qui était-il vraiment? La cause, le résultat, ou le *prétexte* de la perte de sa femme... ou peut-être toutes ces choses à la fois... ou encore plus étrange, peut-être même *aucune d'entre elles?*

Le confiant, sophistiqué et subtil évaluateur de situations qu'était, *par excellence*, le *Duc de Cornsai-Tantobé* prit immédiatement la mesure de la situation et l'initiative[1]. "*Effectivement, Monsieur, enchanté.* Permettez-moi de vous présenter mes deux amis... voici *Hatch Beauchamp* et *Alexandrov Slivovitch Romanov...*" il ajouta pour répondre au tic de *Joachim Laverge* qui soulevait légèrement les sourcils: "*Oui*, en effet, un membre de cette lignée royale tragique, mais si vous me permettez, *Monsieur*, nous préférons maintenant jeter un voile pudique sur cet épisode abject de l'histoire. S'il vous plaît, laissez-moi vous féliciter de votre jardin exquis! *C'est magnifique!*

---

[1] Je suis sûr que le lecteur averti aura remarqué l'ellipse stylistique (zeugma)!

"*Mais...Toc*! C'est tout simplement ce que je fais pour vivre!" répondit l'homme avec une moue et un haussement d'épaules bien gaulois. "Je dessine, aménage et entretiens des jardins, pour des *clients privés* ainsi que pour la municipalité." Cependant, *Joachim Laverge* était visiblement flatté! "Je suis flatté" (admit-il en un subterfuge subtil) "de vous dire que *Chinon* a remporté l'an dernier un prix national pour ses ornements floraux —Et je suis fier d'y avoir été pour quelque chose... Ceci dit," (et enfin il l'admettait franchement) " Merci de vos compliments...

"Mon jardin est mon stand d'exposition... *Bien, alors,* en quoi puis-je vous être utile? *Mais pardon.* Puis-je vous offrir quelque chose pendant que nous parlons ... Je viens juste d'ouvrir une bouteille de *pastis*...sinon il y a du vin...ou du cognac?"

"Un *pastis* sera tout à fait convenable, *merci,*" entonna le *Duc* de sa voix de baryton profonde et sonore qui avait récemment tellement impressionné l'ex-femme de cet homme. "Mais juste un instant, si je puis me permettre. *Kemo Sabe* et *Hutini*! Mes cactées favorites, *Monsieur*! Et cette orchidée exotique là-bas est-elle une *Bilhipypa*? Comme c'est extraordinaire! Nos goûts correspondent vraiment. *Mais chose absolument incroyable*! Comment pouvez-vous faire pousser une si magnifique *Ahura grimpante* dans ce climat septentrional?"

Comme son ex-femme l'avait été la veille, *Joachim Laverge* était charmé par cet homme — mais, il faut le dire, ni pour les mêmes raisons, ni certainement pas de la même façon!

"*Monsieur,*" s'exclama le jardinier enchanté. "Je suis enchanté à la fois par vos connaissances et par votre goût. Il est vrai, l'*Ahura grimpante* a besoin de beaucoup de soins... Pourtant, j'ai un *penchant* particulier pour les variétés succulentes... leurs formes sont si diverses et intéressantes, *n'est-ce pas*? Ce sont des œuvres surréalistes de la nature! Mais je porte aussi toute mon affection à mes vieux compagnons de route! "*Joachim Laverge* montra du doigt de grands arbustes couverts de fleurs de différentes couleurs, qui poussaient sur les treillis du jardin. "Ils me donnent de l'intimité et de la beauté! Voici *Laurel*. Et Hardy! *Mais oui!* Une fois qu'ils ont repris, ils ne nécessitent pratiquement pas d'entretien!"

"*Mais, venez.* Je vais vous servir des boissons et nous pourrons discuter... de ce pourquoi je puis vous être utile."

Ils suivirent *Joachim Laverge* dans la cuisine-salle à manger. Une grande table rustique en pin occupait facilement la moitié de la surface de la pièce. Une bouteille de *pastis* à moitié vide[1], une carafe contenant un minimum d'eau, et un verre dont les sédiments disaient clairement leur histoire crémeuse, nuageuse et incriminante, trônait au milieu!

Joachim Laverge sortit d'autres verres, remplit la carafe d'eau d'Evian et y ajouta plusieurs cubes de glace qu'il décolla en cognant violemment le bac sur la table. Le *Duc* estima que la dose de *pastis* qui lui fut servie ainsi qu'à ses deux amis correspondait à un double redoutable, mais *Joachim* se versa facilement un généreux sextuple! *Quand même!*[3]

Le *Duc* ne perdit pas de temps. "*Monsieur*, Je ne vais pas y aller par quatre chemins. Je suis prêt à vous indemniser de votre temps ... en effet, j'insiste, vous devrez me communiquer s'il vous plaît le montant de vos honoraires habituels de conseil... mais je vous avoue que nous ne sommes pas venus ici pour faire appel à vos services tout de suite... mais tout simplement pour vous poser quelques questions." Puis-je en venir directement au fait? Avez-vous déjà eu affaire à un certain... *Monsieur Mochet?*"

Le visage de *Joachim Laverge* trembla légèrement.

"*Mais oui!* Vous connaissez cet ignoble crapaud?"

---

[1] Etant donné l'état plutôt lamentable de *Joachim Lavergne*, il serait impropre de dire "à moitié plein."
[3] Quoi qu'il en soit, de toute façon.

"*Non*! Nous ne le connaissons pas... nous avons seulement entendu parler *de* lui. Pourquoi dites-vous qu'il est 'ignoble?'"

"Parce que, contrairement à ce que vous m'avez l'air, *Monsieur*, c'est un homme sournois! Il est venu ici et m'a demandé d'aménager le jardin de sa maison... il me l'a fait visiter... une belle propriété en ville... nécessitant beaucoup de travail... mais avec un grand potentiel... J'ai dessiné des plans, nous en avons discuté et les avons remaniés... par le fait, nous avons été plutôt amis pendant un certain temps... je lui ai donc envoyé une première facture, et rien! Je l'ai appelé pour cette raison. Le numéro de téléphone n'était plus attribué. Je me suis rendu chez lui... la maison était vide. En fait, ce n'était même pas la sienne. Il l'avait louée! Si seulement j'avais pu le coincer avant son départ... je lui aurais fait mordre la poussière... et pas qu'un peu!"

Joachim Laverge avala une bonne *bouchée*[1] de *pastis*.

Le très intelligent *Duc* réfléchit un moment.

"*Alors*! Vous dites que vous étiez devenus amis. De quelle façon, si je peux me permettre? *Par exemple*, de quoi parliez-vous?"

"Mmm...du projet de son jardin, principalement... Je crois que nous avons aussi échangé quelques éléments personnels ... sur nos familles, notre passé... vous savez, comme cela peut se faire... Mais pardon, *Monsieur*, pourquoi voulez vous le savoir?"

"*Monsieur*, Je vais répondre à *votre* question si vous *me* permettez de vous en poser une dernière avant. Vous a-t-il jamais parlé... du Talisman de Skerne?"

"*Quoi? Non. Absolument pas!*"

"Sans vous ennuyer avec les détails, *Monsieur*, le Talisman de Skerne est une... relique chrétienne qui a disparu... et nous avons été commandités par Notre Sainte Mère l'Église pour la retrouver... *Monsieur Mochet* pourrait bien être impliqué dans sa

---

[1] NDT : En français dans le texte.

disparition... en fait, vous serez heureux d'apprendre qu'il se trouve actuellement à *Nevers* et, en plus, qu'il a convaincu votre ex-femme de faire des recherches sur cette relique…"

"Il semble s'intéresser beaucoup à ma famille…"

"Cela se pourrait bien!" murmura le *Duc* un peu dédaigneusement. " Mais ce Talisman n'est jamais entré d'aucune façon dans vos conversations avec lui, *Monsieur*? Jamais? Vous en êtes certain?"

"*Absolument.* Je n'avais jamais entendu parler de cette chose avant que vous ne la mentionniez!"

"Comme c'est bizarre!" Le *Duc* resta pensif, puis murmura plus à lui-même qu'à ceux qui l'entouraient... "Mais je ne crois pas à ce genre de coïncidence... qu'est-ce que cela peut bien vouloir dire? " Puis directement à *Joachim Laverge*: "Pourquoi vous a-t-il fait perdre votre temps, je me le demande?"

Les deux hommes se regardèrent, une moue sur les lèvres, haussant les sourcils et les épaules —Cette manière bien française de montrer sa confusion, si délibérément expressive et étrangement séduisante!

* * *

Le volumineux et loyal ex-légionnaire aux mains gantées exploita encore toute la puissance plus qu'adéquate de la Bentley pour mener à nouveau sans effort et à toute allure le bon *Duc* et ses deux amis à destination.

Il ne s'était peut-être passé plus de neuf minutes, cinquante-neuf dixièmes et quatre-vingt-neuf centièmes de seconde environ avant que l'un d'entre eux ne prenne la parole.

Ce fut *Alexandrov Slivovitch* qui le fit soudainement: "*Mon Cher Théodore*, je t'accorde que nous zavons pazé une journée très agréable ... mais avons-nous appris quelque chose?"

Le bon *Duc* reconnut que la question était intéressante... encore ne pouvait-il pas admettre qu'ils avaient totalement perdu leur temps. Quelque chose *avait été* appris —il le savait— mais il ne savait pas exactement ce que c'était! C'était bien cela qui l'ennuyait.

Quelques nanosecondes plus tard, le *Duc* demanda soudain : "Arrête-toi dans la prochaine ville, *Jean, s'il te plait*. J'ai besoin de temps pour réfléchir et peut-être qu'un verre pourra... comment dire... *me débloquer un peu*! Quelque chose me chiffonne..."

Et comme par hasard, ils se retrouvèrent à *Angers*[4] pour discuter de ce qu'ils savaient déjà, en espérant que le *Duc* trouverait ce qu'ils avaient appris de nouveau pendant cette agréable journée.

Les deux amis regardaient avec une vive impatience le *Duc* siroter son premier *cognac*, et ils tentèrent de calmer leurs nerfs en l'imitant.

Soudain, le *Duc* se détendit! Il émit un rire sardonique (et tout à fait approprié) avant de s'exclamer, "*Joachim* lui-même nous a dit clairement ce que nous voulions savoir! Comment ai-je pu passer à côté! Comment a-t-il dit? Il faisait allusion à *Mochet*. 'Il semble s'intéresser beaucoup à ma famille'..."

"*Voilà!*" continua le *Duc*. "*Mochet* les courtise... comment dit *Marie*? Il les drague! *Mais oui, elle avait raison! Monsieur Mochet* drague *Les Laverge* essentiellement pour ce qu'*ils* sont! *Mon cher ami*! Tu nous as peut-être donné la clé! Joachim, Anne et Marie! Ce doit être important! Mais pour savoir pourquoi, nous devons *absolument* récupérer le Talisman! Je suis certain qu'il nous donnera la réponse! *Allons-y*!"

---

[4] Ce fut un soulagement tout particulier pour *Jean Le Taureau*, qui se demandait maintenant depuis un certain temps comment dire aux autres qu'il avait pris la mauvaise direction.

Le zélé *Jean Le Taureau* prit de nouveau le volant de ses mains gantées et la plus que suffisante puissante Bentley mena à grande vitesse l'intrépide trio cette fois sur la bonne route, et atteignit *Nevers* en un temps record.

Cependant, leur excitation grandissante retomba complètement quand le *Duc* lut le message qu'*Anne* avait laissé à l'hôtel. Il la rappela immédiatement comme elle le lui avait demandé. Avec *une douleur* indescriptible, il annonça à ses deux braves amis: "*Marie* a disparu!"

Chapitre Dix Neuf

En quelques minutes, le trio était à nouveau assis dans la Bentley et se dirigeait vers l'*appartement d'Anne*. Pour la première fois, *Anne* tomba dans les bras tendus par le *Duc* et se nicha là, savourant ce bref moment de réconfort après une longue absence. Mais, bien que leurs corps se retrouvent enfin, ils restaient étrangement distants.

Elle luttait contre une pensée désagréable. L'idée que la disparition de *Marie* était en quelque sorte causée par l'apparition de ces trois hommes dans sa vie ne pouvait tout simplement pas se dissiper, même si elle était certaine au fond d'elle-même qu'en aucun cas l'un d'eux ne pouvait nuire à sa fille, ni même le souhaiter!

Elle décida cependant d'être franche avec lui comme le *Duc* avait été franc avec elle. *Théodore de Cornsai-Tantobé* fut attentif à ses préoccupations —comme, bien sur, il en était capable— avec une empathie hors pair; il alla même plus loin —faisant preuve d'intelligence et d'une grande sagesse— pour qu'ils arrivent tous deux à la même conclusion. Allant au-delà de ce qu'il pouvait raisonnablement imaginer, il la poussa à envisager que, à moins d'un malheureux accident peu vraisemblable, l'explication de l'absence de *Marie* mettait très certainement *Mochet* en cause!

" Dois-je retourner voir la police et le leur dire, alors?" demanda-t-elle, sa beauté d'elfe étant rendue d'autant plus envoûtante par l'angoisse qui se lisait dans ses yeux sombres et liquides! "Ils m'ont dit d'attendre vingt-quatre heures —ils prétendent que les jeunes filles font parfois des choses sans le dire à leur mère— mais ils ne connaissent pas ma *Marie* comme je la connais. Elle ne me traiterait pas avec tant d'insouciance! Mais maintenant, avec ce que vous me dites…"

"Je crains que la police appréhende vos soupçons avec beaucoup de scepticisme, même si nous en sommes sérieusement convaincus nous-mêmes. Quoi qu'il en soit, *nous* savons où habite *M. Mochet* —je me suis assuré de ce détail essentiel avant que nous ne partions à *Nevers*— et nous avons tous trois une solide expérience dans la gestion de ce genre de situation. Voyons d'abord ce que *nous* pouvons faire."

Malgré les réserves qu'elle exprima, son intuition féminine dicta à *Anne* de faire confiance à ces hommes. "Très bien," murmura-t-elle, "mais faites bien attention…"

* * *

Merveilleusement, miraculeusement, toute son angoisse s'évapora au moment où elle salua le trio déterminé sur le perron de l'immeuble.

Traversant la rue, apparaissait sa fille *Marie!*

"*Oh, Marie, Ma Chérie, c'est merveilleux!* J'étais tellement inquiète! Où étais-tu passée? Où est ton écharpe?"

Marie sourit aux quatre personnes en extase devant elle, mais son sourire était inexpressif et lointain. "*Maman! Hatch! Monsieur Le Duc! Monsieur Slivovitch!*" Puis elle chancela un peu et secoua la tête. "*Maman*…je ne me souviens pas…"

Ils la conduisirent à l'étage, l'assirent dans un fauteuil et lui versèrent du vin. Elle continuait à sourire du même sourire distrait et perplexe. Ce fut *Alexandrov Slivovitch* qui remarqua alors la dilatation de ses pupilles!

"*Mademoiselle*, il est pozible que vous zayez zubi un traumatisme crânien. Voulez-vous me permettre?"

Marie fronça les sourcils en se concentrant, mais aucun souvenir des dernières heures ne lui revenait. Elle consentit à la demande d'*Alexandrov Slivovitch*.

Il inspecta soigneusement son cou et les côtés de son visage à la recherche de traces de sang séché, de griffures ou de contusions. Il n'y avait rien. Puis, avec le plat de sa main gauche, il palpa doucement toute la surface de son crâne, mais il ne trouva aucune bosse.

"*Madame*," dit-il à *Anne Laverge*, "votre fille a-t-elle déjà eu des épisodes pzychotiques dans za vie?"

"*Jamais!*"

"Alors je ne peux que conclure qu'elle a été droguée! Zi zeulement j'avais une zeringue et un laboratoire!"

"J'ai une seringue," dit *Marie* tranquillement. "Je suis chercheur médical. Je porte toujours un kit dans mes effets personnels."

Le noble *Théodore*, qui avait déjà saisi le dessein de son ami, se tourna vers *Anne Laverge*. " Puis-je utiliser votre téléphone, s'il vous plaît? Je dois faire un appel crucial!"

"Bien sûr, *Théo*," —elle ne pouvait pas savoir à quel point elle faisait battre son cœur en utilisant le diminutif de son *prénom*— "il est dans le bureau." Elle lui montra la porte.

Le *Duc* trouva à son retour un nouveau *tableau*. *Hatch* était accroupi à côté de *Marie*, il tenait sa main gauche et était l'objet d'un regard d'une telle douceur fusionnelle que les énormes entrailles de l'américain devaient sûrement remuer comme les feuilles d'un arbre. Et en dépit de son état de confusion, *Marie* avait toujours l'éclat sublime d'une fleur à peine ouverte! Vraisemblablement, sinon à coup sûr, elle en représentait une pour *Hatch*! Le *Duc* était également certain —s'il pouvait être certain de quelque chose— que *Hatch* aurait été fier de dire à tout le monde qu'elle était sa renoncule!

Anne regardait *Marie* et *Hatch* d'une expression poignante indéfinissable, puis elle se tourna vers le *Duc*, s'approcha spontanément et pencha la tête vers lui. Il enveloppa doucement l'épaule de la dame de son bras droit, mais ne put voir la larme de joie qui ruisselait de son œil droit à elle —c'était en partie parce qu'il était de son côté gauche, mais c'était aussi dû à leur différence de taille, bien sûr, puisqu'en fait, il mesurait bien plus d'un mètre quatre-vingt de haut, alors qu'elle faisait à peine un mètre soixante. On ne s'en rendait pas compte car sa silhouette svelte et élancée, et sa tenue élégante la faisait paraître plus grande qu'elle ne l'était en réalité, même si elle portait toujours des chaussures plates. Évidemment, c'est une évidence de dire que les apparences sont souvent trompeuses, *n'est-ce pas? Nous y voilà!*

De toute façon…

Il aurait été tout à fait compréhensible que le démon de la jalousie trop longtemps contenu se manifestât en un fiel amer dans la gorge d'*Alexandrov Slivovitch* devant ce *tableau* qui ne pouvait lui inspirer qu'une rancœur homicide. Mais une telle chose ne se produisit pas au tréfonds de la psyché chevaleresque de l'ex-soviétique. Il tamponna et pansa la piqûre d'aiguille qu'il venait de faire à l'avant-bras droit de *Marie* et scella l'échantillon qui, espérait-il, donnerait très bientôt un résultat. Il lui suffisait de savoir que, de façon très modeste, il pouvait mettre ses maigres compétences à contribution pour le bien de ses amis!

Le téléphone sonna.

"Cela doit être pour moi," dit le *Duc* de sa voix de baryton profonde et sonore, au pouvoir de séduction bien particulier.

"*Alexandrov Slivovitch*, tous les équipements nécessaires seront à votre disposition demain à neuf heures du matin!" annonça-t-il à son retour.

"Comment diable obtenez-vous tout cela?" demanda *Anne* toute étonnée.

"S'il vous plaît, ne me le demandez pas… il y a certaines choses que je ne peux révéler …même à vous!"

"Ah!"

* * *

"*Maman, mes amis*, excusez moi, mais je suis très fatiguée…" dit *Marie*.

Et bien sûr, il fut convenu que les trois hommes se retirent pour que Marie puisse se coucher.

Marie s'endormit presque aussitôt, sa charmante tête enfoncée dans son oreiller préféré. *Anne*, encore tellement troublée par les événements de la journée, ne trouvait pas le sommeil.

Vers deux heures du matin, elle entendit sa fille parler. Elle entra doucement dans sa chambre. Il faisait froid. A l'extérieur, la température avait chuté. Il faisait à peine quinze degrés, mais inexplicablement, *Marie* avait ouvert la fenêtre et les volets. Elle se tenait devant le cadre de la fenêtre dans sa tenue de nuit cerise. *Anne* l'entendit dire: "Ils ont pris un échantillon de sang. L'un d'eux, le Russe, l'analysera demain. "Une pause. "Je ne sais pas où." Une autre pause. "À neuf heures."

"*Marie*," dit *Anne*, "à qui parles-tu?"

Marie trembla tout d'un coup, puis prit soudainement conscience de la présence de sa mère.

"*Maman*, qu'est-ce qui se passe? Oh il fait froid! Que fais-tu ici? Pourquoi as-tu ouvert la fenêtre et les volets?

Anne alla immédiatement à la fenêtre. Comme elle se penchait, une chauve-souris, délogée de la gouttière, prit soudain son envol. *Anne* frissonna et referma la fenêtre et les volets.

"Tu t'es levée en dormant, *Ma Chérie*," dit sa mère pour la rassurer. "Retourne au lit."

Chapitre Vingt

"Vous semblez fatiguée, *Anne*," dit le *Duc*, de sa voix de baryton profonde, sonore et séduisante, empreinte d'une douceur apaisante, encore que tout à fait virile, et pas du tout équivoque.

Anne se sentait comme enveloppée dans un doux velours. Le *Duc* et *Hatch* avaient rejoint à pied son *appartement* le lendemain matin.

Jean Le Taureau avait conduit *Alexandrov Slivovitch* au laboratoire pharmaceutique mis à la disposition de la Russie grâce à des relations indirectes parmi les plus influentes du *Duc*. Cet établissement moderne et superbement équipé se trouvait à une certaine distance de la ville, dans la direction opposée à celle de *chez les Laverge*.

En outre, après cela, l'ex-Légionnaire devait mettre une autre de ses compétences au service d'une cause bien différente. Il devait reconnaître, sans être vu, la maison où vivait *Mochet* et ses abords.

* * *

"J'ai eu du mal à m'endormir," répondit *Anne*, "après…tout ça, et puis *Marie* m'a dérangée vers deux heures… elle parlait dans son sommeil, elle était somnambule... j'ai mis du temps à trouver le sommeil, mais je me suis réveillée à mon heure habituelle... Ah! La force de l'habitude!"

" Comme elle est admirable," pensa l'aristocrate sensible et cultivé, "de rester philosophe devant une telle détresse!" Et comme il s'enfonçait dans la profondeur des profondeurs liquides de ses yeux privés de sommeil, cette fois ci, il ne pataugea pas dedans, mais il s'y noya... si merveilleusement en fait!

"Comment va *Marie* maintenant?" demanda *Hatch* avec sollicitude.

"Elle va bien, merci, *Monsieur*…puis-je vous appeler par votre *prénom? Qu'on se tutoie?*"[1]

Le charmant *Hatch* acquiesça avec enthousiasme.

"Je suis allée la voir il y a dix minutes. Elle dormait encore profondément. Je pense la laisser dormir encore un peu."

A peine *Anne* avait-elle dit cela que *Marie* sortait de sa chambre, délectablement drapée dans une *robe de chambre cerise* diaphane, sous laquelle on devinait merveilleusement un ensemble *cerise* de bon goût, négligé, soutien-gorge et petite culotte, qui ne couvraient que partiellement ses épaules voluptueuses, ses bras, ses seins, ses fesses, ses cuisses et ses mollets. Ce fut ce que le bon *Duc* nota. Ainsi que *Hatch*, bien sur!

Bien que les yeux en amande de *Marie* fussent encore à moitié brouillés par le sommeil, leurs profondeurs liquides n'avaient jamais semblé aussi séduisantes au géant américain. *Hatch* fut ô combien rassuré qu'elle soit complètement rétablie quand elle frotta son ventre délicieusement plat et annonça qu'elle était prête pour le petit déjeuner.

* * *

Après un superbe repas, heureusement, *Hatch* et le *Duc* furent en mesure de mettre pendant un certain temps de côté leurs problèmes urgents, dont le rabâchage aurait certainement gâché la journée. Au lieu de cela, en compagnie des sublimes *Laverges*, ils découvrirent et apprécièrent les merveilles de *Nevers*.

---

[1] " Faut-il utiliser (le familier) "tu" entre nous?" (Remarquez comme le français peut parfois être simple. C'est quelque chose, hein?) (NDT : le vouvoiement n'existe pas en anglais…)

* * *

Jean Le Taureau revint à l'*appartement d'Anne* à l'heure prévue et fit un rapport exemplaire, à la brièveté militaire. La maison de *Mochet* était localisée. Le problème était traité. Il n'y avait pas de chiens de garde ni d'alarme. Il y avait deux occupants, *Mochet* et un jeune homme.

Jean Le Taureau avait préféré entrer par derrière. Des deux entrées possibles, son expérience lui avait dicté sans ambigüité laquelle choisir.

Après avoir remercié son vaillant majordome, le *Duc* lui demanda une description du compagnon de *Mochet*. A cette question, le menaçant ex-Légionnaire sembla soudain mal à l'aise du fait de l'attention soutenue des deux femmes. " Je ne sais pas comment dire —*mais alors!* Ce n'est pas *naturel, Seigneur,* pour un homme, de faire une permanente à ses cheveux et de se maquiller, *n'est-ce pas?* Et de s'habiller en violet et en rose!" Un *frisson* secoua tout le corps de *Jean*.

"Je vois," entonna l'aristocrate profondément choqué.

"Nous pensons tous à la même chose, *Théo,*" dit *Anne* avec une charmante discrétion. "*Monsieur,*" continua-t-elle, "je vous en prie, puis-je vous offrir quelque chose pour vous remettre du désagrément de votre après-midi? Et certainement quelque chose d'un peu plus fort qu'un *tisane, n'est-ce pas?*"

Le costaud ex-Légionnaire sourit l'air penaud, animé une profonde gratitude. "Peut-être un *calvados, Madame, s'il vous plaît?*"

"*Mais oui!*"

Anne versa une *dose* de liqueur de feu à la pomme qu'elle jugea suffisante pour un si grand homme.

Elle fut un peu perplexe, cependant, de voir *Jean Le Taureau* se gargariser de sa première *lampée*.

Jean vit la surprise d'*Anne* et l'humiliation du *Duc*, puis vit *Anne* se ressaisir. "*Pardon, Madame! Seigneur!* C'est une technique que nous utilisions après une tempête de sable dans le désert," expliqua-t-il, " pour enlever le mauvais goût dans la bouche. *Mille excuses*, Je l'ai fait sans réfléchir!"
"*Je vous en prie*," dit sa toujours aussi charmante hôtesse. "Je comprends, *absolument*!"

A cinq heures et demie, un appel téléphonique reçu à l'*appartement* d'*Anne* demanda à *Jean Le Taureau* de venir récupérer *Alexandrov Slivovitch*. A six heures et demie, ils prenaient tous l'*apéritif* dans la partie salon de la longue pièce servant aussi de salle à manger et de cuisine *chez les Laverge*.

"J'ai mes résultats toxicologiques," commença le brillant biochimiste. "J'ai trouvé des métabolites inhabituels dans le zang de *Mademoiselle*. Pour être bref, les résultats zoulignent l'ingeztion récente d'une forme de benzodiazépine, très zertainement!"

"Et quel est ce médicament? Qu'est ce que ça fait?" demanda immédiatement l'américain patibulaire.

"Z'est la plupart du temps inoffenzif; normalement utilisé comme zédatif... dans zon utilisazion habituelle..." Et là, *Alexandrov Slivovitch* fit une pause. " Mais il peut auzzi favoriser la rézeptibilité à… l'hypnose..."

"Qui peut être utilisée pour effacer la mémoire!" ajouta le *Duc*.

"En effet, *Mon Cher Théodore!*" acquiesça *Alexandrov Slivovitch*.

Les deux femmes, *Hatch*, et *Jean Le Taureau* se perdirent en conjectures à propos de ce qu'ils venaient d'apprendre.

Le Duc exprima son adhésion à la cause russe, qu'il tenait profondément en estime... puis dit d'une voix grave, sonore et profonde, "Il est temps que nous tenions conseil. Notre mission originale était tout simplement de récupérer le reliquaire. Mais cela nous a amenés à croiser le chemin de *M. Mochet*, et je suis sûr qu'il a le reliquaire, mais je suis sûr aussi qu'il a délibérément rencontré la famille *Laverge* et enlevé, drogué, et très probablement hypnotisé *Marie*. A quelles fins ? Je l'ignore. Mais cela a certainement une relation avec le reliquaire et son contenu. Récupérer le reliquaire est maintenant doublement impératif, pour empêcher davantage son utilisation pernicieuse et découvrir le but de *Mochet*... non, il est aussi triplement impératif de protéger *Marie* d'autres sévices... non, il est quadruplement impératif de mettre fin, une fois pour toutes, aux machinations diaboliques de *Mochet*, qui, quoi qu'elles puissent être, croyez-moi, relèvent certainement du mal absolu!

"Ce que nous devons faire, c'est cambrioler la maison de *Mochet* et nous emparer du reliquaire."

"Mais," intervint la charmante et toujours aussi innocente *Marie*, "N'est-ce pas contraire à la loi? Ne devrions nous pas nous adresser à la police?"

"En effet, c'est contraire à la loi, *Marie* —la loi de l'*Homme*..." le Duc laissa en suspens le corollaire de ce dernier commentaire ..." Mais je ne pense pas que *M. Mochet* s'empresse de dire à nos excellents *gendarmes* qu'on lui a volé des bien qu'il a lui-même volés! "

"Cependant, je préférerais, à tout le moins, que *Mochet* ne soit pas chez lui quand nous tenterons cela."

"Mais j'ai rendez-vous avec *M. Mochet* à la bibliothèque demain matin à dix heures!" annonça l'ensorcelante *Anne*.

Alexandrov Slivovitch, *Hatch*, *Jean Le Taureau,* et le *Duc* —tout spécialement le *Duc*— regardèrent *Anne* avec émerveillement et gratitude.

"*Madame*," dit *Alexandrov Slivovitch* spontanément, "je zuis fier et honoré de vous connaître!" Il parlait pour eux tous. Bien qu'elle ait un peu rougi, *Anne* était tout à fait enchantée.

Immédiatement après,— si fécond était l'esprit de cet homme— le noble *Duc* mit au point un plan savamment élaboré, dans lequel *Alexandrov Slivovitch* devrait distraire le "compagnon" de *Mochet* et ainsi laisser le temps au *Duc* et à *Hatch* de fouiller la maison, de trouver et de mettre à l'abri le reliquaire. Le plan fut discuté, précisé et soigneusement répété jusqu'à ce que tous en fussent satisfaits. Puis il fut décidé à l'unanimité de mener cela à bien le lendemain matin!

Il est cependant inutile de rapporter ici les détails de ce plan —subtil, rusé, et abouti comme il l'était— pour des raisons qui deviendront bientôt évidentes. Qu'il nous suffise de dire, pour l'instant, qu'il était subtil, rusé, et abouti …et qu'*il aurait pu marcher!*

* * *

Le délicieux *souper* dont tous se réjouirent un peu plus tard ne fit pas totalement oublier l'appréhension des risques du lendemain.

Notre bande de conspirateurs se sépara à dix heures.

* * *

De nouveau, Anne ne dormit qu'à moitié, et elle fut encore réveillée par des bruits provenant de la chambre de sa fille. Cette fois-ci, elle écouta sans entrer. Mais elle ce qu'elle entendit lui glaça les os!

"*Maman* a rendez vous avec vous demain matin, *n'est-ce pas?* Pendant ce temps là, ils vont pénétrer dans votre maison pour s'emparer du reliquaire de Skerne. Le Russe distraira votre compagnon. Les deux autres fouilleront la maison…"

Le sang d'*Anne* ne fit qu'un tour, elle eut soudain très chaud et... —comment décrire l'état dans lequel elle se trouvait? *Mais oui*— elle fut *"complètement dérangée"* —*voilà, le mot juste!*— Elle courut vers le fond de la longue pièce servant aussi de salle à manger et de cuisine, ouvrit les fenêtres et poussa violemment les volets pour respirer plus facilement. Immédiatement, une chouette perchée sur le lampadaire juste en face de son *appartement* prit la fuite en battant de l'aile dans l'obscurité... *Anne* frémit puis referma les fenêtres et les volets. Qui avait parlé à sa fille? Le *Duc* devait le savoir, décida-t-elle. Si tout allait bien, elle le verrait le lendemain à midi.

   * * *

Encore une fois, ses relations coupables avec une femme endormie avaient été perturbées, mais *Mochet* eut le sentiment, cependant, qu'il en avait assez appris. Il pétrit le foulard de *Marie* de ses doigts annélides boudinés et un sourire rusé déforma son visage bouffonesque[1]. Qu'ils essaient! Il jouerait à leur petit jeu! Il s'absenterait et se rendrait bien à son rendez-vous avec la naïve dame *Laverge*. Il laisserait son "compagnon" dans l'ignorance —et arriverait ce qui arriverait!
  Non, il réserverait une surprise à ses visiteurs! Et sur ce, *Mochet* gloussa d'un rire coassant glacial.

---

[1] L'auteur serait reconnaissant si quelqu'un pouvait lui confirmer qu'il vient certainement d'inventer un nouveau mot.

Chapitre Vingt et Un

L'aristocrate français raffiné et le puissant astrophysicien américain étaient cachés à un point de vue approprié pour observer la mise en œuvre de la première étape du plan rusé, subtil, complexe, et potentiellement parfait du *Duc* —*Alexandrov Slivovitch* devait distraire l'infâme acolyte de *Mochet*.

Un jeune homme dodu aux cheveux blonds *bouffants* d'agitateur, aux cils dégoulinants de mascara, aux joues outrageusement fardées et aux lèvres boudeuses ouvrit la porte d'entrée de la résidence de *Mochet* quand le biochimiste russe de sang royal frappa.

"*Julien Latapette*," soupira ce pédé à la touffe. "Qui êtes-vous?"

"*Alexandrov Slivovitch Romanov.*"

"*Mon... mon*! *Eh bien, je me prosterne au pied des escaliers!*" Tout en maintenant la porte ouverte de sa main droite —pendue à un poignet délibérément mou— de sa main gauche qui pendait tout autant, il épousseta le devant de son T-shirt Shirley Bassey violet très près du corps, puis se gratta la cuisse gauche comprimée dans un jean rose. Il leva les yeux au ciel, et regarda de haut les traits défigurés de l'handicapé russe, exprimant un mépris insolent.

" Et qu'est-ce que vous voulez, je vous prie?" souffla-t-il.

"Voir *Monsieur Mochet.*"

"Il vous attend?"

"Peut-être."

"Ou peut-être pas. Il vient juste de partir!"

"Pour longtemps?"

"Comment savoir?"

"Ca ne m'ennuie pas de l'attendre."

"Oh, on est tellement désespéré?"

Déjà le plan astucieux, subtil et complexe du *Duc* se compliquait un peu.[1]

La répugnante Nancy lança un nouveau coup d'œil ironique au visage autrefois harmonieux du moscovite défiguré. "Mm, *Monsieur Mochet* s'encanaille avec des amputés balafrés, maintenant! *Eh bien, chacun son goût...* Je suis censé jouer au larbin de service, n'est-ce pas ?" ajouta-t-il en faisant la moue.

A ce moment là, le démon de son subconscient prit le contrôle d'*Alexandrov Slivovitch* et oblitéra tout le reste de sa pensée. Son amertume aveugle fit place à la fureur! Qu'un malheur arrivât, il n'en avait plus cure! Il plaça le moignon de sa jambe gauche amputée un peu en arrière pour faire effet de levier, tourna le bouton d'argent de son élégante canne en bois de cèdre sur laquelle, normalement, il devait s'appuyer, et le mince stylet rasoir glissa silencieusement de son fourreau. Sans le moindre scrupule, il pointa la lame imprégnée de botulinum dans la fesse droite de cette abomination hideuse, de cette insulte monstrueuse au dessein du Divin Créateur.

Immobilisé d'abord par la perplexité et la douleur, le postérieur percé du pervers était maintenant paralysé par le poison dardé par son agresseur!

Toujours entraîné par l'ire enflammée de son ça, l'ex-soviétique inclina et tourna ensuite le bouton d'argent sculpté et envoya un jet d'acide fluorhydrique concentré sur la chaussure gauche de cette Jessie dégénérée.

Incapable maintenant de bouger la jambe droite, *Julien Latapette* eut néanmoins le loisir de regarder une de ses chaussures préférées commencer à fumer et à se désintégrer. Il ressentit d'abord une sensation de froid au pied gauche. Mais, quand le produit chimique extrêmement caustique commença à ronger sa

---

[1] Ou un iota, un brin ...

peau et sa chair, corroda inexorablement les os de son pied, le pitoyable mignon chanta la mélopée funèbre d'une horrible agonie. Son visage se tordit en une grimace hideuse.

Voyant cela, et désormais entièrement dominé par une colère refoulée depuis longtemps, *Alexandrov Slivovitch* se fit un plaisir de dégainer et d'éjecter à nouveau son stylet envenimé pour piquer avec la précision la plus exquise la joue fardée de cette Primevère Pomponnée. Sa grimace resterait ainsi figée pendant plusieurs semaines. Ce Sodomite Minaudant se mettrait-il au 'service' de *quiconque* avant longtemps? *Alexandrov Slivovitch* en doutait!

Alexandrov Slivovitch retrouvait lentement son calme. En même temps, il se demandait tristement comment son Créateur allait juger ce qu'il venait de faire? (Après tout, son acte suprême de trahison du régime soviétique avait été d'embrasser la religion romaine tant honnie!)

Il se rappela que le Père Omniscient avait déjà éliminé les habitants de deux villes entières pour les punir du même vice que le chemisier de cette grande fiotte affirmait de manière si manifeste! Et en son temps, Jésus, son divin Fils, n'avait pas été banni quand il avait viré à coups de pied dans le cul tous ces banquiers[2] hors du temple! Il lui sembla que oui, probablement, Le Tout-Puissant excuserait son acte en toute sérénité! Car ce *Latapette* était de toute évidence une Tantouze Rampante! Donc, avant tout, la perversion putride avait de ce fait légèrement diminué en ce bas monde! *Alexandrov Slivovitch* était finalement ravi de participer, à son modeste niveau, à l'accomplissement du dessein suprême et miséricordieux de Dieu!

Alexandrov Slivovitch fut tout aussi soudainement submergé par le regret de s'être complètement écarté du plan soigneusement

---

[2] *To kick the shit out of those bankers.* Un exemple d'une autre culture qui a inventé l'argot en rimes!

élaboré par le *Duc*... jusqu'à ce qu'il comprenne —en un rien de temps— qu'il n'avait *pas* dévié d'un iota de son objectif! En tout état de cause, leur tâche serait maintenant beaucoup plus aisée.

Ce fut ce que le *Duc* et *Hatch* admirent assez rapidement, après avoir éprouvé quelque difficulté à accepter, de leur point de vue, l'aberration du comportement insensé de leur camarade.

Ainsi, l'intelligence supérieure et subtile du *Duc* fut à même de comprendre que, parmi les voies impénétrables de Dieu, ce qui à première vue pouvait paraitre un moindre mal, s'avérait finalement être un plus grand bien et faire partie de son ineffable plan...

Un coup d'œil sur l'état de la silhouette gisant sur le dos fit dire au *Duc* que toute menace venant de cette horrible abomination avait disparu. "Retourne à la voiture, *Alexandrov*! Et si *Mochet* se pointe, retiens-le!"

* * *

La première chose que le *Duc* remarqua quand il pénétra avec *Hatch* dans le hall fut l'écharpe de *Marie* pendue à un crochet sur le mur. Le *Duc* se demanda quelle pouvait être sa valeur aux yeux de *Mochet*, et, bien qu'il soit tenté de la récupérer et de la rendre à sa charmante propriétaire, son instinct lui dit qu'il était peut-être plus utile de la laisser là...et il la laissa là.

A toute vitesse, le duo explora les tréfonds de la maison. Ils ne trouvèrent rien, jusqu'à ce qu'ils découvrent finalement un débarras. Il contenait des reliquaires, beaucoup de reliquaires, de toutes formes et de toutes tailles.

Le *Duc* réfléchit un instant et sourit. "*Hatch*," demanda-t-il, "où cacherais-tu un livre?"

"Où che cacherais un livre?" répéta l'imposant américain pour gagner du temps. Pourquoi le bon *Duc* lui demandait-il, et justement à ce moment-là, où il cacherait un livre? Puis vint la lumière. "Lawdy, lawdy! Whaouh, bien sûr! Dans une bibliothèque! C'est là qu'il a caché le reliquaire! Mais il y en a au moins cinquante! Alors ch'est lequel? Whaouh, quel coyote rusé!"

Les connaissances ésotériques patiemment acquises par le *Duc* l'amenaient déjà à réduire son champ d'investigation. Il avait repéré des symboles inscrits sur le sol sous un seul reliquaire tout à fait ordinaire et comprit immédiatement la raison de ces marques. C'était certainement le trophée qu'ils cherchaient... *Mochet* avait vraiment sous-estimé son adversaire.

Le *Duc* savait, cependant, qu'*il* devait faire preuve d'une extrême prudence. Mais il était prêt. Il tira de son col un crucifix dont la chaîne était faite du plus noble des métaux et qu'il portait toujours, et avança doucement vers son objectif. Sa main franchit avec une précaution infinie le périmètre des symboles. Il tourna la clé couverte de vert-de-gris et souleva délicatement le couvercle du reliquaire.

Leur recherche touchait à son but! A l'intérieur se trouvaient deux rouleaux de vélin jaunis par l'âge et reliés par des lanières de cuir, enserrant un artefact en or. Il avait été moulé selon la forme exacte, grandeur nature[3], d'un membre masculin dressé en une fière érection.

Mais soudain, l'endroit devint sombre et froid, et des grains de poussière incandescente commencèrent à tourbillonner au-dessus du reliquaire. Le *Duc* recula et observa ce phénomène en serrant dans la main son crucifix d'or.

Lentement, quelque chose prenait une forme corporelle au dessus du couvercle ouvert du reliquaire; quelque chose que les deux hommes ne reconnurent pas tout de suite! *Hatch* comprit finalement le premier, grâce au séjour qu'il avait fait, en rentrant de chez les 'Viets', sur l'étrange ile de Madagascar. Entièrement matérialisé, se dressait maintenant devant eux un *Aye-Aye* —ce

---

[3] Sa grandeur était à la limite supérieure d'une taille ordinaire, bien que cela importe peu!

Nosferatu de l'univers lémurien— et il ne cessait d'augmenter de taille! Il devint aussi grand qu'*Hatch* lui-même —dont le contenu du gros intestin se liquéfiait alors qu'il observait la scène. Les yeux rouges et torves de la bête les dévisageaient tous les deux de façon macabre. Elle agitait un monstrueux doigt menaçant, tel un long clou barbare.

Mais le magnifique *Duc* était courageux et tout à fait prêt! Il leva son crucifix et s'approcha de la monstruosité en entonnant quelque chose de peu connu, même chez les adeptes. A eux seuls, ces mots étaient déjà puissants contre les plus grands maux, mais accompagnés du symbole glorieux du salut des hommes, ils devenaient invulnérables!

"Quem spectas?
Buccam pugni desideras?
Dentes tuos custodire amare habebas?"[4]

"Enfoiré! Enfoiré!" bégaya le spectre, mais progressivement, le son de sa voix et sa silhouette s'estompèrent. En trente secondes, l'abominable apparition avait complètement disparu.

"*Hatch*, attrape le reliquaire et foutons le camp!"

Comme le contenu de ses entrailles se solidifiait à nouveau, *Hatch* ne se le fit pas dire deux fois. Il saisit le reliquaire et, en moins d'une minute, il le déposait dans le coffre de la Bentley qui les emmenait bien loin. Cette voiture d'une puissance plus que suffisante n'avait jamais été autant appréciée qu'à ce moment là!

Cette apparition avait confirmé les plus graves soupçons du *Duc* —ce *Mochet* devait être un adepte de la Voie Occulte de la Main Gauche, égale en pouvoir à la *sienne*! Sinon, comment une si horrible vision charnelle aurait-elle pu apparaître en plein jour?

---

[4] Voir le glossaire.

Alors, qu'est-ce qui pourrait bien faire pencher la balance au cours de leur confrontation? Le *Duc* se rassurait en estimant leur différence de maitrise et de savoir! Il ne devrait cependant pas se permettre le moindre iota de complaisance, il devrait déployer toutes ses connaissances, sa ruse, son esprit et son courage pour avoir le dessus. Le *Duc* devait rester confiant et en fin de compte, il triompherait.

* * *

Un coup d'œil sur *Julien La Tapette* aurait révélé à la plus insignifiante intelligence que quelque chose de fâcheux s'était passé. L'intelligence de M. *Mochet* était loin d'être insignifiante, et d'ailleurs, quelles que soient les circonstances! *Il* réfléchissait déjà à ce qu'il allait faire de son "compagnon" alors qu'il se hâtait de vérifier sa première priorité!

Il n'eut qu'à s'appuyer au chambranle de la porte du débarras pour constater la disparition du reliquaire. Non seulement son plan soigneusement élaboré avait été gravement mis en échec, mais il réalisait qu'il avait largement sous-estimé son adversaire!

Certes, il tenait encore la jeune *Laverge* en son pouvoir... et il pourrait donc facilement apprendre ce qu'elle savait dès la nuit prochaine. Mais la ruse qui consistait à espionner ces personnes, qu'il avait, dans son esprit *blasé,* considérée comme élémentaire, devenait plus compliquée. Il devrait maintenant jouer ce jeu d'échecs à un plus haut niveau!

Lequel des trois était *Ipsissimus*? Car seul un adepte savait contrer le *Aye-Aye*! C'était sûrement *Monsieur Le Duc*, les deux autres étant beaucoup trop jeunes pour atteindre un tel niveau!

Envers cette personne, *Mochet* éprouvait maintenant une haine dévorante. Son corps de crapaud était accablé de la colère brulante d'un impuissant.

Cela motiva sans aucun doute la décision qu'il prit alors. Le pied gauche de *Latapette* nécessitait clairement une amputation. Cela impliquerait un examen médical peu souhaitable et des questions gênantes! Pour peu que sa paralysie faciale perdure, cette petite Fée à la tête sans cervelle devrait certainement être nourrie par un tube ou par voie intraveineuse, et puis... et puis *Mochet* était déjà fatigué de sa *Marie-Anne Maniérée*! Quand *Mochet* l'avait arraché des rues de *Marseille*, *Latapette* était considérée comme une "personne disparue" —pas vraiment disparue, bien sûr! Mais il était depuis longtemps répudié par son *fonctionnaire* indigné de père qui était aussi un dignitaire de la paroisse. Donc, finalement, le statut de *Julien* ne changerait pas beaucoup, il resterait à jamais répudié de son état!

Mochet sortit du débarras et prit dans le tiroir de son bureau un pistolet et son silencieux.

Les yeux de *Julien* imploraient pitoyablement, alors qu'il gisait blessé sur le sol de l'entrée, le visage figé dans une grimace, les restes de son pied gauche fumant encore. *Mochet* lui adressa un sourire rassurant et lui tira une balle dans la tête.

Creuser une fosse et nettoyer le plancher lui procureraient une distraction physique salutaire après l'agitation mentale et émotionnelle à laquelle il avait dû faire face!

Chapitre Vingt Deux

Le Triumvirat Triomphant arriva *chez Anne* juste avant midi. Dorénavant conscient de l'ampleur probable du pouvoir de nuisance de *Mochet*, le *Duc* avait décidé qu'ils devaient eux-mêmes et leur trophée s'éloigner rapidement de ce monstre malveillant, de sorte que leurs valises étaient déjà rangées dans le coffre spacieux de la Bentley à côté du reliquaire de Skerne.

Mais le *Duc* pouvait-il convaincre les deux *Laverge* de la vraie nature du danger qu'*elles* couraient, et *les* persuader de partir avec eux, comme il pensait bien évidemment qu'*elles* devaient le faire?

Il ne devait pas seulement compter sur la profonde résonnance de sa voix séduisante pour les convaincre, mais, surtout, il devait compter sur le bien-fondé de ses arguments eux-mêmes!

"*Eh bien,*" demanda-t-il de sa *gravitas* mesurée de baryton, alors qu'il faisait face aux deux femmes charmantes et rassemblait toute sa rhétorique. " Voulez-vous coucher avec moi, ce soir ?"

Il y eut un silence lourd de sens, comme après un accouchement qui, de toute évidence, avait demandé au *Duc* un effort insurmontable!

"*Théo,*" répondit finalement *Anne*. "Nous demandez-vous, à *Marie* et à moi-même, de 'lever le camp' précipitamment et de prendre *congé*[1] pour l'été dans votre *château* du Sud de la France?"

Le *Duc* décida d'être totalement franc. "*Oui*," dit-il.

"*Marie,* qu'en penses-tu?" La mère et la fille échangèrent un regard que le *Duc* ne pouvait interpréter.

Les deux femmes se regardèrent, firent une moue des lèvres, levèrent les sourcils, et haussèrent les épaules —la

---

[1] *Prendre congé*— se retirer ou partir en vacances.

quintessence de cette manière si étrangement charmante, française par excellence, que les Françaises ont d'être coquettes!
"*Mais allons-y!* " dit *Marie*.
En moins d'une heure, ils étaient tous en route. L'urgence de mettre de la distance avec *Mochet* laissa vite place à la constatation qu'ils n'avaient pas encore mangé. Ils déjeunèrent donc tout simplement, comme d'habitude, dans une *auberge* rurale au bord de la route. Et trois heures plus tard, ils étaient à nouveau *sur la route*.

La logistique imposée par la Bentley plaça le flandrin *Hatch* devant, à coté du tout aussi volumineux *chauffeur*, tandis que le somptueux siège arrière en cuir accueillait confortablement le mince *Alexandrov Slivovitch*, les sveltes *Laverges* et le souple *Duc*. Cependant, le siège arrière n'était tout de même pas assez large pour éviter tout contact entre la cuisse d'*Anne* et celle du *Duc*. Ce *frottage* constant se traduisit aux abords de *Clermond-Ferrand* par une érection du *Duc* si intense qu'elle devait éclipser le Talisman de Skerne lui même! Ne pouvant flageller sa bite renégate à l'aide d'orties pour la soumettre à la chasteté, le *Duc* déploya une autre technique —songer aux attributs de femelles vraiment peu attrayantes comme la méduse de Gorgone, Rosa Kleb[2] ou Margaret Thatcher[3] — mais même ainsi, son kiki fit des hauts et des bas tout le long du chemin jusqu'à *Millau*, parce que la conversation animée d'*Anne* le distrayait constamment et que le *frottage* sublime était implacable!

---

[2] Voir le film de James Bond "Bons baisers de Russie."
[3] Nous sommes en 1976. Le bon Duc, observateur talentueux de la politique internationale, avaient déjà suivi les premiers mois de cette dame comme chef du Parti conservateur britannique. Il était convaincu qu'elle risquait de devenir la première femme Premier ministre du Royaume-Uni. Ce serait faire offense au savoir-vivre du Duc - et bien sur à la dame elle-même - que de suggérer que le Duc la considérait déjà comme une harpie vociférante. *Non!* Mieux vaudrait dire que, *tout simplement*, elle n'était pas tout à fait à son goût ...

Après avoir manœuvré laborieusement dans les épingles à cheveux incessantes de la descente des *Gorges Du Tarn*, et se soit fait tout petit dans les rues étroites de cette agréable petite ville qui passait pour le goulot d'étranglement le plus notoire de France, *Jean Le Taureau* fut soulagé quand le *Duc* proposa une halte *restaurative* avant d'attaquer l'ascension tout aussi tortueuse du versant sud de la vallée. En dégustant sa première *lampée* d'*eau de vie* locale, *Jean Le Taureau* méditait nerveusement: "Si seulement quelques bâtards éclairés construisaient un viaduc au dessus de cette vallée, on gagnerait facilement deux heures sur le temps de parcours ... eh bien, peut-être un jour ..." Il avala une seconde *lampée* d'*eau de vie*, s'excusa auprès du reste de l'équipe, et partit flâner à l'ombre des arbres pour allumer une apaisante *Gauloise*...

* * *

Le *Duc* avait appelé sa gouvernante française depuis l'*appartement* d'*Anne* quelques minutes avant de partir. *Mathilde Lasage* attendait maintenant l'arrivée de ses deux nouvelles invitées avec un mélange d'enthousiasme et d'appréhension. Bien que la maintenance soit effectivement sa fonction au *Château*, son *rôle* dans la vie du *Duc* avait été et demeurait beaucoup plus important que cela.

Mathilde s'était retrouvée veuve à l'âge de vingt-quatre ans, peu de temps après le début de la Seconde Guerre mondiale. Avec son jeune enfant de sept mois, elle avait fui sa Normandie natale pour la sécurité relative du Midi alors inoccupé et s'était réfugiée dans le presbytère de son cousin. La bonne réputation sacerdotale de celui-ci avait parlé à ses deux paroissiens les plus prestigieux, les parents du présent *Duc*, malheureusement décédés depuis. Ils avaient été heureux de donner un emploi à *Mathilde* dans leur foyer. *Théodore De Cornsai-Tantobé* était alors un jeune garçon tout juste âgé de six ans.

Un lien se créa entre la jeune *Normande* et le futur *Duc*, qui accomplissait des taches subalternes pour elle à la cuisine, remplissait ses paniers dans le verger et le potager, et jouait avec son jeune fils[4] tout en grandissant. Elle avait effectivement été, d'abord, sa *Nounou*, mais aussi plus tard son *guide* et son *confident* et enfin sa *Maman* de substitution! Pour son plus grand bien, le *Duc* avait profité —en raison de cette heureuse association— de tous les bienfaits de la sagesse normande[5] depuis sa plus tendre enfance! Et cela continuait!

---

[4] Le *Duc* et *Sébastian* sont toujours bons amis. *Sébastien* est un viticulteur renommé dans la région.
[5] N.D.T.: En anglais "all the benefits of Norman Wisdom." Célèbre chanteur anglais auteur de nombreuses comédies musicales dans les années 60 . Tom adore ces formules à double sens.

Et Dieu sait combien *Mathilde* souhaitait que *le château* adopte un jour une nouvelle *châtelaine*. Parce que —entre autres choses— elle aurait aimé avoir quelqu'un pour discuter avec une certaine *sensibilité* de la couleur des nouveaux rideaux, des serviettes et des draps de lit (elle en avait marre de la couleur taupe), des papiers peints, des bouquets de fleurs, des menus et de l'entretien du parc.

Autrefois, dans sa jeunesse, elle était considérée par les 'males envieux' du coin —quand elle eut finalement atteint la "beauté"— comme *une jeune fille vive*[5]. Mais *Mathilde* avait depuis longtemps dépassé les deux premiers des trois stades de la féminité— les chevaux, les hormones, et l'horticulture … Quel bonheur ce serait de partager avec quelqu'un sa passion pour l'horticulture!

Mais que se passerait-il si cela ne "collait pas" entre elles?

Et elle devait admettre avoir déjà ressenti la petite pincée-iota de jalousie que chaque femme éprouve envers sa belle-fille! Elle l'avait ressentie quand son *Sébastian* avait épousé *Carole*…

* * *

Didier Bénitier, qui était toujours le *cure* du coin —il avait en effet baptisé le jeune *Duc*— dégustait son verre de *vin rouge* avec sa cousine dans la cuisine du *Château* quand la bande arriva. *Didier* était un homme d'une nature généreuse, mais d'humeur versatile. Pour se conformer à son statut social, il avait discipliné sa tendance à jurer fréquemment avec les membres de sa congrégation en remplaçant ses blasphèmes par des mots anodins commençant par la même syllabe. Sa discipline universitaire ayant été la chimie, il choisissait les noms des éléments du tableau périodique.

---

[5] "Spirited filly." N.D.T.:Jument fougueuse.

"*Phosphore Helium!*[5]" hurla-t-il, quand il réalisa que le *Duc* arrivait. "Je me bouge le *Curium* vite fait pour laisser place à *Théodore* et à ses invités. Maintenant, *Mathilde*, ne me casses les *Bohrium* et ne fais pas ta langue de *Potassium*! "

"Prend tes cliques et tes claques," traduisit *Mathilde Lasage* avec une grande sagesse.

Cependant, *Didier* s'attarda un moment devant les deux magnifiques portes en bois de châtaignier du *Château* pour accueillir le *Duc*, *Hatch* et *Alexandrov Slivovitch* et faire la connaissance des deux favorites qui lui firent tout de suite une impression— ma foi— très favorable!

Quand *Didier Bénitier* s'en alla, il se dit que les péchés d'impureté que le *Duc* aurait à lui confier dans le confessionnal seraient maintenant beaucoup moins difficiles à lui avouer qu'à quelqu'un d'autre! Cela lui vaudrait *deux* dizaines de chapelet pour sa pénitence —mais alors quoi? Ce type avait une chance de *Barium*! Quand il réalisa que lui aussi avait des pensées lubriques, le bon *curé* se signa et s'offrit une pieuse éjaculation.

* * *

Heureux d'avoir pu présenter *Anne* et *Marie* à ses amis et à son confesseur, le *Duc* convia les deux femmes —et bien sûr une en particulier— pour une rencontre beaucoup plus solennelle!

---

[5] N.D.T.: Pour "Fucking Hell." Bordel de merde.

Chapitre Vingt Trois

Certaines corrélations de l'Histoire ont été lourdes de conséquences —la rencontre de *Chamberlain* avec *Hitler*, celle de *Churchill* avec *Staline,* et le premier combat de *Clay*[1] contre *Liston* pour le championnat du monde des poids lourds!

La rencontre d'*Anne* et de *Mathilde* promettait aussi de l'être!

The *Duc* et son entourage pénétrèrent dans la vaste cuisine rustique du *Château Du Prat Ragé*. Émergeant des bouquets d'herbes et de bulbes d'ail suspendus à des crochets aux poutres du plafond, *Mathilde* apparut et immédiatement le *Duc, Hatch,* et *Alexandrov Slivovitch* échangèrent avec elle d'affectueux — quoique tout à fait chastes— *bisous*[2].

Premier round, *Mathilde*!

"*Mathilde,* permettez-moi de vous présenter *Anne* et *Marie Laverge*."

Les échanges d'amabilités convenues furent poliment échangés. *Mathilde* était impressionnée, mais elle ressentait aussi une particule-pincée-iota d'inquiétude devant la beauté sidérante des deux femmes. La fille *et* la mère pouvaient piéger un homme… encore fallait-il déceler la moindre particule-pincée-iota[3] de tricherie dans leur relation avec le *Duc* et avec *Hatch,* pour présager un "terrible malheur!"[4]

Mathilde fut plus réservée quand au deuxième round!

---

[1] Mohammed Ali était déjà connu à l'époque.
[2] "Kisses"— cette coutume française bien connue est délicieuse, mais, lors de grands rassemblements sociaux, elle peut parfois prendre la plus grande partie du temps … heureusement, cependant, ce ne fut pas le cas cette fois-ci.
[3] Et encore, l'auteur n'est pas sûr de l'ordre de classement.
[4] Il s'agit en effet de l'exhortation la plus bouleversante de la propre mère de l'Auteur …"Now, woe betide, Our Tommy!" (J'en frémis encore).

Mais Mathilde entendait aussi l'impeccable français de France Culture que la mère et la fille employaient avec une *douceur* si charmante.

Troisième round, *Anne!*

En plus, quand elle apprit leurs emplois et qualifications, elle dût admettre que le jugement du *Duc* était vraisemblablement recevable.

Quatrième round, *Anne!*

"*Madame*, avez-vous un jardin?"

"*Non, hélas,* je vis en *appartement…*"

Au début du cinquième round, *Anne* ne sut soudain plus quoi dire. "Mais bien sûr…je suis divorcée —cependant, en réfléchissant bien au *décor,* on peut transformer un petit espace, *n'est-ce pas?* J'aime relever des défis de ce genre…"

Elle s'en tire par une retraite superbement évasive, digne du tribun plébéien *Cassius* lui-même ou encore, pourrait-on dire, comme le surfeur hawaïen *Jack Johnson* quand il s'est reconverti à la chanson, jusqu'à ce que ses idées deviennent un peu plus claires…

"…et mon ex-mari est un paysagiste talentueux —Il m'a beaucoup appris! Le jardinage me manque beaucoup…"

Au début du sixième, *Anne* passe à l'offensive. "*Théodore* m'a parlé de vos talents culinaires et de votre magnifique jardin potager. Je serais très heureuse, si possible, de connaitre certaines de vos recettes …J'adore cuisiner… puisque je suis ici, je pourrais peut être vous aider ou simplement regarder comment vous faites et apprendre quelques petites choses, si vous voulez bien, *Madame*? Et bien sûr, visiter le jardin?"

Mathilde resta dans son coin du ring au début du septième round!

Si l'on compare la rencontre de *Mathilde* et *Anne* avec celle de *Cassius Clay* contre son challenger *Sonny Liston,* on assiste cette fois à la reddition du champion en titre au septième round !

"Je vous ai préparé" annonça *Mathilde*, "un *souper* léger: melon et jambon au *muscat comme hors d'œuvre*. Puis rôti froid de caille, *salade mixte à la vinaigrette* et *pommes de terre* coupées en dés à l'*aïoli* et à la ciboulette. Il y a aussi du fromage et des fruits. *Théodore* doit me faire part de ses choix pour le vin.

"Mais permettez-moi de vous montrer d'abord vos chambres. Vous avez certainement envie de faire un brin de toilette. Et ensuite, s*ervez-vous et bon appétit*! *Madame*, si vous le voulez, nous ferons le tour du jardin potager après le petit déjeuner demain matin …"

La réponse d'Anne fut positivement enthousiaste —bien sûr, il ne pouvait pas en être autrement— et peu de temps après, *Mathilde* fut soulagée de prendre congé.

* * *

Quelque temps plus tard, le *Duc,* encore plus parfumé, si c'était possible, que *Mary Archer,* conviait ses invités à diner, servi sur l'imposante table en bois d'olivier poli, recouverte d'une nappe exquise en lin de couleur taupe, au centre de l'immense *salle de banquet* du *Château*.

Comme le *Duc* le lui avait demandé, *Mathilde* avait en effet laissé décanter une bouteille de rouge *Dépardieu-Belmondo* cuvée 1956 —un *assemblage Carignan-Syrah*, particulièrement prisé par le *Duc*, le raffinement supérieur des goûteurs de vin les plus renommés.[5] Convaincu que le vin était maintenant parfaitement *chambré*, il versa un peu du liquide sombre et velouté dans un exquis gobelet antique ovoïde en verre taillé —qui portait l'emblème de sa famille subtilement gravée— fit habilement tourbillonner le vin, d'abord pour voir sa *"couleur,"* puis pour goûter son *"bouquet,"* avant d'en avaler une *"bouchée,"* qu'il

---
[5] Partout dans le monde des taste-vins!

savoura avec la dextérité buccale d'un expert, qu'*Anne* ne put manquer d'admirer (ou de présumer). Enfin, il l'avala et annonça à ses invités, de sa profonde et séduisante voix sonore de baryton bien particulière, " Je pense que vous l'apprécierez, c'est un… félin, mais il n'est absolument pas féroce!"

Ses invités le remercièrent quand leurs exquis gobelets antiques ovoïdes en verre taillé furent remplis. Ils portaient aussi la subtile gravure de l'emblème de la famille du *Duc*, un héritage que ses deux nouvelles invitées avaient noté chacune simultanément au premier coup d'œil incisif! En prenant *leurs* premières *lampées,* les quatre invités notèrent aussi simultanément chacun de son coté la compétence du *Duc* dans le domaine du bon vin!

C'était l'accompagnement idéal pour un magnifique repas. Quelque chose d'autre était tout aussi palpable... il régnait à tous égards une extraordinaire harmonie dans la pièce!

* * *

Bien que le *quinze août* soit venu et reparti, il semblait néanmoins aux cinq *nouveaux venus* que l'été fût revenu. Après le repas, *Anne* et le *Duc* ainsi que *Marie* et *Hatch* s'aventurèrent dans le magnifique parc du *Château*. La noble résidence ancestrale du *Duc* était superbement située entre les plaines côtières du *Languedoc* et les contreforts du *Massif Central*. La chaleur du soir enveloppait chaque couple de ses caresses, l'air était électrisé par les stridulations d'une myriade de *cigales* et, au crépuscule, le *paysage* qui les entourait —si lumineux la journée— se transformait en un tableau dont le bleu du ciel était quasiment mystique. Mm!

Maintenant réconciliée avec tout l'univers, *Anne* parla enfin au *Duc* de l'étrange comportement nocturne de *Marie* les deux nuits précédentes.

Le *Duc* l'écouta attentivement, animé d'une préoccupation croissante. Cependant —faisant preuve d'un flegme quasi britannique— il réussit à ne pas transmettre son émoi à sa charmante compagne.

"*Anne*, puis-je vous demander s'il y avait à proximité …quelque animal. Avez-vous remarqué quelque chose?"

"*Mon Dieu, mais oui*, il y avait une chauve-souris la première nuit en face de la fenêtre de *Marie*, et un hibou la seconde…"

"L'*incube* de *Mochet*," murmura le *Duc* avant qu'il ne puisse s'en empêcher.

"*Théo*, que savez-vous…qu'est-ce que vous me cachez?"

Elle était trop intelligente et il tenait trop à elle pour la tromper. Tant pis pour le flegme! Il devrait maintenant tout lui cracher!

"*Anne*, je crains que si je vous fais part de mes soupçons, au mieux vous vous moquerez de moi, au pire vous penserez que je suis un fou ... et notre relation pourrait en pâtir …"

"*Théo*, vous devez tout me dire!" Et l'angoisse qui se lisait sur son adorable visage tourmenta l'âme du *Duc*.

"*Eh bien!* Par où commencer?" Pendant un moment, le noble *Duc* fit une pause, un pli sillonna son front distingué, et ses sourcils se froncèrent en une grande concentration. Pour *Anne*, il n'avait jamais semblé si solide et digne de confiance!

"*Alors*," commença-t-il, "l'émotion provoquée par la disparition et le retour de Marie, la rapidité avec laquelle les événements se sont succédés ensuite… et, bien sûr, ces quelques heures de bonheur volées au milieu de tout cela, ont fait que je ne vous ai pas encore dit ce que m'a appris votre ex-mari. Avant même que *Mochet* ne se rende à *Nevers*, il avait pris contact avec lui à *Chinon*. Puis il est venu à *Nevers* pour vous rencontrer, vous aussi. Et je suis tout à fait convaincu, d'après ce que vous venez de me dire, que *Mochet* a enlevé *Marie*, l'a droguée et hypnotisée avant de la laisser revenir à nous."

"Mais *pourquoi?*"

"Je crois que votre famille a en quelque sorte de l'importance pour lui. Je crois que cette importance est liée d'une certaine manière au reliquaire de Skerne et aussi… à une étrange coïncidence, que je trouve détestable… nous répugnons tous à l'admettre… *Anne*, ne vous est-il jamais venu à l'esprit que *Anne, Joachim* et *Marie*… Anne, Joseph et Marie… sont les prénoms des membres d'une autre famille?"

"*Mais oui!* Ma mère a eu la même réaction lorsque nous avons décidé de l'appeler *Marie*. Pendant un temps, elle nous a appelés 'La Sainte Famille!' Comme elle se trompait!" *Anne* eut un sourire plus nostalgique qu'amer. "Mais tout de même," continua-t-elle, "cela ne peut pas être la raison du… de *Mochet*…du quoi de *Mochet*?"

"De la *machination* de *Mochet!*" murmura le *Duc*.

"Mais que nous veut-il? De quoi est-il capable?"

"Ca, je ne le sais toujours pas. Mais demain, je vais outrepasser ma mission. Je vais examiner le contenu du reliquaire de Skerne. C'est là que nous trouverons la réponse, j'en suis certain!"

Tous deux se turent pendant un certain temps, marchèrent ensemble dans le parc du *Château*, et jouirent une fois de plus du splendide panorama dans ce qui restait de la lumière du soir.

"*Théo*," dit soudain *Anne*. "Que pensez-vous du récent comportement nocturne de *Marie?*"

Le bon *Duc* eut soudain la gorge serrée et fut sans voix pendant quelques secondes. "Ce que j'en pense?" murmura-t-il finalement. "Je ne suis sûr de rien."

"Que soupçonnez-vous?"

A nouveau, il ne dit rien pendant quelques instants. "*Anne*, J'avais espéré que nous n'en viendrions pas là... c'est bien le moment que je redoutais. Mais parce que je ne peux rien vous cacher, je vais vous le dire... même si, après cela, vous vous direz certainement que je suis fou."

"Essayez toujours!"

"*Eh bien.* Ce que je sais de mes propres recherches, et ce que *Hatch* et moi avons conclu de notre expérience dans la maison de cet homme ce matin, c'est que *Mochet* est terriblement habile dans les pratiques de la Voie Occulte de la Main Gauche ...plus connue sous le nom de Magie Noire. Je suis sûr que *Marie* est devenue son espion involontaire. Chaque animal à qui elle parle la nuit est, en fait, un *incube* de *Mochet*, le moyen par lequel il apprend ce qu'elle lui dit sur nous, sur notre situation et sur nos intentions."

"*Théo*, croyez-vous vraiment ce que vous dites? Vous êtes devenu complètement fou!"

Chapitre Vingt Quatre

Tous deux —alors que la soirée avait perdu une grande partie de sa magie— regrettaient les mots qu'ils venaient d'échanger. Une même douleur affligeait, au plus profond de leur être, le *Duc* et *Anne*, car ils se heurtaient à une barrière mentale soudain inopinément surgie entre eux. Chacun cherchait désespérément le moyen de la battre en brèche.

Pour le *Duc,* c'était encore là une manifestation de la méchanceté de *Mochet*! Cette idée renforçait sa volonté de *ne pas* utiliser ses pouvoirs d'adepte, ne serait-ce que pour dissiper les doutes d'*Anne*. Jamais il ne voudrait l'exposer involontairement à des horreurs dont il vaudrait mieux qu'elle ne connaisse pas l'existence! Et pourtant, ces pouvoirs mêmes lui donnaient aussi une lueur d'espoir… Peut-être existait-il des 'phénomènes' moins visible à ses yeux, susceptibles d'atteindre le même but!

"*Anne*," dit-il soudain. "Ces volets là-bas" —il désigna deux battants au premier étage de la façade du *château*—"sont ceux de la chambre de *Marie*. Après ce que vous m'avez confié, j'ai l'intention de les surveiller cette nuit. Ces 'apparitions' se sont produites au petit matin, *oui*? Si vous n'êtes pas trop fatiguée, voudriez-vous rester avec moi pour voir ce qui se passe? Peut-être que cela dissipera un peu vos doutes. S'il vous plaît."

Faisant la preuve de son ouverture d'esprit —et aussi, bien entendu, de ses sentiments envers le *Duc*— *Anne* accepta.

Mais tout d'abord, ils rentrèrent tous deux au *Château* afin de passer la dernière partie de la soirée avec les autres.

* * *

Alexandrov Slivovitch et *Jean Le Taureau* venaient de terminer une nouvelle leçon d'échecs. *Alexandrov Slivovitch* trinquait avec son élève à la *vodka*. *Jean* trinquait avec son professeur au *calvados*. Mais *Jean* vouait ce jour-là encore plus d'admiration à son talentueux tuteur —il approuvait pleinement le châtiment biblique qu'*Alexandrov Slivovitch* avait infligé dans la matinée à la *Tapette parfumée*!

Le point de vue d'*Alexandrov Slivovitch* sur son propre comportement, par contre, était un peu différent —mais là dessus, nous reviendrons plus tard.

* * *

Hatch et *Marie* étaient aussi rentrés au *Château* mais ils n'avaient d'yeux que l'un pour l'autre.

C'est pourquoi il ne fut pas étonnant que le puissant américain soit vraiment consterné et désorienté lorsqu'à minuit l'ensorcelante *Marie* se retira brusquement sur un simple 'bonne nuit' sans un regard en arrière.

Les deux joueurs d'échecs bien enivrés rejoignirent leurs chambres respectives au même moment, et même *Anne* et le *Duc* se séparèrent un bref instant, chacun allant chercher des vêtements chauds…et le *Duc* quelque chose de plus particulièrement destiné à son objectif.

Peu de temps après, ils se retrouvaient dans le jardin et commençaient leur veille. Ils n'eurent pas longtemps à attendre.

Peut-être une demi-heure après qu'elle eut si brusquement faussé la compagnie d'*Hatch*, *Marie* ouvrait les fenêtres et les volets de sa chambre à coucher. Elle portait sa *robe de nuit* diaphane, à travers laquelle, cependant, à cause de l'obscurité, le *Duc* ne pouvait pas discerner son délicieux ensemble *cerise*, négligé, soutien-gorge et petite culotte, qui couvraient partiellement ses épaules voluptueuses, ses bras, ses seins, ses fesses, ses cuisses et ses mollets. En fait, elle aurait bien pu ne rien porter du tout … heureusement, à ce moment là, le *Duc* se dit, en esprit avisé, que s'il prenait toutes les filles qu'il avait connues quand il était célibataire et qu'il les réunissait pour une nuit, elles ne satisferaient pas ses phantasmes ... il décida donc sine die d'y mettre le holà!

Marie se tenait droite avec une certaine rigidité et regardait, comme hallucinée, l'arbre qui se trouvait juste devant elle, à cinq mètres à peine des murs du *Château*.

Depuis l'obscurité de sa cachette, le *Duc* braqua ses nobles yeux noirs et perçants vers le feuillage du majestueux conifère, et tout d'abord, il ne vit rien. Mais progressivement, il perçut le reflet de deux yeux ovales rapprochés et une silhouette —une noirceur plus profonde au milieu de l'obscurité de l'arbre— celle d'un chat qui s'étirait sur la branche la plus proche de *Marie*!

Utilisant son long index droit aristocratique à l'extrémité duquel se trouvait un ongle parfaitement manucuré, le noble *Duc* enjoignit *Anne* au silence en plaçant le doigt sur ses lèvres parfaitement proportionnées, puis lui montra l'*incube* de *Mochet,* du même index impérativement pointé —un geste qui, compte tenu des circonstances, n'était absolument pas déplacé!

Et ce fut exactement à ce moment là que *Marie* se mit à parler!

"Ou sommes-nous? Nous sommes chez le *Duc*." Une pause durant laquelle *Marie* sembla attentive. "Cela s'appelle *Le Château du Prat Ragé* —il se trouve entre *Narbonne* et *Béziers*." Une autre pause attentive. "Oui, le Talisman et son reliquaire sont ici, mais je ne sais pas où. Quelque-part dans la maison, je suppose." Encore une fois Marie écoutait un interlocuteur invisible. "Oui, je vais essayer de le savoir demain." Et à nouveau, elle semblait écouter. "Je ne sais pas ce que le *Duc* veut faire du Talisman. Non, je n'ai pas eu de relation charnelle avec l'américain. Je me préserve intacte, selon vos instructions… Je me rends compte que mon corps est destiné à un projet plus élevé…"

Anne put difficilement étouffer un cri. Le *Duc* saisit l'occasion. Il sortit de sa poche une fiole en céramique, enleva le bouchon et envoya son contenu en direction de la chose sur la branche. —Mercure et sel, cet ancien élixir avait fait ses preuves contre ce genre de maléfice —le *Duc* en avait toujours un peu dans sa chambre en cas d'urgence.

"Regardez!" cria-t-il à *Anne,* alors que le projectile atteignait son objectif. Le minou de *Mochet* se volatilisa lentement, et un gémissement plaintif resta suspendu dans l'air, comme celui d'un chat ébouillanté.

Auparavant, sans la confirmation sensible et effective de ses propres yeux, même si elle avait lu cela dans des livres, Anne aurait rejeté cette idée comme une stupidité absurde et invraisemblable! *Mais maintenant*! *Alors*!

Elle regarda le *Duc* différemment, avec en effet encore plus de respect et d'admiration, et manifesta aussi une profonde contrition.

"*Théo*, je suis désolée d'avoir douté de vous…désolée pour ce que j'ai dit!"

"*Anne*! *Non*! *Non*! Vos doutes…étaient à mettre au crédit de votre intelligence… bien que nous étions en désaccord, pour moi, vous restiez tout à fait digne de mon admiration!"

Et l'aristocrate exalté tendit les bras vers cette femme adorable qui avait entièrement conquis son cœur. Elle prit ses doigts minces et aristocratiques dont les ongles étaient superbement manucurés dans ses propres mains tout aussi élégantes et s'approcha de lui. En un clin d'œil, ils étaient dans les bras l'un de l'autre et leurs lèvres se joignaient en un mouvement de va et vient qu'ils attendaient depuis longtemps!

A cet instant, *Marie* sortit de sa transe.

"*Oh non*! *Maman*! *Théodore*! *S'il vous plaît*!" s'exclama-t-elle. "*C'est trop*! *Faites ça ailleurs*!"

Chapitre Vingt Cinq

Quelques secondes de ravissement s'étaient écoulées avant que *Marie* ne les interpelle de sa fenêtre. Le *Duc* était plongé dans un état d'oubli sublime. Cependant, pendant un bref instant, il avait eu —même dans cet état— le sentiment compréhensible de faire une faute de goût tout à fait impardonnable. Son âme s'était complu dans la lascivité, *Ne me repousse pas! Ne repousse pas mon étreinte, car ta place est ici dans mes bras... ne me repousse pas... s'il te plaît ne me repousse pas!* [1] mais le noble *Duc* avait aussitôt repris le contrôle et se félicitait de ne pas avoir exprimé de tels sentiments de vive voix. Jamais plus il n'embarrasserait ou n'importunerait aucune autre femme. En outre, il savait maintenant qu'il ne devait plus perdre de temps avant de découvrir le secret du reliquaire de Skerne, même si cela impliquait de passer encore une nuit avant de savoir si entre *Anne* et lui, les choses iraient ...plus loin! Une nuit entière peut-être sans dormir, à travailler jusqu'au petit matin blême!

The *Duc* exposa à *Anne* ses intentions premières. Elle avoua qu'elle était déçue par tout ce qui s'était passé au cours des derniers jours. Elle se sentait soudain très fatiguée. Elle comprit l'urgence de ce qu'il avait à faire, mais le *Duc* remarqua, à sa grande joie, une légère mais tout à fait évidente *moue* de déception sur son visage!

Quand même!

Le *Duc* et *Anne* rentrèrent par la porte-fenêtre qui donnait dans la *salle de banquet*, passèrent devant le vieux piano silencieux, et se retrouvèrent dans le majestueux hall d'entrée.

---

[1] NDT:"*Don't! Don't leave my embrace, for here in my arms is your place...don't...please don't!*"Célèbre chanson d'Elvis Presley (1957), tellement suave qu'elle n'a jamais pu être reprise par un chanteur français. *Quand même!*

Ensemble, ils montèrent le magnifique escalier en colimaçon du *château*.

Après avoir convenu de ne rien dire encore à Marie au sujet des propos étranges qu'elle avait tenus pendant la nuit, ils se volèrent un dernier bref baiser et se séparèrent.

Le reliquaire de Skerne était dans la chambre du *Duc*. Il le posa sur le superbe *écritoire Louis XV* en acajou relégué dans un coin de son antichambre attenante. Avant de ré-ouvrir cette étrange boîte, il s'approcha de l'exquise carafe ovoïde antique en verre taillé portant au moyen d'une subtile gravure l'emblème de sa famille et versa dans un tout aussi exquis et ovoïde antique verre de cognac en verre taillé portant aussi au moyen d'une subtile gravure l'emblème de sa famille —ces deux *objets d'art* (pourquoi ne mériteraient-ils pas ce terme) se trouvaient toujours à son chevet— se versa donc une lampée d'*armagnac* vintage *Cerdan-Carpentier*. Cela lui donnerait la force mentale nécessaire à la tâche qu'il s'était fixée!

Délicatement, il sortit d'abord le Talisman du reliquaire. Il manipula doucement le phallus avec l'index et le pouce de chacune de ses longues mains aristocratiques bien manucurées dans le but d'en explorer tous les détails. Il avait en effet des proportions enviables, plutôt invraisemblables...*mais vraiment*! En l'observant de manière plus approfondie, il remarqua à la surface de l'or quelques rayures et des taches claires accumulées au fil des siècles.

Ensuite, avec le plus grand soin, il sortit les deux rouleaux de parchemin et les détacha. Tous deux étaient jaunis par l'âge, froissés et fendus en divers endroits. Le texte —calligraphié à l'encre— était presque entièrement lisible. Il était écrit en Latin. Le traduire serait pour le *Duc* un agréable défi que l'aristocrate érudit n'avait pas savouré depuis quelques temps.

Ses sentiments étaient bien différents, cependant, quand il eut fini! La terrible signification des parchemins avait réduit à néant la moindre parcelle d'estime qu'il aurait pu éprouver en d'autres circonstances pour leur auteur au regard de son usage habile de l'ablatif absolu! [1]

Le *Duc* achevait sa tâche quand le soleil du matin commença à tacheter les collines environnantes de son éclat damassé. Alors complètement épuisé, *Théodore de Cornsai-Tantobé* s'affala dans son lit ancestral, sur le drapé de ses draps délicats de lin couleur taupe, et sombra quelques heures avec bonheur dans un profond sommeil... primordial, car il aurait encore à découvrir le but ultime de *Mochet,* alors que des soupçons terribles pointaient déjà dans son esprit, et il devrait mettre au point une contre-offensive... qui exigerait un esprit frais!

* * *

Les autres se réveillèrent aussi tard et de ce fait, le *Duc* put se joindre à eux avant le petit déjeuner. *Mathilde* n'était pas du tout perturbée — les yaourts, la crème caillée, le lait et les divers jus de fruits pouvaient être sortis du réfrigérateur à tout moment. Des céréales et des fruits de toutes sortes étaient déjà sur la table. Le *Duc* et ses invités pouvaient les partager quand ils le souhaitaient et les *croissants,* les *pains au chocolat,* les omelettes et les *crêpes* préférées de l'Américain et du Russe attendaient délicieusement au chaud dans le luxueux chauffe-plats en argent trônant sur l'imposant et exquis buffet en bois d'olivier. Une fois le repas commencé, *Mathilde* pouvait alors parfaitement programmer la percolation de l'exceptionnel café costaricain *Moreno-Chakiris*—le préféré du noble *Duc!*

Avant qu'ils ne prennent tous place *à table,* l'affable *Duc* rendit sa visite habituelle à la cuisine pour remercier *Mathilde,* et il

---

[1] NDT : L'ablatif absolu est une tournure latine qui donne des expressions condensées du genre "de facto" ou encore "mutatis mutandis"

lui demanda d'inclure *Marie* dans l'invitation qu'elle formulerait bientôt à *Anne* pour faire le tour du potager après avoir mangé.

Quand les dernières tasses de café furent vidées, *Mathilde* vint immédiatement dans la magnifique *salle de banquet* et elle lança "*Madame*, voulez-vous faire le tour du potager maintenant? Et *Mademoiselle*, j'aimerais beaucoup vous le faire visiter aussi."

Ainsi, le *Duc* avait un peu de temps seul avec *Hatch* pour lui expliquer certaines choses.

Bien sûr, ce fut d'abord un soulagement pour *Hatch* d'obtenir des réponses à ses questions! Il avait été absolument stupéfié de retrouver *Marie* si familière et affectueuse ce matin là, alors qu'elle avait été si soudainement distante et indifférente à minuit! Mais son soulagement laissa rapidement place à une colère grandissante, quand il eut pleinement saisi ce que le *Duc* venait de lui dire.

"*Ne t'inquiète pas, mon brave!*"[1] le rassura le sage aristocrate, de son ton imprégné d'un profond amour, bien que totalement chaste, pour son jeune ami, "J'ai les moyens de libérer *Marie* des griffes de ce démon, mais je ne peux pas le faire tant que nos plans ne seront pas totalement aboutis. En attendant, il ne faut pas dire en présence de *Marie* ce que nous ne voulons pas que *Mochet* sache. Sans aucun doute, elle a déjà —sans le faire exprès— dit à ce démon beaucoup de choses sur nous, mais il y en a beaucoup qu'il ne sait toujours pas, ou dont il n'est pas certain. C'est à notre avantage, un avantage que nous devons à tout prix conserver!

"*Hatch, mon cher ami*, je vais te prêter la *Bugatti*. Aujourd'hui, emmène vite et loin *Marie* visiter notre belle région, montre lui les paysages, le vignoble et déjeune avec elle ... profitez de votre temps ensemble…

---

[1] Calm down, my dear.

"Cela nous donnera toute latitude pour nous organiser et agir sans contrainte. Tu sauras où nous en sommes juste après minuit, quand elle te laissera à nouveau tomber brusquement, juste avant que l'*incube* de *Mochet* ne vienne exécuter sa mission abominable auprès d'elle. Tu pourras le voir avec moi sous sa fenêtre, si tu peux le supporter, *mon camarade!*"

* * *

Comme le subtil *Duc* l'avait proposé, *Marie* et *Hatch* quittèrent le *château* en fin de matinée dans le magnifique roadster vintage d'origine à toit ouvrant. Ce fut une journée splendide. Ils se rendirent à *Minerve*, l'ancienne Cité cathare, et purent l'admirer depuis des points de vue insolites dans les montagnes avoisinantes.

* * *

Mais auparavant, ils tinrent conseil avec *Anne*.
"J'ai pris connaissance du contenu blasphématoire des parchemins de Skerne," commença le *Duc* de sa profonde et sonore voix de baryton qui n'avait jamais sonné aussi grave. "Ils contiennent un rituel, qui permettrait l'Incarnation de Dieu au sein d'une vierge. Un rituel, je devrais plutôt dire... une bacchanale... une orgie... car à son point culminant, la jeune fille choisie, abrutie par le vin, les drogues, le chant et la danse, doit véritablement jouir de l'obscène Talisman de Skerne! Cette extrême dépravation pue le soufre de l'enfer! Elle désacralise implicitement les croyances chrétiennes les plus sacrées!"

Le *Duc* fit une pause, le temps que son auditoire interloqué prenne la mesure de ce qu'il venait de dire.

"Il y a plus. Les rouleaux prétendent que ce rituel n'a été accompli qu'une seule fois, et que... hérésie abyssale... Notre Sauveur Jésus-Christ en est le fruit! Mais voila bien le pire! Si une autre jeune fille est appelée Marie, et qu'elle est l'enfant d'une Anna et d'un Joachim…" à ce point de son récit, tous les regards se tournèrent vers *Anne,* qui porta la main à la bouche pour étouffer un cri… "et si cette Marie suit le rituel jusqu'à son ignoble accomplissement, si elle éprouve elle-même du plaisir avec l'abominable artefact de Skerne, alors se réalisera la 'Bienheureuse Espérance!'"

* * *

L'auteur souhaite interrompre son récit à ce stade pour poser à son cher lecteur une question. Est-ce que mon cher lecteur n'a jamais considéré que le choix du 8 Décembre pour la fête de l'Immaculée Conception est un peu (etc.) incongru, étant donné que la fête de la Nativité est le 25? Il donne à Marie une période de gestation de seulement dix-sept jours, proche de celle d'un hamster. A moins que l'on ne retienne l'hypothèse[2] selon laquelle elle ait accouché au mois de décembre de l'année suivante. Mais alors *cela* lui donnerait une période de gestation de trois cent quatre-vingt-deux jours, qui est plus longue que celle d'une baleine bleue et très proche de celle d'un âne!

Cependant, il existe une école de pensée satanique qui prétend malicieusement que l'Immaculée Conception a effectivement eu lieu le matin du jour du poisson d'Avril —farce pernicieuse, sans aucun doute, mais hélas, beaucoup plus acceptable biologiquement…

De ce blasphème, le *Duc* est tout à fait conscient.[3] Il y fera référence sous peu, mais revenons à notre récit…

---

[2] Sans jeu de mots … vraiment! (NDT : En anglais, hypothèse se dit aussi 'assumption.')
[3] La somme des connaissances ésotériques du *Duc* est bien connue.

* * *

"Les rouleaux disent cependant," continua le *Duc*, "que ce rituel ne peut être effectué qu'une année dont... je cite ici…'la somme des chiffres peut être réduite à un nombre parfait.'

"Je dois admettre que cela m'a laissé perplexe pendant un certain temps, mais je crois avoir trouvé la réponse. Prenez cette année 1976. La somme de ses chiffres est: $1 + 9 + 7 + 6 = 23$; $2 + 3$ se réduit à 5. Alors que si vous prenez l'année prochaine, 1977. La somme de ses chiffres est: $1 + 9 + 7 + 7 = 24$; $2 + 4$ se réduit à 6, et 6 est un nombre parfait, parce que la somme et le produit de ses facteurs nous donne à chaque fois $6 - 1 + 2 + 3 = 6$; $1 \times 2 \times 3 = 6$… et oubliez à vos risques et périls que les trois six sont les 'Signes de la bête'! "

Hatch et *Alexandrov Slivovitch* éprouvèrent ensemble un frisson d'horreur à cette évocation.

"Je pense donc," continua le *Duc* à un public maintenant totalement suspendu à sa science, "et c'est une consolation, que ce rituel ne peut avoir lieu avant au moins cinq mois. J'ai de bonnes raisons de croire... je ne vais pas vous expliquer pourquoi maintenant... qu'il n'aura pas lieu avant le premier avril de l'année prochaine.

"Il ne fait aucun doute que Notre Seigneur Souverain Créateur n'a jamais été et ne collaborera jamais d'aucune façon avec ce... cette... abomination. *Sacre Bleu*! Il n'en a pas besoin.

"Mais considérons une chose: *Mochet* vénère une toute autre divinité… non, en fait, je veux dire deux choses: *Mochet* est un adepte de pouvoirs impressionnants qui pourraient subvertir et corrompre ce rituel à ses propres fins …*non, je m'excuse*, Trois choses: son Maître Infernal ne manquerait pas de saisir cette opportunité en or[4]. *Anne, Mochet* n'a pas simplement drogué,

---

[4] C'était pour cela qu'il faisait tout ça!

enlevé, et hypnotisé votre fille pour nous espionner. Il l'a fait afin de la maintenir entre ses griffes jusqu'au moment venu. *Marie* ne serait pas simplement avilie par ce rituel infâme, son corps serait définitivement souillé par l'enfant qu'elle porterait!"

La 'Bienheureuse Espérance'! Tous étaient horrifiés par la tournure que le *Duc* donnait maintenant à cette prédiction apocalyptique! Mais pas autant que le *Duc* lui-même! Les comètes, les éclipses, les signes, les présages, les tombes vides, les morts déambulant dans des draps blancs et chuchotant dans les rues, la terrible bête rampant vers Bethléem, le silence au Royaume des Cieux pendant près d'une demi-heure[5]... De façon inouïe, tout à coup, l'érudit *Duc* lui-même en perdit ses mots!

"Comment dit-on en français 'fretful porpentine'[1]?" demanda-t-il, alors que chacun des cheveux de sa noble tête se hérissait pendant qu'il imaginait l'horreur à laquelle ils devraient peut-être être confrontés!

"J'ai un plan..."

---

[5] Cela resterait un endroit tranquille, mais il faudrait subir une demi-heure entière sans la moindre note d'harpe ni le moindre gémissement d'extase devant la vision béatifique habituelle!

[1] NDT:'Porc-épic grognon.' Vieille expression argotique, utilisée pour la première fois en 1602 par Shakespeare dans Henri IV.

Chapitre Vingt Six

Ainsi avait-il parlé.

* * *

Ils déjeunèrent, assis sur des sièges en rotin autour d'une table en rotin sous une pergola couverte de vigne dans un coin ombragé du magnifique parc à proximité de l'imposante aile ouest du *château*. Cette pause était la bienvenue.
Le déjeuner à peine terminé, cependant, le bon *Duc* reprit là où il en était resté.
" Ce n'est que l'ébauche d'un plan, je le crains. Il faudrait encore en préciser de nombreux détails... et pour cela je compte sur votre aide." Il s'arrêta un moment. "Quand j'ai accepté la mission de retrouver le reliquaire, Son Eminence m'a confié que les écrits de Skerne n'avaient pas été étudiés depuis leur confiscation par l'évêque local au moment de la mort du prédicateur. Une fois leur véritable nature connue, le Saint-Père de l'époque a proscrit toute nouvelle investigation, et cette interdiction est toujours en vigueur à ce jour. Donc, nous ne sommes pas censés en connaitre le contenu! Mais sachant que ce contenu est mauvais, j'ai décidé de le détruire... pour mettre *Marie* ou toute autre victime potentielle totalement hors de danger. Et comme l'interdit signifie également que le contenu du reliquaire ne doit jamais faire l'objet de la moindre vérification, je propose que nous le remplacions par une réplique inoffensive... de sorte que personne d'autre ne saura jamais..."

Il regarda les autres d'un air interrogateur. Il ne devait pas y avoir le moindre doute. De façon unanime, ils acceptèrent son plan avec un 'ouf' de soulagement![1]

"Comment faire cela rapidement, évidemment, c'est le premier dilemme," continua-t-il, "et c'est la raison pour laquelle je me tourne vers vous tous maintenant pour vous demander de l'aide! Son Eminence sait déjà que nous avons récupéré le reliquaire et elle attend sa livraison dans les prochains jours. La rapidité est essentielle! Car nous ne pouvons pas savoir quand et comment *Mochet* reviendra aboyer sur nos talons!"

"Dans ze cas, *Mon Cher Théodore*, ze pense que nous devons voir le contenu de ze reliquaire zans plus tarder," dit le malin *Alexandrov Slivovitch*.

En quelques minutes, le *Duc* était de retour sous leur arbre avec le satané coffret et déposait soigneusement le Talisman licencieux et les deux parchemins déroulés devant ses compagnons.

"*Oh là là!*" pensa *Anne* quand elle vit la taille de la bite en or massif, mais elle jugea sage de ne pas formuler sa réaction de vive voix.

La minute qui suivit, cependant, remplit l'affable aristocrate d'une gratitude stupéfiée.

"Nous pouvons fazilement mouler zela dans du plâtre de Paris, et pulvériser la copie obtenue avec de la peinture pour lui donner le même azpect," dit *Alexandrov Slivovitch*.

"J'ai de la sous couche et une bombe de peinture dorée dans le garage," annonça *Jean Le Taureau*, "depuis que j'ai restauré les chandeliers de l'église du *Père Bénitier* l'année dernière. Ils avaient l'air absolument neuf, tout le monde était d'accord là dessus!"

"Le poids posera problème. Il me faut mouler un cube en plâtre de Paris — un zimple zentimètre cube zuffit — et je vais

---

[1] Chacun et chacune, bien sûr, utilisa mentalement l'équivalent culturel de bon aloi de cette onomatopée dans sa propre langue!

peser za gravité zpézifique. Nous mesurerons ensuite le poids et le volume du Talizman — nous utiliserons le prinzipe d'Archimède, non? Enzuite, je peux calculer les dimenzions d'un zylindre de métal lourd à inzérer dans le moulage pour reproduire zon poids. De l'osmium zerait préférable. Peux-tu m'en trouver, *Mon Cher Théodore?*"

"Trouvez-moi aussi un peu de parchemin et des plumes de calligraphie, et j'écrirais quelque chose qui ressemble à cela," dit *Anne*, en montrant le texte. " J'ai fait cela pendant des heures quand j'étais une petite fille!"

"Nous devons reproduire ces traces," dit *Jean Le Taureau* en montrant les rayures et les taches sur la surface de l'or. " Je vais photographier ce truc des deux cotés. *Jean-Paul Lebouc* les développera pour moi dès que…! *Jean-Paul* et moi étions légionnaires tous les deux. On peut lui faire confiance! Il vit juste dans le village à côté. La photographie est son passe-temps."

"Je peux aussi vieillir authentiquement le parchemin," reprit *Anne*. "C'est quelque chose que je faisais avec mes jeunes élèves. Nous fabriquions des imitations de manuscrits anciens. Le principe est simple: le découper un peu, le déchirer et le plier; puis une brève immersion dans une infusion de camomille et on le passe sous le sèche-cheveux…"

"Mais qu'est-ce que vous écrirez?" demanda le *Duc*, complètement débordé.

Les yeux d'*Anne* pétillèrent soudain de malice. "*Théo*," dit-elle, "*Mathilde* m'a montré un de ses livres de cuisine ce matin. Vous me ferez la traduction latine de quelques recettes! Je sais! *Coq au vin, cassoulet, bouillabaisse*, et *tapenade*! *Voilà!*"

Ce fut comme si le *Duc* tombait à nouveau sous le charme de cette femme ensorcelante!

Il tapa des mains. "Faisons la liste des choses à faire, des choses à se procurer, et répartissons nous le travail!" Et c'est ce qu'ils firent.

Quand ils eurent terminé, *Alexandrov Slivovitch* posa la question cruciale: "Mais, *Mon Cher Théodore*, comment allons-nous détruire le Talizman?"

"Je veux le fondre, le couler en lingots et les envoyer dans tous les coins de le planète!" répondit du tac au tac l'aristocrate piqué au vif. "L'or est un métal tendre — nous pouvons facilement le couper en morceaux avec une scie à métaux! Le point de fusion de l'or est de 1063° centigrades; même un four de potier monte à plus haute température!"

A peine avait-il dit cela qu'il se leva et s'excusa. "Je dois donner un coup de fil crucial" informa-t-il ses amis avant de les quitter.

Faute de mieux, les autres se versèrent un verre de vin — savourant à nouveau ses riches notes de capucine, de moût d'ortie et de rhubarbe— et attendirent le retour de l'intrépide *Duc*. Le *Cabernet mono cépage* était un vin du coin. Le *Duc* en faisait grand cas —il était sensuel…sans être licencieux— il était tout à fait irréprochable!

* * *

Quand le *Duc* revint, *Jean Le Taureau* alla chercher son appareil photo. Il fit de bons clichés et partit avec *Alexandrov Slivovitch* développer les négatifs chez *Jean-Paul Lebouc*. De là, ils se rendirent à *Narbonne* pour acheter du plâtre de Paris à prise rapide, divers outils de modelage, des plumes de calligraphie, de l'encre noire et des feuilles A4 en peau de velot. Avec un peu de chance, ils récupéreraient les tirages à leur retour.

Anne retrouva *Mathilde* entourée de ses livres de cuisine pour lui demander de préparer un bol de *tisane* et de le laisser refroidir. Le *Duc* alla chercher un bloc-notes, des crayons, une gomme, une règle, sa grammaire latine et son dictionnaire Gaffiot. Le couple d'amoureux se retrouva peu de temps après sous la pergola, et le *Duc* commença sa tâche, pendant qu'*Anne* le regardait faire avec admiration.

Le docte *Duc* allait rapidement dans la foulée, prenait même des libertés mineures avec le texte, modifiait des phrases comme, " Quand l'ail est…" ou " Une fois que les anchois sont…" ou "Quand le poulet a été flambé…" en les remplaçant par, " L'ail ayant été pressé…" "Les anchois ayant été coupés en dés…" et "Le poulet ayant été *flambé*…"[2] pour les rendre stylistiquement plus authentiques, même si, selon toute vraisemblance, personne d'autre que lui ne serait jamais en mesure d'apprécier ce… mais tel était le sens esthétique très développé de l'homme et sa conception de *l'art pour l'art*!

* * *

Les autres rentrèrent deux heures plus tard. Les photographies magnifiquement développées convenaient parfaitement. Les négatifs étaient détruits. *Jean Le Taureau* s'était montré particulièrement persuasif. *Jean-Paul Lebouc* garderait jalousement le silence.

Entre temps, les relations du *Duc* s'étaient manifestées suite à son appel téléphonique. De l'osmium avait été déniché à *Perpignan*. L'atelier de mécanique où il se trouvait attendait ses instructions; l'osmium pourrait être façonné dès le lendemain matin!

Comme il lui manquait quelques doigts, *Alexandrov Slivovitch* dût expliquer à *Jean Le Taureau* la marche à suivre. Mais les compétences manuelles du fidèle factotum étaient aussi performantes que la Bentley qu'il conduisait... Tout d'abord, en utilisant une boîte d'allumettes vide, *Jean* construisit un récipient d'un centimètre cube ouvert sur le haut. Ensuite, il le remplit de

---

[2] Selon la tournure latine de l'ablatif absolu.

plâtre liquide qui, une fois sec, permit à *Alexandrov Slivovitch* de déterminer sa masse volumique. Un plat à poisson, un verre doseur et une pesette de cuisine empruntés à *Mathilde* furent tout ce dont il avait besoin pour mesurer le volume et le poids du Talisman. Le scientifique ex-soviétique en déduisit rapidement le poids du fac-similé en plâtre!

En même temps, le brillant ex-bolchevik faisait mentalement une série de calculs complexes, les sourcils froncés par la concentration. Finalement, il annonça : "Mes amis, cezi est dans une zertaine mesure une eztimation, mais zela ne fait rien! Le poids rezenti zera le même. L'or est lourd mais l'osmium est encore plus lourd. Par conzéquent, il devrait prendre moins de plaze!" Là-dessus, il donna au *Duc* le diamètre et la longueur du cylindre qui devait être façonné au tour à partir de ce qui était effectivement — comme *Alexandrov Slivovitch* l'avait affirmé dès le départ— le plus lourd de tous les métaux! Le *Duc* résolu ne perdit pas un instant pour transmettre toutes ces données à l'atelier! La prime qu'il avait promise lui assurait que ses ordres seraient exécutés à temps! Ses ordres au pluriel, car ils incluaient la fonte des lingots!

Le travail avançait rapidement, même si le *Duc* éprouvait une inquiétude croissante à l'idée d'être surpris par le retour d'*Hatch* et de *Marie* avant qu'ils n'aient fini, et que leur ruse ne soit découverte! Miraculeusement, un appel d'*Hatch* leur apprit que *Marie* et lui avaient prévu de diner au restaurant à *Béziers*.

Et le travail continua tant et plus à un rythme soutenu!

A la demande d'*Alexandrov Slivovitch*, on explora le *château* à la recherche d'un récipient de dimensions appropriées. Ce fut encore *Mathilde* qui le leur procura —elle sortit une boîte à biscuits de sa *cache* d'emballages et de vieux récipients! Et à sa demande, elle fournit également une bouteille de liquide-vaisselle et du papier sulfurisé!

* * *

Toujours en suivant les ingénieuses instructions d'*Alexandrov Slivovitch*, *Jean Le Taureau* enduisit la boîte à biscuits de liquide-vaisselle, puis versa dedans une couche de plâtre suffisante pour immerger la moitié de la circonférence du phallus en or, lui aussi lubrifié de liquide-vaisselle. Il recouvrit le tout de papier sulfurisé soigneusement découpé autour du profil du Talisman resté visible et ce sur toute la surface du plâtre. Ensuite, il versa soigneusement le reste de plâtre pour recouvrir complètement le Talisman— ils avaient coulé le moule.

Une heure plus tard, lorsque le plâtre eut pris, ils réussirent à séparer les deux moitiés facilement; le liquide-vaisselle ayant évité au plâtre d'adhérer au Talisman.

L'intérieur du moule fut ensuite savonné avant d'être rempli lui aussi de plâtre ; une bobine fut découpée dans le carton d'un rouleau de papier-toilette et bourrée dudit papier à une dimension légèrement plus importante que le cylindre d'osmium. Elle fut aussi savonnée et soigneusement insérée dans le plâtre encore frais à l'intérieur du moule. L'intérieur de la bobine fut ensuite soigneusement évidé de son papier à l'aide d'une cuillère à café. On laissa sécher le tout. Une heure plus tard, le moule fut soigneusement ouvert et il révéla une imitation parfaite de l'original. Le tube en carton affleurait à la base du moulage, ce qui permettrait d'y glisser le cylindre d'osmium.

Spontanément, tous applaudirent avec ravissement l'ingéniosité du Russe!

Anne réalisait à quel niveau *Alexandrov Slivovitch* et son assistant plus que compétent avaient mis la barre. Elle devait montrer à son tour qu'elle était à la hauteur. Elle emmena tout son matériel dans sa chambre à coucher, qui disposait également d'une antichambre et d'un superbe *écritoire Louis XV* en acajou, comme dans les appartements du *Duc*. Là, elle pourrait travailler sans être dérangée et sans faiblesse, comme ce cher *Théo* l'avait fait avant elle, jusque tard dans la nuit! *Mais quand même!* [1]

Elle y passa une heure à tout préparer avant le dîner. D'abord, elle teinta avec succès et sécha le vélin. Puis elle traça légèrement des traits au crayon sur chaque feuille pour reproduire la largeur, la longueur et le nombre de lignes qui figuraient sur les originaux. Elle repéra aussi la position et la longueur des mots sur les lignes; puis à l'aide de ciseaux et d'un scalpel de modelage, elle reproduisit exactement les plis, les entailles et les éraflures des rouleaux de Skerne. Enfin, elle fut prête et se réjouit d'être conviée à dîner.

"Joachim avait peut-être raison!" pensa-t-elle quand *Jean Le Taureau* lui proposa un *pastis* réparateur. Un double la détendrait sans freiner son élan créatif!

Mathilde apportait maintenant sa contribution à l'effort commun. Huîtres et fenouil au four; filet de chevreuil cuit *à point* à la sauce au poivre et à la moutarde, servi avec de la chicorée caramélisée et des *pommes de terre dauphinoises*. Le fromage suivit —*bien sûr*, c'était la France : il y avait un fromage pour chaque jour de l'année! Et finalement, arriva le *millefeuille* à la sauce au chocolat, le tout préparé par *Mathilde*! *Délicieux*!

Le *Duc* avait servi un délicat *viognier blanc* avec les huîtres, puis, à nouveau, son splendide *vin rouge* vintage avec le plat principal et le fromage; enfin, un excellent *muscat* pour le dessert; et son *armagnac* velouté pour accompagner le café.

Qu'est-ce que cela aurait été si *Alexandrov* et *Jean* avaient lancé à *Anne* un défi! Ainsi galvanisée, jamais elle ne se serait sentie aussi prête à le relever!

---

[1] 'Quand même' est l'une des expressions françaises les plus courantes et les plus polyvalentes. On l'entend plusieurs fois par jour, chaque jour, et chaque fois que l'on croit comprendre toutes ses significations, une nouvelle apparait.

Chapitre Vingt Sept

Marie et *Hatch* rentrèrent de manière inespérée juste au moment où l'*armagnac* arrivait sur la délicate nappe en drap de lin couleur taupe, sur la table en bois d'olivier poli autour de laquelle ils étaient déjà tous assis dans la majestueuse *salle de banquet* du *château*.

Marie avait passé la journée à rire dans la *Bugatti*, à savourer la beauté de la région et la chaleur du soleil *Languedocien*, à s'émerveiller de la prévenance d'*Hatch*. Cela avait donné à sa peau des couleurs et à ses yeux un éclat qui, dans sa tenue de tous les jours, faisaient penser à une Vénus en blue-jeans! "Oh *Maman*," dit-elle avec enthousiasme, "la journée a été formidable! Nous avons vu des endroits que *tu* aurais aimés! Pas seulement parce qu'ils étaient charmants, mais aussi pour leur histoire!" Et elle raconta joyeusement leur périple dans tous les détails.

Cela chagrinait le *Duc* et *Anne* de la voir si heureuse et, en même temps, qu'elle soit l'objet de leur hypocrisie. Mais avec la perspicacité obstinée qui caractérisait tant l'homme, le *Duc* gardait en vue l'objectif honorable de leur décision. Et il savait aussi —il avait rassuré *Anne* à ce propos— qu'il avait les moyens de libérer *Marie* de l'influence maléfique de *Mochet*. Il le ferait très prochainement!

Ainsi, sa mauvaise conscience fut soulagée par de bons sentiments quand il proposa à *Marie* et *Hatch* de prendre à nouveau la *Bugatti* le lendemain, à la découverte de *Carcassonne* et de sa *Cité*.

"*Maman*, comment s'est passée ta journée?"

"Très bien, *Ma Chérie*," répondit *Anne*. "J'ai passé du temps avec *Mathilde* à la cuisine, du temps avec *Théo* dans le jardin et j'ai savouré de délicieux repas" —*Anne* tapota délicieusement son ventre plat et son abdomen— "j'ai apprécié mon livre pendant que *Théo* a emmené le Talisman dans la crypte de l'église du village pour le mettre en sécurité... il a l'intention de le ramener en Angleterre très bientôt, peut-être après-demain..." *Anne* était, elle aussi, capable de mentir à sa fille sans rougir, en se convainquant du plus grand bien que cela apporterait!

* * *

Puis, sans qu'il ne soit plus nécessaire de mentir, une heure d'agréable conversation s'ensuivit, jusqu'à ce que, porté distinctement par la tiède et calme nuit, leur parvint, de l'horloge de l'église lointaine, le carillon de minuit. Brusquement, l'attitude de *Marie* changea du tout au tout. Son visage se figea comme un masque, son regard se fit lointain et vague. Elle se leva et se rendit dans sa chambre à coucher sur un simple "bonne nuit." Même si c'était attendu, cela laissa néanmoins les autres sans voix. *Anne* et *Hatch* étaient vraiment désemparés. Le *Duc* dût faire preuve de persuasion pour les rassurer tous.

Alors, se rappelant la tâche qui l'attendait, *Anne* prit également congé. Elle et le *Duc* restèrent seuls un instant, s'embrassèrent à nouveau, mais n'allèrent... pas plus loin! *Anne* entra dans sa chambre et s'attela à quelques heures d'un travail minutieux.

Peu de temps après, *Alexandrov Slivovitch* et *Jean Le Taureau* montèrent également se coucher.

Le *Duc* avisé relata brièvement à son fidèle ami américain tous les événements de la journée. Les deux hommes se rendirent en silence dans la même cachette que le *Duc* et *Anne* avaient occupée la nuit précédente.

Ils n'eurent pas longtemps à attendre! *Marie* ouvrit les volets de sa chambre à coucher et, dans sa tenue de nuit séduisante, elle fixa le feuillage de l'arbre le plus proche.

Au bout de quelques instants, le *Duc* et *Hatch* purent discerner sur une de ses branches un autre des *incubes* infernaux de *Mochet*. Ses petits yeux brillaient avec une malveillance incroyable. Cette fois, le nécromancien délétère avait convoqué pour son dessein funeste un putois —une créature des plus farouches!

Presque immédiatement, *Marie* commença à parler. "Je ne vois personne ... Je ne pense pas être surveillée." Une pause. "J'ai passé toute la journée avec l'américain." Une autre pause. "Nous nous sommes tenus par la main. Oui, nous nous sommes embrassé ... mais, non, certainement pas ... nous ne sommes pas allés plus loin! Je ne le permettrais pas! Je me réserve pour le grand destin auquel vous m'avez promise. Je sais que cela est impératif!" Une troisième pause. "Vous voulez l'enrôler à votre service aussi? Vous souhaitez *le* rencontrer? Demain, nous allons à *Carcassonne* découvrir la *Cité*… Oh, je vois, vous nous trouverez par vous-même! Très bien." Une longue pause. "Le *Duc* a déposé le Talisman à l'église du village... Il est enfermé là-bas dans un coffre-fort sous bonne garde... Il a l'intention de le ramener en Angleterre après demain…"

Marie se tut. Les deux hommes virent la chose immonde se précipiter au sol et disparaitre dans la nuit. Ainsi, *Mochet* avait entendu tout ce qu'il devait croire! Il savait aussi ce que le *Duc* et *Anne* étaient supposés faire!

Le duo rentra, morose, à l'intérieur du *château*. Le *Duc* vit les poings énormes de l'américain se serrer, sa mâchoire se tendre et ses yeux bruler de colère.

"Viens," dit doucement le *Duc*. "Il est temps de prendre des mesures pour libérer *Marie* de cette ignominie!"

Ensemble, ils montèrent le magnifique escalier en colimaçon du *château* et frappèrent à la porte de la chambre de *Marie*. Le bruit sortit *Marie* de sa transe. Elle se demanda d'abord ce qu'elle faisait debout devant la fenêtre avec les volets ouverts, puis qui pouvait bien frapper, et enfin, si c'était *Hatch*! Elle ne pouvait comprendre le conflit étrange qui paralysait son esprit. Une part d'elle-même voulait lui dire, "Une nuit avec toi réaliserait tous mes rêves.[1]" Une autre se sentait obligée de dire, "Je t'entends frapper, mais tu ne peux pas entrer![1]" Le timbre de la profonde et rassurante voix de baryton du *Duc*, cependant, lui annonçant que *Hatch* et lui aimeraient lui parler, brisa en quelque sorte le sortilège.

Marie apparut devant les deux hommes toujours délicieusement vêtue de sa *robe de nuit* diaphane, à travers laquelle on discernait magnifiquement un ensemble *cerise* de bon goût comprenant négligé, soutien gorge et petite culotte, qui couvraient seulement partiellement ses épaules voluptueuses, ses bras, ses seins, ses fesses, ses cuisses et ses mollets. En un clin d'œil, le *Duc* et *Hatch* avaient noté ces choses. Fort heureusement, ils redirigèrent leurs pensées[1] vers de plus nobles propos.

Quelques instants plus tard, plus décemment et moins négligemment couverte d'une robe de chambre en tissu éponge blanc appartenant au *Duc*, assise devant la magnifique table en bois d'olivier dans majestueuse *salle de banquet* du château, *Marie* était mise au courant de tout!

"Que dois-je faire?" demanda-t-elle finalement.

"Permettez-moi de vous hypnotiser," répondit le *Duc*. "Je pourrais tout d'abord en apprendre davantage sur les intentions de *Mochet*, mais aussi vous libérer de l'emprise de ce monstre!"

Marie hocha lentement la tête et réfléchit. "*Théodore*," dit-elle soudain, "il faudrait me laisser encore à moitié en contact avec *Mochet*, de manière, pour ainsi dire... à communiquer encore avec

---

[1] NDT: "One night with you would make my dreams come true" chanson d'Elvis Presley.
[2] NDT: "I hear you knocking, but you can't come in" chanson de Smiley Lewis.
[3] Qui par moments devenaient franchement concupiscentes!

lui la nuit et lui faire croire ce que nous voulons qu'il s'imagine... mais sans qu'il me garde sous son pouvoir, comme vous le craignez. Est-ce possible? Pouvez-vous le faire?"

Le *Duc* et *Hatch* furent simultanément saisis d'une fière et humble estime pour cette jeune femme ravissante. Pour l'américain désemparé, non seulement *Marie* comptait déjà beaucoup pour lui, mais elle devenait bien plus que sa dernière conquête!

C'est ce qui fut décidé. Le grand esprit patricien donna à *Marie* un sédatif naturel et inoffensif avant de commencer sa tentative périlleuse. Une fois assuré qu'elle était totalement détendue, il tira de son cou la croix et la chaîne faite du plus noble de tous les métaux qu'il portait toujours et commença. Jamais sa voix de baryton profonde, sonore et indiscutablement séduisante ne fut utilisée à meilleur escient. Jamais ne fut plus approprié le choix de cet instrument. Les machinations de *Mochet* seraient neutralisées par le plus sacré des symboles! La voix du *Duc* se fit susurration soporifique; Les oscillations du crucifix adoptaient un mouvement hypnotique. En une minute, *Marie* sombrait dans une profonde hypnose.

* * *

Ce que le *Duc* apprit confirma bien ce qu'il avait soupçonné! *Mochet* avait accosté *Marie* au *Cul De Blaireau*. Elle avait été trop polie pour refuser son offre de prendre un café. Elle se souvenait qu'il avait eu un goût étrange... puis il avait commencé à balancer sa montre à gousset. Ensuite, elle s'était retrouvée dans sa voiture... puis dans sa maison... il y avait là un jeune homme bizarre... on lui avait ordonné de parler à ses émissaires après minuit chaque soir, mais de ne se souvenir de rien la journée. Si elle croisait *Mochet*, elle ne devait pas le reconnaître... mais s'il disait, "Aimez-vous les jeux de patience?" elle devait prendre immédiatement le jeu de cartes qu'il avait glissé dans son sac à main et commencer à jouer. Si elle retournait une reine de cœur — il y en avait treize dans ce jeu très particulier— elle devait obéir aux instructions qu'il lui donnerait. Il était impératif qu'elle reste *virga intacta*. Elle était destinée à un objectif exaltant! Elle deviendrait la mère d'un enfant très particulier! *Mochet* avait emprunté son écharpe... puis elle avait été reconduite au bout de la rue où habitait sa mère et *Mochet* lui avait évidemment demandé de ne rien se rappeler de tout ce qui s'était passé!

Le *Duc* effaça méticuleusement toutes les commandes et suggestions inconvenantes que *Mochet* avait implantées dans l'esprit de la jeune femme —sauf une. Celle-là même que *Marie* avait courageusement demandé de maintenir pour l'instant à leurs propres fins.

Il lui ordonna également de se souvenir de tout ce qui avait été révélé au cours de cette session… à l'exception de deux choses. D'abord, il lui demanda d'accepter sans hésiter de venir avec eux en Angleterre. Si cela se produisait avant que le *Duc* n'ait le temps d'expliquer les choses à sa mère, *Marie* devrait obtempérer. À cette époque, l'Angleterre swinguait comme un pendule. C'était le meilleur moment pour y aller. Une trop bonne occasion à ne pas rater! Le *Duc* expliquerait tout cela à *Anne* en temps utile.

Deuxièmement, elle réaliserait à ce moment là qu'elle n'avait pas son passeport et *elle* demanderait à *Hatch* de remettre à plus tard leur visite à *Carcassonne* pour aller le chercher à son appartement de *Montpelier*… parce que le *Duc* était certain, d'après ce qu'il avait entendu à la fenêtre de la chambre de *Marie*, que *Mochet* était déjà parti à *Carcassonne* pour intercepter *Marie* et *Hatch*. Donc, il fallait les envoyer le plus loin possible de cet endroit! Les pouvoirs de *Mochet* ne devaient pas être sous-estimés! Aussi, à partir de maintenant et jusqu'à ce que le combat contre *Mochet* ne s'achève, le bon *Duc* devait veiller à ce que *Marie* fasse l'objet de la protection la plus rapprochée! Pour cela, elle devrait rester constamment sous leur surveillance!

Le *Duc* libéra *Marie* de sa transe. Il la sonda gentiment par quelques questions. Ses réponses lui donnèrent la certitude que l'intervention avait parfaitement réussi.

Marie était coiffée différemment ce jour-là, sachant qu'ils prendraient la Bugatti, et elle ne s'était pas changée. De plus, elle arborait le plus doux des sourires. Pour ces deux raisons, elle ressemblait aux yeux du *Duc* à une Mona Lisa à queue de cheval! Ce fut pour lui un grand bonheur quand elle posa doucement la main sur son bras en murmurant "Merci beaucoup, *Théo*. C'est comme si un gros nuage s'était dissipé."

"*Je vous en prie!*" répondit l'aristocrate comblé. Puis, après une brève pause, il ajouta, " Maintenant, s'il vous plaît, pardonnez-moi. J'ai besoin de sommeil, ce soir. *Bonne nuit.*"

Le *Duc* vit *Marie* se tourner vers *Hatch* et prendre ses mains dans les siennes. Une noble et bienveillante joie jaillit de sa poitrine. Comme il quittait la magnifique *salle de banquet* et commençait à monter le splendide escalier en colimaçon pour se rendre dans sa chambre, il réalisa qu'il avait entièrement libéré cette jeune femme, ce soir. *Marie* et *Hatch* s'étaient tendu la main tout à l'heure... ils s'étaient même embrassés... ils pourraient aller plus loin cette nuit...

Un simple mortel, dans la situation du *Duc,* aurait pu ressentir un pincement lancinant d'envie à cette pensée... mais pas le miséricordieux *Théodore de Cornsai-Tantobé*!

Chapitre Vingt Huit

De manière inattendue, le *Duc* et *Alexandrov Slivovitch*, se retrouvèrent tous deux face à un dilemme atroce au cours de la matinée suivante, mais pour des raisons très différentes…

* * *

Au réveil, *Alexandrov Slivovitch* se souvint inopinément d'un article récemment paru dans une revue scientifique, qu'il avait lue dans le hall de réception de la clinique en attendant les résultats du dépistage toxicologique de *Marie* trois jours auparavant. L'article portait sur de récentes découvertes en biochimie humaine. Ce souvenir lui inspira un "Eureka." La dernière pièce du puzzle de la toxine complexe et indétectable qu'il tentait d'élaborer se mettait soudain en place.

Cependant, peut-être une demi-heure après avoir triomphalement finalisé sa formule chimique, le Russe en exil lut quelques nouvelles épouvantables sur son pays dans le journal du matin.

Le 28 Août, les chefs odieux de son ancienne patrie avaient décidé de faire un essai de bombe nucléaire au *Kazakhstan*! Pourquoi? Ils savaient déjà que leurs trucs horribles fonctionnaient! Le reste du monde savait que leurs trucs horribles fonctionnaient et, en plus, ils savaient qu'ils savaient que leurs trucs horribles fonctionnaient! Alors, à quoi cela rimait-il? Plus de Strontium-90 dans nos os? Plus de leucémie dans notre sang?

Pour la deuxième fois en trois jours, un monstre enfoui dans son subconscient reprenait inopinément possession de lui, oblitérant toute sa conscience, à part celle d'une fureur aveugle! *Alexandrov Slivovitch* appela donc immédiatement la Russie.

"Maison *Yeltsin*," répondit une voix de femme.

"*Boris* est là?"

"Qui est à l'appareil?"

"C'est moi, *Alexandrov Slivovitch Romanov*!"

"Je ne suis pas certaine que *Boris* ait envie de vous parler…savez-vous qu'il est maintenant le premier secrétaire du CPSU de *Sverdlovsk Oblast*?[1] Il ne peut plus se permettre d'être en contact avec des transfuges …"

"Est-ce qu'il est là?"

Une pause, puis, "Oui."

"Alors, demandez-lui au moins ... z'il vous plaît!"

Il y eut une longue pause, avant qu'*Alexandrov Slivovitch* ne puisse exposer avec passion à son ancien compagnon de beuverie son plan pour injecter dans tous les verres débordants de vodka premium du *Politburo* son poison absolument indétectable. Cela pourrait éviter cette explosion condamnable! Cela serait une récompense attendue depuis trop longtemps pour leur indifférence au sort de tous leurs camarades! Avec un peu de chance, cela pourrait même renverser définitivement le régime!

La réponse qu'*Alexandrov Slivovitch* reçut fit grincer l'émail de ses dents. L'essai nucléaire et ses conséquences n'étaient pas une préoccupation majeure. Le changement était en marche, il était maintenant possible à un bon dirigeant d'y parvenir de l'intérieur. Hé! *Boris* en prenait le chemin, et il pourrait un jour devenir le chef... et puis il était fermement opposé à l'idée de dénaturer une bonne vodka! La réponse était non! D'ailleurs, il ne voulait plus jamais entendre parler d'*Alexandrov Slivovitch*!

"*Boris*," songea ironiquement *Alexandrov Slivovitch* en reposant le combiné du téléphone, "est décidément un prénom ridicule! Que Dieu aide la Russie à ne jamais élire cet homme président! Que Dieu empêche partout d'élire quelqu'un qui porterait ce prénom…"

---

[1] Mm!

Déjà, la colère enflammée de son subconscient se calmait et l'homme rationnel qu'il était presque toujours reprenait le dessus. *Alexandrov Slivovitch* éprouvait le soulagement résigné d'avoir, à la onzième heure, reculé devant l'abîme moral dans lequel s'était précipité *Brutus*...il se confesserait bientôt et obtiendrait le pardon pour avoir seulement pensé à une telle chose. Il avouerait aussi ce qu'il avait fait à ce pauvre jeune égaré il y a deux jours. Sa préoccupation au sujet de son propre comportement totalement irresponsable nourrissait chez lui un sentiment grandissant de remords! Et même si les événements l'empêchaient de se confesser, le seul fait d'en avoir eu l'intention serait vu par les yeux du Créateur miséricordieux comme un acte de contrition! Cette idée était merveilleusement rassurante!

* * *

Pendant ce temps, le dévot *Duc* se trouvait lui-même au bord d'un tout autre abîme moral. Il était catholique; *Anne* était *divorcée*! Ce gouffre semblait d'autant plus infranchissable que le bonheur conjugal était à portée de main! Comme toujours, depuis qu'il était très jeune, lorsqu'il était tourmenté, '*Théo*' cherchait la consolation et le sage conseil de *Mathilde*.
"Espèce d'empoté," dit-elle dès qu'il lui eut ouvert son cœur. "Penses-tu que le bon Dieu voit les choses de la même manière que ces vieux pruneaux ridés de célibataires le prétendent à Rome? Bien sûr que non! Il connaît la pureté de ton âme! Tu ne te rappelles pas que quand tu étais un tout petit garçon, tu donnais ton argent de poche pour les lépreux et les bébés noirs d'Afrique?
(C'était vrai. Très tôt dans sa jeunesse, l'iconoclaste *Théodore* avait considéré absolument odieux de stéréotyper tous les Noirs comme des lâches, des idiots et des paresseux! Et de fait, il avait même commencé à admirer leur sens inné du rythme et leur athlétisme —et aussi, bien entendu, leur nature foncièrement

optimiste! Il était devenu charitable avec eux. Aussi, il s'était juré que, devenu *Duc*, si une famille noire emménageait dans le coin, il se donnerait en exemple pour le reste de la population locale. — D'ailleurs cela conviendrait à son rang, car depuis toujours, les gens s'attendaient à trouver un tel idéal chez un aristocrate.— Non seulement il se ferait un point d'honneur à discuter avec eux s'ils passaient dans la rue, mais il demanderait même à *Mathilde* de leur préparer un *pot-au-feu* pour le repas de Noël qu'il leur ferait parvenir comme un gage chaleureux de bienvenue dans la communauté!)

"*Théodore*," continua *Mathilde*, "*Anne* est tout à fait délicieuse, ainsi que sa fille, qui, d'ailleurs, pourrait faire de *Hatch* ton gendre! Rends-toi compte! J'approuve pleinement ces deux opportunités! D'ailleurs, tu mérites un peu de bonheur après tout le chagrin que tu as enduré. Tu es resté tellement stoïque. Et d'ailleurs —si tu avais encore des scrupules— n'oublie pas que tu as fait les Neuf Premiers Vendredis![2] Le Seigneur t'a promis l'absolution avant de mourir... et s'il fallait quand même en passer par là, *Didier* t'absoudrait tous les jours de la semaine, de toute façon, je n'en doute pas. *Mais sacre bleu*! Si j'étais le Tout-Puissant, je te donnerais à vie l'Indulgence Plénière [3] rien que pour le travail que tu accomplis en ce moment au nom de son Église!"

Le *Duc* était rassuré, le nuage s'était dissipé! Merveilleuse *Mathilde*! Le *Duc* embrassa *Anne* sans retenue quand elle redescendit, un peu plus tard, de sa chambre à coucher.

---

[2] Si vous assistez à la messe et la communion le premier vendredi de neuf mois consécutifs, alors Dieu garantit que vos péchés seront confessés et absous juste avant de mourir. Ce n'est pas une mauvaise affaire, vraiment!

[3] Un plein pardon de vos péchés —vous sautez complètement le Purgatoire et allez tout droit au paradis. Un sacré avantage!

A la table du petit déjeuner, elle afficha le résultat de son travail nocturne devant la compagnie impressionnée. Sans aucun doute, les rouleaux contrefaits faisaient illusion.

Plus tôt dans la matinée, *Jean Le Taureau* avait scié le Talisman en six morceaux à peu près égaux, puis martelé le métal malléable pour qu'il ne présente plus aucune ressemblance avec sa forme originale. Dans peut-être une heure, il serait de retour avec l'osmium usiné, l'or fondu, et leurs vœux seraient presque complètement exhaussés.

"*Marie*," dit alors le *Duc* à son invitée délicieuse, qui semblait plus que jamais radieuse ce matin là, et à qui il pouvait maintenant tout confier, "dans moins de vingt-quatre heures, nous partons pour l'Angleterre. Pour votre sécurité, je pense que vous devriez venir avec nous."

"*Oh, merveilleux! Merci!* J'ai toujours voulu aller là-bas! *Mais alors*, l'Angleterre swingue comme un pendule …"

"*Mais alors, Ma Chérie, pas de conneries!*"[4] intervint *Anne* dans un impeccable français. "Tu vas dans le Yorkshire!"

Le *Duc* souleva un *contretemps* éventuel en ajoutant brièvement, "*Marie*, vous aurez besoin de votre passeport."

"Bien sûr," répondit immédiatement *Marie*. "*Hatch*, il faut que nous allions à *Montpelier*… nous visiterons *Carcassonne* une autre fois…"

"Bien chûr," répondit machinalement l'américain.

* * *

Une heure plus tard, *Hatch* et *Marie* fonçaient loin de *Carcassonne* et de *Mochet* dans leur roadster millésimé. *Jean* était revenu avec l'*Osmium*. *Anne* avait enroulé soigneusement ses rouleaux de contrefaçon et les avait attachés avec les lanières

---

[4] Grossièrement: "Ey up, Pet, no bullshit …"

d'origine. L'osmium avait été introduit dans le faux Talisman et recouvert de plâtre frais. Le poids ainsi obtenu —comme la pâtée de bébé ours— correspondait exactement à la bonne dose! Il restait à poncer ce nouveau plâtre, à lui donner une couche de finition et à imiter quelques imperfections mineures. Tout serait fini à midi!

Dans un élan soudain et généreux, le noble *Duc* suggéra à *Mathilde* de prendre le reste de sa matinée et son après-midi. Il emmènerait ses acolytes déjeuner au bord du *Canal Du Midi* où un petit restaurant servait de superbes fruits de mer. Puis *Anne* demanda à *Mathilde* si elle pouvait faire la cuisine. Elle voulait leur préparer à tous —*Mathilde* et *Didier* compris— un diner spécial! Elle achèterait avec le *Duc* le nécessaire en fin d'après-midi. Elle se rendit compte qu'elle avait parlé elle aussi tout à fait machinalement! Oh, aurait-elle froissé l'étiquette? Elle jeta avec appréhension un coup d'œil vers le *Duc* et fut tout à fait rassurée... oui... juste un petit coup d'œil... mais le cœur du *Duc* bondissait d'une joie sans borne à sa proposition!

Mathilde en fut ravie et elle partit déjeuner avec son cousin le curé, *Didier Bénitier*.

Les délices méditerranéens servis dans le lieu choisi par le *Duc* furent appréciés de tous. Le ciel au-dessus de leurs têtes était d'un bleu intense et la chaleur du soleil d'août les enveloppait comme une courtepointe moelleuse. Les platanes qui bordaient les quais arboraient un patchwork étincelant de couleurs crème, jaune, cuivre et brun. Tout autour d'eux les vignes essaimaient des grappes pourpres et veloutées. *Alexandrov Slivovitch* pensait que le niveau de Strontium-90 mesuré dans le raisin avait considérablement diminué, et que le risque de leucémie dans le *Languedoc* était à son plus bas niveau depuis plus de dix ans. Ainsi, pour chacun d'eux, à ce moment là, la vie paraissait délicieuse!

* * *

Pour le repas du soir, *Anne* avait décidé de préparer des *hors d'œuvre* à base de fenouil braisé dans une sauce à l'*anisette*, et de servir, comme plat principal, de la poitrine de faisan cuite au vin blanc, à la crème et à la sauce de pulpe d'orange, accompagnée de haricots mange-tout et de pommes de terre sautées. Et une *crème caramel* pour le dessert. Elle espérait que tout se passerait bien et que *Mathilde* apprécierait son geste. Pendant qu'*Alexandrov Slivovitch* lisait dans sa chambre et que *Jean Le Taureau* faisait la *sieste*, le *Duc* emmena pour la première fois *Anne* faire des courses dans sa sublime *DS Citroën*.

* * *

Une fois leurs achats déballés dans la cuisine, *Anne* allait commencer ses préparatifs et le *Duc* se proposait de descendre choisir à la cave quelque chose de très *spécial* pour le diner, quand le téléphone sonna.

Le Duc décrocha.

"*Monsieur Le Duc de Cornsai-Tantobé?*" demanda une voix d'un homme. C'était une voix inconnue qui mit tout de suite le *Duc* mal à l'aise. Elle était râpeuse, sifflante comme le coassement d'un crapaud, et le ton était menaçant.

"*Oui*," répondit le Duc.

"*Enchanté*! Je suis *Gaspard Mochet*, et j'en viendlais dilectement au but. Vous m'avez plis quelque chose et j'entends que vous me le lendiez. Maintenant je vous ai aussi pris quelque chose et je suppose que vous voudrez aussi que je vous le rende. Oh, vous avez rusé, *Monsieur Le Duc*. Je suis très impressionné. Vous m'avez trompé en vous servant de ma petite *Marie*. Elle ne s'est pas rendue à *Carcassonne* avec l'américain aujourd'hui, n'est-ce pas? Vous n'avez pas déposé non plus le reliquaire de Skerne dans la crypte de l'église? *Oui*! Mais votre petite libéralité de *noblesse oblige* vous a trahie ce matin. Vous m'avez livré *Mathilde* à la place! Et maintenant, j'ai une nouvelle carte à jouer!

"S'il vous plaît, écoutez attentivement mes instructions. Tout d'abord, allez au presbytère et détachez ce nigaud de prêtre — il a dû épuiser les quatre-vingt dix éléments chimiques du tableau périodique, maintenant! Il vous remettra mes instructions écrites et vous dira où vous devrez livrer le reliquaire et son contenu. Vous pourrez ensuite libérer *Mathilde*. N'imaginez pas un instant que ce soit du bluff. La durée de vie de votre femme de ménage ne compte pas au regard de mes projets. Ne tentez pas de vous jouer encore de moi, ou vous regretterez d'avoir vu le jour!"[5]

L'appel de *Mochet* prit fin.

---

[5] Une des menaces les plus redoutées par l'Auteur venant de sa mère: "Tu regretteras d'avoir vu le jour, Tommy!" (Gulp).

Chapitre Vingt Neuf

Ce fut un aristocrate aux lèvres pincées et au visage blême qui revint vers *Anne, Alexandrov Slivovitch,* et *Jean Le Taureau,* après avoir raccroché le téléphone. Le *Duc* alla à l'essentiel.

"Je crains d'avoir été... comment disent les Anglais? 'de m'être cru trop malin.' *Mais non*! Pas malin du tout! S'il arrive quelque chose à *Mathilde,* comment me le pardonnerais-je jamais? C'est de ma faute! J'aurais dû le prévoir et prendre mes dispositions pour l'en empêcher! Que vais-je faire?"

Suivit un poignant moment de silence, poignant comme seul un tel moment de silence peut l'être. *Jean Le Taureau* le rompit finalement. "*Seigneur,*" dit-il, "c'est simple. Le contenu du reliquaire est sans valeur. Donnons-le à *Mochet* et sauvons *Mathilde*. Commençons par fabriquer une autre réplique tout de suite."

"Mais bien sûr," acquiesça *Anne,* "nous avons encore le moule, du plâtre, du parchemin et vos traductions latines... de la camomille, du liquide vaisselle ..."

"Nous aurons encore besoin d'Osmium, *Mon Cher Théodore.* Peux-tu organiser zela? Il nous faudra auzzi un autre reliquaire."

Ses *camarades* avaient sorti le *Duc* de son désespoir, ils étaient redevenus...proactifs![1] Et le *Duc* avait peut être même un coffret de la bonne taille à portée de main. "Excusez-moi," dit-il.

L'énergique *Duc* bondit dans le magnifique escalier en colimaçon du *château,* se rendit dans sa chambre et fouilla au plus

---

[1] Ce mot —signification originale "prenant l'initiative"— a connu une vogue depuis un certain temps parmi les éducateurs. Je ne suis pas certain que tous ses utilisateurs en connaissent le sens originel, mais de la façon dont ils l'utilisent, ils pensent que cela signifie clairement une très bonne chose.

profond de son énorme armoire Louis XV en acajou. Il y trouva un coffret inutilisé depuis un certain temps. Il vida son précieux contenu sur les délicats draps de lin couleur taupe qui recouvraient son lit ancestral. Puis il dégringola l'escalier, portant sous chaque bras son coffret et le reliquaire de Skerne.

La bande de complices compara minutieusement les deux boites. Elles présentaient des différences, mais aussi beaucoup de similitudes. *Alexandrov Slivovitch* remarqua que de toute façon, le Cardinal n'avait probablement jamais vu de ses yeux le reliquaire, et que ses gardiens ne l'avaient probablement jamais regardé de très près non plus, compte tenu de l'interdit dont il faisait l'objet.

Mais le reliquaire du *Duc* avait l'air trop neuf. *Jean Le Taureau* trouva la solution. Un de ses amis —un autre ex-légionnaire— tenait maintenant un magasin de meubles de cuisine en pin. Il ne résidait que deux villages plus loin. Bien que toutes ses tables, chaises et commodes soient faites du même matériau, il teintait certaines d'entre elles avec un vernis 'Pin antique' et les 'vieillissait' en les fouettant avec des chaines à vélo. Ces 'antiquités,' une fois malmenées et maquillées, étaient revendues deux fois plus cher que les neuves. Il obtenait du vert de gris en trempant des clous de cuivre dans du vinaigre et l'utilisait pour peindre les serrures et les charnières. *Jean* proposa de recruter tout de suite son ami —ce qui fut décidé à l'unanimité.

L'impétueux *Duc* décrocha immédiatement le téléphone et composa le numéro de *La Forge Du Mont Destin, à Perpignan* —le numéro se trouvait encore sur le guéridon du téléphone. En moins d'une minute, tout fut arrangé! Un autre cylindre d'Osmium serait usiné le lendemain matin, en même temps que les lingots d'or. Le bonus proposé par le *Duc* pour respecter ce délai fut accepté avec obligeance.

Puis le *Duc* partit à toute vitesse en direction du presbytère pour libérer *Didier*.

L'intrépide *Théodore de Cornsai-Tantobé* trouva le bon prêtre attaché à l'une des chaises de la salle à manger-presbytère. Une fois libéré, *Didier* hurla les noms de plusieurs métaux de transition avec beaucoup de ferveur. Enfin, le noble se concentra sur l'essentiel et parvint malgré tout à obtenir la lettre d'instructions que *Mochet* avait laissée pour lui permettre de retrouver *Mathilde*.

Le *Duc* la lut attentivement. Elle contenait un plan et des instructions, précisant l'endroit où il devait laisser le reliquaire où il trouverait de nouvelles instructions pour libérer *Mathilde*. La lettre affirmait également qu'il n'y aurait pas de tromperie, demandait avec insistance au *Duc* de venir seul, et précisément à quel moment. Le *Duc* regarda sa montre. Il restait une heure! Il regagna le *château* au pas de course.

* * *

Pendant ce temps, exactement au même moment, *Mochet* espérait que l'échange du butin et de l'otage se produirait au plus tôt. Il passait décidément un mauvais quart d'heure avec sa captive. Cela avait commencé dès son enlèvement.

"*Monsieur*, quelles sont ces manières? Nous ne nous connaissons certainement pas assez bien pour que vous vous adressiez à moi par mon prénom et que vous me disiez "*tu*"! Je vous ai donné du '*Monsieur*'. Appelez-moi du '*Madame*' et dites moi '*vous*', voulez-vous, je vous prie! Avez-vous bien compris?"

Pour *Mochet*, c'était comme si sa propre mère s'était réincarnée devant lui, avec le sentiment d'impuissance débilitante que cela produisait!

Il avait imaginé une contre-attaque, qui consistait à droguer et à hypnotiser *Mathilde* comme il l'avait fait avec *Marie*. Ainsi, il retrouverait de l'ascendant sur elle et obtiendrait peut-être aussi plus de détails sur les combines tordues du *Duc*.

"*Monsieur*, je vous demande pardon, mais *vraiment*, ce café est immonde. Je crains de ne pas pouvoir le boire. Comment l'avez-vous passé? Montrez-moi. Je pourrais vous dire à quel moment vous ne faites pas ce qu'il faut."

Ayant échoué dans sa tentative de lui administrer la benzodiazépine, il décida de tenter quand même l'hypnose, sans tranquillisant. Il sortit sa montre à gousset et ordonna, "*Madame*, regardez-moi bien dans les yeux." Il balança son pendule anachronique.

"Regarder dans vos yeux! Pourquoi diable le ferais-je? Cela fait des années que je n'ai pas regardé un homme dans les yeux. D'ailleurs j'ai remarqué que les vôtres sont vraiment mal en point! Tous jaunes! Vous devriez prendre des infusions régulières de graines de chardon —il en pousse partout par ici. C'est excellent pour les maladies de foie! Et il faudra lever le pied sur le *pastis*!"

A ce moment-là, elle lui prit la montre des mains. "Mm! Eh bien, en voilà une fantaisie! Mon grand-père avait exactement la même…"

* * *

Pendant ce temps, l'obstiné *Duc* décidait de ne pas opposer d'opposition… il irait seul. "*Anne*," dit-il, avec plus de confiance en lui qu'il n'en éprouvait vraiment, "continuez à préparer le repas. *Mathilde* et *Didier* seront bientôt de retour, je vous le garantis." Sur ce, il s'en fut.

* * *

Mochet avait emmené *Mathilde* dans un autre endroit et téléphoné au *Duc*, mais il continuait à souffrir.

"*Monsieur*, Je me pose vraiment des questions à votre sujet! Peu importe ce que vous recherchez et dans quel but —une vieille boîte vermoulue pleine de sottises et un grossier morceau de sculpture! Franchement! Enlever cette belle jeune fille pour cela, quand même! Vous ne pensez pas avoir la moindre chance, n'est-ce pas? Elle peut prétendre à un meilleur parti, et sans vous offenser, *monsieur*, vous n'êtes vraiment pas le genre de... vous devez bien vous en rendre compte... Et adorer Satan! Voyons, mon ami, que diable espérez-vous, pour faire une chose pareille?"

Pendant un instant, *Mochet* eut l'impression de reprendre l'initiative. " Le pouvoir! La seule chose qui vaille la peine!" hurla-t-il comme si cela allait de soi. " Je rendrai à mon maître un grand service en lui donnant forme humaine sur terre. Il me récompensera généreusement!"

" Eh bien, peut être!" répondit *Mathilde* avec dédain. "Oh, mon ami! Les hommes et leurs rêves de puissance! Pauvres malheureux! Ça vous embête si je vous pose quelques questions personnelles, *Monsieur*..."

Pour la deuxième fois ce jour-là, le *Duc* s'installa derrière le volant à direction assistée de son élégante *Citroën* et attendit que la suspension hydropneumatique la rehausse. Il avait calculé son temps de parcours jusqu'aux collines avoisinantes pour arriver impérativement à l'heure. Après quarante minutes de route, il atteignit le petit hameau signalé sur la carte de *Mochet* et s'arrêta pour lire à nouveau ses instructions. Un carrefour était signalé à un kilomètre du hameau. Sa mémoire ainsi rafraîchie, il repartit et se retrouva en peu de temps à la croisée des chemins où il tourna comme indiqué. Il se trouvait maintenant à trois kilomètres de sa destination finale!

* * *

"*Madame*," demandait alors *Mochet*, "*êtes-vous certaine*... que chez les hommes assoiffés de pouvoir, on retrouve souvent le schéma d'un père absent ou insignifiant et d'une mère dominatrice, possessive et surprotectrice? Donnez-moi encore d'autres exemples? Hitler, Napoléon ... qui d'autre?"

"*Mais si, j'en suis certaine!* Je mentionnerais aussi bien Alexandre le Grand et l'empereur Dioclétien. D'après ce que vous me dites de votre éducation, si vous voulez mon avis, vous êtes un cas classique!"

Par moments, *Mochet* se prenait la tête entre les mains. "C'est inquiétant, *Madame*," murmura-t-il, "Je vais avoir du mal à faire face à tout cela…"

"*Monsieur*, pardonnez-moi," dit *Mathilde*, "mais il serait temps de récupérer le reliquaire.

"Oh oui, le reliquaire," dit *Mochet* distraitement. Il ramassa sa paire de jumelles et traîna les pieds jusqu'à la porte d'entrée. L'air hagard, il reprit sa voiture et fit les quelques kilomètres qui le séparaient de l'endroit prévu.

A peine était-il arrivé qu'il aperçut une élégante *DS Citroën* noire glisser sur la route et s'arrêter à une certaine distance en contrebas de son point de vue. Un grand homme élégamment vêtu sortit de la voiture et en fit le tour.

Mochet suivit attentivement ses mouvements à la jumelle. L'homme —très certainement son adversaire le *Duc*— ouvrit le coffre de la voiture, fit une pause et regarda autour de lui. *Mochet* baissa ses jumelles. Il ne voulait pas que le *Duc* aperçoive le reflet de ses lentilles.

Le *Duc* inspectait les environs : un champ plat dont les vieilles vignes arrachées n'avaient pas encore été replantées. A son extrémité la plus éloignée, le sol remontait brusquement et était recouvert d'épaisses broussailles à feuillage persistant. Sans aucun doute *Mochet* était caché quelque part là-dedans et observait chacun de ses mouvements. Le Méphisto maléfique avait bien choisi l'endroit.

*Moche*t regarda le *Duc* progresser au milieu du champ.

Le *Duc* trouva l'enveloppe et les nouvelles instructions. Il déposa le reliquaire par terre et retourna tout de suite à sa voiture.

Quand *Mochet* se fut assuré —avec ses jumelles— que la voiture du *Duc* prenait bien le chemin détourné pour retrouver *Mathilde*, il commença à descendre prudemment du maquis. Bientôt, il mettrait entre lui et son ennemi juré un bon paquet de kilomètres.

Mochet courut à travers champ pour récupérer le reliquaire. Il tourna la clé, souleva le couvercle et regarda à l'intérieur. Les rouleaux et le talisman s'y trouvaient toujours. Il souleva le lourd objet et le contempla. Alors un éclair fanatique illumina ses yeux et tout le côté gauche de son visage fut ébranlé par ses vieux tics. " Puissance! Pouvoir! Domination!" croassa-t-il diaboliquement. "Rien ne peut plus m'arrêter maintenant!"

L'ascendant de *Mathilde* s'évaporait au profit de son maître infernal!

Complètement abusé par l'œuvre magistrale du quatuor créatif, *Mochet* remit le faux Talisman dans sa boîte, referma et verrouilla le reliquaire et rejoignit sa voiture avec son 'trophée.' Beaucoup de chemin restait à faire. Il était près de minuit quand il arriva chez lui.

* * *

Le *Duc* réalisa qu'il se trouvait probablement à moins de deux kilomètres de *Mathilde* quand il avait quitté le champ. Cependant, il avait dû fait une bonne dizaine de kilomètres pour la rejoindre. *Mochet* l'avait habilement promené pour se trouver bien loin quand le *Duc* atteindrait enfin le lieu de détention.

C'était une petite ferme isolée au bord de la route. La porte d'entrée était entrouverte. Le *Duc* s'y introduisit prudemment. *Mathilde* était là et servait —à ce qu'il semblait— une infusion calmante et réparatrice de millepertuis à un couple de personnes âgées visiblement ébranlé. Le *Duc* apprit qu'ils avaient été contraints par la menace peu après le déjeuner, et étaient restés ligotés et bâillonnés dans leur propre grange jusqu'à ce que *Mathilde* les libère environ quinze minutes plus tôt.

Une fois assurés que le couple n'avait subi aucun dommage sérieux pendant leur épreuve, *Mathilde* et le *Duc* montèrent dans la *DS* et retournèrent au *château*, pour ce qui allait être sans aucun doute un magnifique diner triomphal.

"Tout va bien, *Nounou*?"

"Ne fais pas ton gros bêta, *Théodore*! Bien sûr que je vais bien. Tu ne crois tout de même pas que je laisserais un petit crapaud minable comme lui se glisser sous ma peau, quand même?"

Mais en fait —alors qu'une grande tendresse remplissait sa noble poitrine— le *Duc* comblé de joie était un peu plus déconcerté qu'il ne l'aurait imaginé.

Chapitre Trente

Lors de son voyage aller-retour à l'atelier de meubles de son vieil ami, *Jean Le Taureau* avait remarqué que les mystérieuses taches blanches étaient réapparues sur le tapis noir haute laine de la Bentley. Quand enfin sa rage se fut apaisée, le coffret du *Duc* semblait avoir subi les dommages collatéraux d'une grande partie de la guerre de cent ans. Par conséquent, seulement quelques couches de vernis 'pin antique' et de vert-de-gris suffirent à lui donner l'air authentiquement ancien. Après un sextuple *pastis*, le retour du *Duc* et de *Mathilde* provoqua sans prévenir des larmes de joie chez l'ex-légionnaire. *Mathilde* le remarqua et en fut touchée; elle subodorait que, tapi sous une apparence bourrue, il y avait un iota (etc.) de "gros bêta" chez cet homme. Mais n'en était-il pas ainsi de tous les hommes?

* * *

Le repas fut si bon —et bien entendu toute la *soirée*— que pas le nom d'un seul élément chimique ne s'échappa des lèvres de *Didier*. *Mathilde* en fut admirative et *Anne* enchantée. Mais quand le repas fut terminé, pour certains il restait une affaire sérieuse à régler. Sans l'ombre d'un doute, *Mochet* ne devait plus se jouer de *Marie* pour les piéger. Il était essentiel qu'il sache une dernière fois ce qu'ils auraient à lui faire savoir. Donc, le *Duc* hypnotisa encore *Marie*.

A minuit et demi, comme *Anne Laverge*, *Hatch Beauchamp* et *Théodore de Cornsai-Tantobé*, embusqués dans le parc, l'avaient prévu, un nouvel *incube* de *Mochet* vint sur l'arbre juste en face de sa fenêtre pour communiquer avec une *Marie* délicieusement vêtue. Ce soir là, l'émissaire maléfique était une belette —le plus malveillant de tous les animaux!

L'interrogatoire de *Mochet* commença. *Marie* lui répondit.

"Le *Duc* a envoyé la femme de chambre et le prêtre dans un de ses appartements à Paris." Pause. "Je ne connais pas l'adresse." Pause. "*Maman* ira peut être aussi, ou bien elle restera avec moi. Nous partons demain pour l'Angleterre." Pause. "Pourquoi faire? C'est évident! Le Duc doit rapporter le reliquaire." Pause. "Je ne connais pas la réponse à cette question… tout ce que je peux vous dire, c'est que le *Duc* était mort de rire pendant tout le diner; il espérait que votre latin sera assez bon et que vous apprécierez le *cassoulet*, le *coq au vin*, la *bouillabaisse* et la *tapenade*…" Pause. "Je crois que nous nous rendrons à *Calais* par la *vallée du Rhône*, si j'ai bien compris…"

Sur ce, la belette s'évanouit dans la nuit.

"*Mochet* va vouloir nous suivre," dit le *Duc*, "nous contournerons donc *Toulouse* par l'ouest et monterons à *Caen*. Nous devrons malheureusement encore utiliser *Marie* pour l'induire en erreur... mais pas pour longtemps." le *Duc* reprit son souffle. "*Anne*, vous pouvez venir aussi. Que désirez-vous faire?"

"*Théo*, me prendre avec vous vous retarderait. Mon passeport est resté à *Nevers*. Et *Mathilde* m'a demandé si je voulais bien rester ici jusqu'à votre retour, pour lui tenir compagnie et l'aider au jardin... qu'en pensez-vous? Puis-je?"

"Bien sûr," répondit le *Duc*, tout juste capable de refreiner l'émoi de son cœur.

Le trio retourna dans la magnifique *salle de banquet*. Peu de temps après, *Marie* les y retrouva. "Comment étais-je?" demanda-t-elle. "Je suppose que le phénomène s'est reproduit... Je me suis réveillée devant la fenêtre…"

Vous avez été…*magnifique!*" dit l'aristocrate reconnaissant. "Vous lui avez dit tout ce que nous voulions lui faire savoir. *Eh bien*, nous aurons une longue journée demain... *je vous laisse.*"

"*Et moi, aussi*," dit *Anne*. "Je dois terminer mon travail de faussaire. Ça va encore me prendre du temps…"

Comme la nuit précédente, le *Duc* et *Anne* s'embrassèrent et chacun rejoignit chastement son lit. *Hatch* et *Marie*, cependant, restèrent ensemble. Une certaine suspicion, à laquelle il essayait toujours de résister, s'instilla à nouveau dans l'esprit du noble *Duc*. Comme ses deux vieux amis le reconnaissaient souvent, la maîtrise en anglais du *Duc* dépassait de loin leur propre maîtrise du français, tellement elle était stupéfiante. De ce fait, avant même qu'*il* ne s'en rendre compte lui-même, il fut peut-être excusable —notamment en raison de sa fréquentation assidue du Yorkshire— d'exprimer sa 'curiosité' de manière aussi crue, typique des anglo-saxons du nord:

"Est-ce qu'il donne à cette petite garce tout ce qu'elle mérite? Est-ce qu'il la balance violemment sur le lit? Est-ce qu'il la fourre bien profond? Est-ce qu'il la gorge de son sperme?" se demandait-il. "Est-ce qu'elle le suce comme un serpent à sonnettes? Est-ce qu'elle se laisse prendre comme une chienne? Est-ce qu'elle jouit en gueulant comme une truie?"

Il essayait comme il pouvait, ce français raffiné qui n'aurait normalement jamais toléré un tel manque de discrétion, mais à cet instant précis, il ne put refreiner cette indécence primaire.

Quoi qu'il en soit, il n'oublia pas de ramasser le précieux contenu de sa cassette, encore éparpillé sur les délicats draps de lin couleur taupe qui recouvraient son lit ancestral, ni de ranger le tout dans sa valise. Il pensait déjà à leur trouver un nouvel usage.

* * *

Au même moment, *Mochet* tordait le foulard de *Marie* et le côté gauche de son visage se crispait de manière incontrôlable. Des recettes de cuisine! Du plâtre de Paris! Cet après-midi là, il aurait bien mis le sournois *Duc de Cornsai-Tantobé* dans le viseur de son pistolet! Il aurait tiré sur lui sans hésiter! Ainsi, ils se dirigeaient vers *Calais*, à ce qu'il paraissait? Ou était-ce encore une fausse nouvelle? Sur une intuition, *Mochet* décida de partir pour *Caen* dès le lendemain matin. Il était probablement plus facile pour eux de prendre la route de l'ouest en direction de la *Manche*! S'ils voulaient gagner du temps, ils éviteraient *Millau*, bien sûr... mais, de toute façon, s'ils faisaient autrement, ce n'était pas trop grave... il connaissait leur destination finale, et celle du reliquaire. Ne l'avait-il pas déjà facilement arraché à ses gardiens? D'ailleurs, il pouvait toujours interroger *Marie* quand il voulait!

* * *

Les soupçons du *Duc* furent ravivés le matin suivant quand il vit *Marie* plus radieuse et *Hatch* plus éreinté que jamais en prenant place à table pour le petit déjeuner! Mais le bon *Duc* se dit que l'air frais avait peut-être permis à *Marie* de bien dormir et que *Hatch* intensifiait peut-être le rythme de sa gymnastique matinale. Qui pouvait savoir?

Les derniers préparatifs furent achevés. *Jean* était revenu avec le nouveau cylindre d'Osmium et les lingots d'or. Le premier se trouvait maintenant à l'intérieur du second faux Talisman et les seconds étaient enfermés en toute sécurité dans le coffre fort inviolable du *Duc*. Bientôt, les lépreux, les bébés noirs, et d'autres indigents nécessiteux du lointain tiers-monde profiteraient du vieux pénis en or de Skerne.

* * *

Ils firent leurs adieux. Flora McFlintloch avait été informée de l'heure probable de leur arrivée à Throstlenest Hall (et le *Duc* avait appris que *Tristan* and *Iseult* se portaient bien). Le *Duc* avait contacté le cardinal pour fixer un rendez-vous à Darlington afin de lui remettre le reliquaire. Cinq chambres avaient été réservées pour la nuit à '*L'Hôtel de la Reine*' au *Mans*. La Bentley avait de nouveau été nettoyée. Profitant de sa puissance plus que suffisante, les cinq intrépides voyageurs partirent vers onze heures du matin pour rejoindre à bonne vitesse le Nord de la France. Tous étaient confortablement installés dans la voiture, l'immense *Hatch* à l'arrière à côté de sa chère *Marie*!

Ils dînèrent simplement, mais très bien, dans une *auberge* campagnarde au bord de la route. Ils arrivèrent dans la banlieue du Mans juste après six heures.

Le talent de pilote de *Jean Le Taureau* fut irréprochable. Après avoir habilement négocié le centre-ville, il tourna à gauche et tomba pile sur la place de l'hôtel où ils avaient réservé. Il en fut soulagé. Il avait besoin d'aller aux toilettes et savourait la perspective imminente d'une *Gauloise* et d'un *pastis*.

Mais comme il était sur le point de parcourir les derniers mètres, une foule se précipita dans la rue. Et là, juste devant eux, se trouvait un personnage du genre que Jean exécrait tout particulièrement. Il portait sur la tête un grand chapeau noir. Ce *con*[1] arborait un gilet blanc à rayures bleues à moitié recouvert d'une veste boléro noire sans bouton. Il portait un pantalon blanc moulant à pattes d'éléphant et des souliers qui ressemblaient à des chaussons de danse. Son visage était maquillé de blanc, à l'exception de barres noires qui soulignaient ses sourcils, accentuaient la largeur de ses yeux et de ses lèvres. Il caressait lentement de ses deux mains une surface plate imaginaire en barrant délibérément la route, au grand amusement de la foule. Les clones de cet insecte infestaient la plupart des villes françaises! Jean avait décidé que, si jamais il devenait *Président de la République*, non seulement il serait intraitable envers les mimes, mais aussi envers les défenseurs du mime! Il expédierait *Marcel Marceau* aux confins les plus inextricables du Sahara Oriental!

---

[1] Pillock. (NDT : Traduit par l'auteur pour ses lecteurs anglais, comme si vous y étiez.)

"*Du calme, mon vieux,*"² murmura le *Duc* de sa voix de baryton persuasive, et son intendant irascible se calma. *Jean* avait acquis avec le temps une certaine maîtrise de soi, bien qu'intérieurement il était souvent la proie de rages meurtrières. Il attendit calmement qu'une voie s'ouvre à travers la foule. Il mena patiemment la Bentley au parking de l'hôtel et assuma ses devoirs de porteur de bagages. Mais à peine les valises rangées dans leurs chambres respectives et sa vessie volumineuse voluptueusement vidée, il chercha un bon endroit pour se poser dans le voisinage immédiat de l'hôtel. Il fuma une *Gauloise* et avala une généreuse lampée de la flasque qu'il portait toujours en bandoulière. Comme par hasard, quelque chose lui apparut, susceptible de procurer un exutoire pleinement créatif à sa rage: un bâtiment commercial de quatre étages en cours de construction dont l'accès était libre, bien que les fenêtres du rez-de-chaussée et du premier étage soient déjà posées. Il s'introduisit clandestinement dans le chantier et trouva le moyen d'assouvir sa vengeance! Quand il ressortit dans la rue, la foule commençait à se disperser autour du *crétin*. Très vite, la place se vida, à l'exception de sa cible, qui refermait et ramassait sa boîte à malice. La bonne fortune de *Jean* se confirma. Le vermisseau se dirigeait vers lui. *Jean* se dissimula dans la pénombre de l'entrée du bâtiment avec une rapidité étonnante pour un si grand homme.

Il attendit, armé de la patience du chat prêt à bondir. Quand sa proie se présenta, il la saisit, la traîna dans l'entrée et la malmena dans les escaliers en béton menant au premier étage. *Jean* ligota sa prise contre la fenêtre et noua rapidement une corde bien serrée à chacune de ses chevilles, en laissant une bonne longueur de chaque côté.

"Retourne-toi ou bouge d'un poil et tu le regretteras," grommela le bouillonnant ex-légionnaire d'un ton effrayant. L'extrémité de chaque longueur de corde fut reliée à un parpaing,

---

² Steady on, Old Boy.

au dessus duquel en furent entassés d'autres. La *bestiole* était effectivement attachée à un endroit d'où on pouvait la voir de la rue. *Jean* déposa ensuite son chapeau sur le trottoir juste en dessous de la fenêtre, comme un clin d'œil ironique donnant à cette mise en scène le sens d'une leçon de morale. En rasant les murs pour que sa victime ne le repère pas, *Jean* retourna précipitamment devant l'hôtel et s'offrit une autre *Gauloise* et un autre *pastis* pour célébrer sa vengeance avant le diner. Il avait porté ses gants de chauffeur pendant toute l'opération. *Fait accompli*!

Jean ne le sut pas, mais la foule se rassembla à nouveau quelque temps plus tard et applaudit la représentation superbement convaincante de l'artiste mimant la consternation. Même si c'était une faible consolation, ses recettes du jour doublèrent. Trois heures s'écoulèrent avant que deux *gendarmes* ne passent par là et l'arrêtent pour intrusion dans une propriété privée et dépassement des limites horaires de sa licence. Malheureusement, le mime n'avait pas bien vu son agresseur et ne put donc pas en donner la description aux *gendarmes*. Il était traumatisé, contrarié jusqu'aux larmes par l'état de son pantalon. Heureusement, il ne pouvait pas voir l'état dans lequel était son mascara.

* * *

Jean trouva les autres dans un terrible désarroi quand il revint de sa petite expédition. Il était tellement en colère quand il était entré dans l'hôtel la première fois qu'il n'avait pas remarqué ce qui paraissait maintenant évident. Le nouveau propriétaire était un fan fou furieux des 'Queen' et 'A night at the opera' passait pour la deuxième fois sur la sono de l'établissement. Quand à neuf heures et demie 'Bohemian rhapsody' fut rejoué pour la quatrième fois, le *Duc* aurait volontiers donné une fortune à qui lui épargnerait cette abomination. Heureusement, la musique s'arrêta à dix heures.

Peu après, le *Duc* hypnotisa à nouveau *Marie* en prévision d'un nouvel interrogatoire infernal de *Mochet*.

À minuit et demie, tapis dans l'obscurité à l'autre bout de sa chambre, tous regardaient d'un air lugubre *Marie* s'approcher en transe de la fenêtre, l'ouvrir et se retrouver face à une chauve-souris pendue en une veillée funèbre à la gouttière du mur d'en face.

Marie écouta attentivement pendant quelques secondes avant de parler. "Je ne savais rien du changement de direction avant que nous ne montions dans la voiture." Pause. "Nous sommes actuellement dans un hôtel au *Mans*." Pause. "Oui, je suis dans une chambre indépendante." Pause. "Le *Duc* a dit que nous prendrons le ferry de *Caen* à Portsmouth demain." Pause. "Je ne sais pas s'il me dit la vérité." Pause. "Il a dit que la traversée ne durera que quelques heures, mais que nous devrons dormir dans un hôtel sur la route la nuit suivante." Pause. "Non, je ne sais pas où."

Confortablement installé dans une chambre d'hôtel à *Rouen*, *Mochet* tordait l'écharpe de Marie en réfléchissant. Il pourrait être à *Caen* bien avant eux demain, mais en fait, était-ce là qu'ils iraient? Sur une intuition, il décida qu'ils prendraient plutôt le bateau au *Havre*.

* * *

Le *Duc* se retira dans sa chambre et passa lui aussi un certain temps à réfléchir. *Mochet* se méfiait maintenant clairement des informations que *Marie* lui donnait. Il supposerait certainement un nouveau changement d'itinéraire. Quelle était l'alternative la plus plausible pour *Mochet*? Probablement *Le Havre*. Le *Duc* réfléchit quelques instants et décida que, dans ce cas, ils se rendraient quand même à *Caen*!

* * *

Les amis et les ennemis étaient tous sur la route de bonne heure le lendemain matin. En chemin, cependant, le machiavélique *Mochet* eut une nouvelle intuition. Son adversaire était probablement capable de beaucoup de ruse. En un éclair, il décida de prendre la direction de *Caen*.

À peu près au même moment, le super-subtil *Duc* eut une pensée similaire. "*Jean*," dit-il brusquement, "prenez la direction du *Havre*!

Chapitre Trente et Un

Mais de quelle inconstance font preuve les hésitations du destin! La destination des deux ferries était la même! Tous deux accostaient à *Portsmouth*! Et même si *Mochet* avait la plus longue traversée, la bizarrerie des horaires fit qu'il arriva le premier à quai!

Il s'était patiemment assis dans sa voiture sur un point de vue dominant et, tout en tordant constamment le foulard de *Marie* entre ses doigts noueux, il regardait le cortège des véhicules débarqués quitter le terminal. *Et voilà*! Ridiculement ostentatoire au milieu des Ford Cortina, Austin Allegro, Renault 4, 2CV, et autres Camping cars VW surgit une rutilante Bentley! S'il y avait eu le moindre doute quand à son identification, on pouvait facilement apercevoir à côté du chauffeur baraqué l'exaspérant aristocrate lui-même, tandis qu'à l'arrière, entre le sombre russe défiguré et l'américain à la dentition ridiculement alignée, se trémoussait la ravissante demoiselle *Laverge*!

Mochet émit un rire croassant de satisfaction. Subrepticement, il se mêla au flux du trafic, une voiture derrière la limousine. Il avait de nouveau en vue et à portée de main le Talisman et *Marie*! Excellent! Il avait maintenant en tête bien plus que l'intuition d'un plan pour en reprendre le contrôle la nuit prochaine!

* * *

Alexandrov Slivovitch était bercé dans son sommeil par le mouvement de la voiture. Le *Duc* somnolait aussi... bien que pendant un certain temps, il avait été tenu éveillé par les bribes occasionnelles des tendres chuchotements qu'échangeaient *Marie* et *Hatch*.

"*Hatch*, c'est tellement contre-intuitif, de concevoir qu'un électron puisse suivre à plusieurs endroits des trajectoires différentes en même temps!" soupirait *Marie* —encore envoutée par le livre qu'elle venait de lire.

"Che sais," lui soufflait-il avec une passion palpable. "Dans mon domaine d'application, les effets de la relativité... comme la dilatation du temps et la contraction de la matière à très grande vitesse... semblent tout à fait déconcertants..."

"Mm!" murmurait-elle avec une suavité déconcertante.

Cela réjouissait le cœur du bon *Duc* de prendre la mesure cette énième dimension de leur amour —Une compatibilité intellectuelle prodigieuse! Une grande sérénité gagna son âme, et pendant quelques instants, il s'endormit lui aussi.

* * *

Il fut réveillé par la voix basse et rauque de son chauffeur. "*Seigneur*, excusez-moi, mais je pense que nous sommes suivis."

Le *Duc* prit un moment pour rassembler ses esprits, assimiler ce qu'il venait d'entendre et répondre. "*Comment*? Pourquoi dites-vous cela?"

"*Seigneur*, si vous me permettez...Je suggère que vous ne vous retourniez pas maintenant...mais il y a, deux voitures en arrière, une *Citroën GS* orange. Son volant est à gauche et sa plaque d'immatriculation est française. Elle s'est pointée quand nous avons quitté le terminal du ferry à Portsmouth, et est restée là depuis. Si je ralentis, elle ralentit; si j'accélère, elle accélère. Je ne peux pas bien voir le conducteur à cause du reflet sur le pare-brise et de la distance qu'il maintient entre nous grâce à l'autre voiture, et de toute façon, je n'ai jamais vu ce *Mochet* ... mais je suis sûr que cette voiture nous suit! Et qui d'autre cela pourrait-il être?"

Du coin de l'œil et sans tourner la tête, le *Duc* regarda dans le miroir latéral gauche de la Bentley et il vit la voiture en question.

Comme le disait *Jean*, il était impossible de distinguer le conducteur... mais comme *Jean* lui avait fait remarquer, en tout état de cause, qui d'autre cela pouvait-il être?

"En effet!" répondit le *Duc*. "*Jean*, que suggérez-vous?"

"Voulez-vous que je le sème, *Seigneur*?"

Le *Duc* réfléchit un moment. "Si vous voulez bien, je pense que cela vaudrait mieux."

"Alors, laissez-moi faire!"

Jean avait exécuté ce genre de manœuvre plus d'une fois. Il ne lui manquait plus qu'un rond-point approprié. Et il était tellement heureux de pouvoir utiliser les tous derniers iotas (etc.) plus que suffisants de la puissance de la Bentley. Le modeste moteur de la *Citroën* ne pourrait pas rivaliser! Chaque fibre de *Jean* frissonnait à l'avance.

Ils arrivèrent à un rond-point en moins de deux minutes, mais il avait seulement trois sorties. Le Bentley resta tranquillement *sur la route*. Cinq minutes plus tard, *Jean* étudia le panneau de signalisation d'un nouveau rond-point, et celui-ci semblait idéal. Il avait cinq sorties, une grande circonférence et un épais bosquet recouvrait la plateforme du milieu. *Jean* mit son clignotant à droite et déplaça la voiture vers le couloir extérieur. Il fit lentement le tour du rond-point, alors que la *Citroën* orange mettait aussi son clignotant à droite pour le suivre. Quand le Bentley fut hors de vue de la *Citroën*, *Jean* libéra soudain toute la puissance prodigieuse de son véhicule et refit le tour du rond-point, puis ralentit et prit tranquillement la sortie en direction de la bonne route.

Mochet tournait autour de l'ilot et ne voyait plus la Bentley. Quelle sortie avaient-ils prise? Il ralentit, regarda dans tous les sens en hésitant, et des coups de klaxons commencèrent à retentir. On se serait cru en France. Il s'engagea finalement dans la direction d'où il était venu. Il perdit plus de cinq minutes pour rejoindre le rond-point précédent et reprendre la route en sens inverse! Dès qu'il put, il s'arrêta à une aire, consulta sa carte et essaya de deviner dans quelle direction ses ennemis pouvaient bien se diriger maintenant.

"Well done, *Mon Brave!*" dit le *Duc* enchanté, alors que la Bentley reprenait sa vitesse de croisière. "*Eh bien*, cherchons un endroit pour passer la nuit et donnons à *Marie* un avant-goût des délices d'Oxford!"

* * *

Pendant ce temps, *Mochet* bouillonnait. Si l'idolâtrie avait fait partie de ses propensions perverses, il aurait bien pris le *Duc* pour un démon venu de l'enfer! Mais convoquer l'animal le plus effroyable des Abysses fut la décision malveillante qu'il jugea la plus opportune pour servir son objectif le plus urgent et son désir le plus amer de vengeance! Il le jura solennellement!

Après s'être persuadé que ce dernier revers n'était que temporaire, *Mochet* reprit sa route vers le nord et trouva finalement une chambre dans une auberge de campagne à proximité de Bicester. Il apprit que les habitants de Bicester faisaient rimer leur ville avec "blister"[1] —et vu la consonance avec le gonflement pustuleux que l'on observe souvent sur le derrière de l'humanité, il se dit que cette nuit, il serait logé à la même enseigne!

* * *

---

[1] Et aussi, pour alimenter davantage l'étonnement de *Mochet* à propos de l'orthographe anglaise, le propriétaire, dont le nom sur le panneau au-dessus de l'entrée, était orthographié "Menzies St. John Featherstonehaugh," se présenta à son hôte en tant que "Ming Singein' Fanshaw." Il se peut aussi que la prononciation bizarre de son prénom ait conduit les Anglais à adopter St. John comme le saint patron des grands brulés.
NDT : 'Blister' des ampoules, des cloques…

Marie visitait l'Angleterre pour la première fois. Même si elle savait qu'à peine trente-quatre kilomètres d'eau séparaient les deux pays à leur point le plus proche, tout autour d'elle paraissait totalement étranger. Le marquage des routes, les clôtures, les haies et les champs. Les chaumières pittoresques aperçues dans les villages qu'ils traversaient. Les images, les sons, les odeurs d'Oxford et l'intérieur du pub où ils dînèrent. Les saveurs de la nourriture et de la bière, les gestes mêmes et la manière d'être des gens. Elle était fascinée. Elle harcelait avidement le *Duc* à propos de tout ce qu'elle remarquait et était totalement captivée par ce qu'il lui disait de la sauvagerie des vallées du Yorkshire et de la splendeur rocailleuse de Throstlenest Hall qui l'attendaient le lendemain. Enfin, elle resta tout à fait incrédule quand il lui annonça qu'elle rencontrerait également deux paresseux à trois doigts. C'était comme si le suave et raffiné aristocrate gaulois qu'elle avait depuis peu appris à connaître et à apprécier s'était soudainement transformé en un anglo-saxon lunatique et excentrique rien qu'en respirant l'air même de ces îles! Cela l'affecterait-elle de la même manière? La perspective de devenir différente, et même un peu bizarre, l'excitait étrangement. Peut-être, en effet, cela commençait-il comme cela... Elle se dit qu'elle ne choisirait pas le paresseux comme animal fétiche, mais plutôt le fourmilier... qui n'a jamais fait de mal à personne.[2]

* * *

Tard dans la soirée, cependant, des perspectives plus sombres revinrent inévitablement sur le tapis. Pour ce qui serait

---

[2] Non, bien sûr, *Marie* ne pensait pas un instant que l'histoire humaine était altérée par la déprédation vicieuse des paresseux. *Non.* Il s'agissait simplement d'une affaire de *"chacun à son goût."*

maintenant l'avant-dernière fois —le *Duc* assura à *Marie* qu'il en était persuadé— *Théodore de Cornsai-Tantobé* l'hypnotisa.

Le *Duc* prépara *Marie* à ce qu'il voulait que s'imagine *Mochet* —avant tout, le talisman était toujours en sa possession et il le resterait pendant plusieurs jours, jusqu'à ce que le Cardinal vienne le récupérer. Il prépara également *Marie* à occulter les choses que *Mochet* ne devait pas savoir... mais ce deuxième point était plus problématique. Le *Duc* ne pouvait pas prévoir toutes les questions que poserait *Mochet*!

Et, en effet, l'*incube* envoyé par *Mochet* cette nuit là —une hermine rusée et perverse— la soumit à un long interrogatoire…

Après avoir écouté avec anxiété leur longue conversation, le *Duc* ne conclut finalement à aucun inconvénient sérieux, en dépit des renseignements supplémentaires et parfois inattendus que *Mochet* avait soutirés à *Marie*!

Le *Duc* ne se serait jamais douté, par exemple, que le fait de posséder des paresseux —au sujet desquels *Marie* fut longuement interrogée— paraîtrait à *Mochet* comme un *talon d'Achille* insolite mais intéressant, confirmant la justesse de la terrible décision qu'il avait prise quelques temps plus tôt!

* * *

Et en effet, un peu plus tard, dans la solitude de sa chambre d'hôtel, le bon *Duc* se sentit très mal à l'aise. *Mochet* était vraiment désespéré et il avait à sa disposition des pouvoirs impressionnants. Même si le *Duc*, en tant qu'adepte, estimait pouvoir les contrecarrer, même s'il n'était probablement pas loin d'anéantir tous les projets infâmes de Mochet... tout de même, un petit iota de doute restait niché dans son esprit. Il songea vaguement à une autre disposition qu'il pourrait mettre en œuvre si tout le reste échouait. Mais, à onze heures, la mémoire de l'érudit aristocrate lui faisait défaut... Il connaissait le nom du rite qu'il cherchait, mais ne se souvenait plus de son contenu... Il devait impérativement s'en préoccuper de manière urgente !

* * *

À ce stade, il nous semble tout à fait opportun de faire une petite (etc.) digression, pour que tout devienne clair en temps voulu.

* * *

À la fin de la Seconde Guerre mondiale, la Grande Bretagne disposait de dix-sept départements du renseignement militaire, numérotés de un à dix-neuf. Tous les autres départements estimaient généralement que le MI 13 et le MI 19 n'avaient jamais été opérationnels. Mais dans le plus grand secret, le MI 13 avait été activé. Il avait eu à sa tête un vieil ami du *Duc* —ce cher vieux "Melmers"— plus connu dans le monde entier sous le nom de Sir Melmerby Wath, joueur de cricket renommé, dramaturge et érudit. Le *Duc* lui avait sans aucun doute sauvé la vie une fois en découvrant et en déjouant un complot diabolique orchestré par le lâche Staple Fitzpaine,[3] propriétaire foncier, industriel, playboy et magicien noir, qui avait été longtemps dans le radar de "Melmers" !

La mission ultrasecrète de "Melmers" menée par le MI 13 fut appelée 'Gestion de l'Activité Surnaturelle Hostile' (GASH). Personne n'était mieux qualifié que lui pour la conduire, "Melmers" étant un adepte aussi adepte que le *Duc* lui-même ! Bien que maintenant à la retraite, Sir Melmerby Wath disposait encore d'un vaste réseau de contacts —autant corporels qu'incorporels— et il exerçait donc encore une énorme influence. C'était à ce bon vieux

---

[3] Reportez-vous à "Black Rites In Barnstaple" du meme auteur. (NDT : Malheureusement pas encore traduit en français.)

"Melmers" que le *Duc* avait passé ces coups de fil cruciaux à intervalles réguliers au cours de notre récit. Sir Melmerby possédait également la bibliothèque privée de littérature ésotérique probablement la plus importante de l'ensemble de l'Europe occidentale, et c'était pour cette raison que, sans tarder, *Théodore de Cornsai-Tantobé* allait demander une dernière faveur à son vieil ami! Car qui d'autre pouvait mieux aider le *Duc* à rafraîchir son impressionnante mémoire inexplicablement en berne et à retrouver le meilleur moyen de se rassurer?

* * *

Agité, toujours incapable de dormir, le *Duc* décida de créer un courant d'air. En sortant dans le couloir, il surprit *Hatch* sur le point d'entrer dans la chambre de *Marie*. Son grand ami le vit, s'arrêta et balbutia: "*Marie*, che suis à un chapitre passionnant de *mon* livre ... c'est au sujet des différences entre Freud et Jung ... Che venais juste vous dire que …"

"Oh. *Hatch*, ne soyez pas si bête! Le *Duc* comprend... il est français, non!" Là-dessus, *Marie* sourit, salua le *Duc*, saisit la main de *Hatch*, le tira dans sa chambre et referma la porte.

Le *Duc* sourit ironiquement en continuant son chemin. Un aphorisme adapté à la situation surgit alors en français dans son esprit troublé: "*Canard chanceux!*"[4]

* * *

Les cinq valeureux amis quittèrent Oxford juste après dix heures, le lendemain matin. Dans moins de quatre heures, *Alexandrov Slivovitch, Hatch* et *Marie* seraient à Throstlenest Hall. *Jean Le Taureau* conduirait alors le *Duc* à Darlington pour livrer le

---

[4] "Lucky duck!" (NDT : Alias "Gontran La Chance")

reliquaire. Si tout allait bien, ils dineraient tous les cinq au Dingleberry Arms, et sans nul doute, de son irrésistible accent français, *Jean* proposerait des choses à *Betty* auxquelles elle ne résisterait pas.

* * *

Au moment où la Bentley ronronnait en sortant d'Oxford, L'abominable Blister quittait Bicester.

* * *

Nos amis et leur exécrable ennemi allaient inexorablement vers le *dénouement* final!

Chapitre Trente Deux

Le jeu qui, malheureusement mais nécessairement, devait se jouer entre le *Duc* et *Mochet* par l'intermédiaire de *Marie* arrivait à son terme.

Avant même qu'ils ne quittent le château pour dîner, le *Duc* avait hypnotisé *Marie* une dernière fois. Il avait démêlé les derniers vestiges de son envoutement, en la libérant de l'influence de *Mochet*. Ainsi, ce dernier ne pourrait plus l'appeler à ses fins ignobles. Le *Duc* n'avait plus qu'à s'assurer qu'elle ne serait exposée à aucun péril cette nuit là.

Marie était maintenant prête pour se mettre au lit, délectablement drapée —comme le *Duc* le remarquait à nouveau— de sa *robe de nuit* diaphane, à travers laquelle on discernait de manière éclatante un ensemble de bon goût couleur *cerise* comprenant négligé, soutien-gorge et petite culotte, qui ne couvraient que partiellement ses épaules voluptueuses, ses bras, ses seins, ses fesses, ses cuisses et ses mollets.

Les trois compères avaient accompagné *Marie* dans sa chambre[1]. En y pénétrant, *Marie* avait été aussi étonnée que l'américain et le russe de voir son lit déplacé au centre de la pièce. Ils avaient aussi remarqué la présence déconcertante d'un grand nombre de petits objets ovales en métal argenté répandus sur le sol. *Marie* ne pouvait pas le savoir, mais il s'agissait de toute une bibeloterie amassée par le *Duc*. Des médailles miraculeuses avaient plu sur lui au fil des années, cadeaux des familles des bébés noirs et des lépreux reconnaissants. Le *Duc* avait aussi reçu toutes ces icônes merveilleuses bénies personnellement par le Saint-Père lui-même. Il les conservait dans le fameux coffret, et les avait

---

[1] Le *Duc* avait expliqué à ses deux invités amourachés —avec une délicatesse louable, bien sûr— pourquoi il leur avait donné des chambres séparées.

emportées dans ses valises pour des raisons supérieures! Ces objets sacrés formaient maintenant une chaîne circulaire ininterrompue autour du lit.

Le *Duc* prit une fiole dans sa poche et demanda à *Marie* de boire son contenu. Dans un premier temps —compréhensible après ce qu'il lui avait demandé jusqu'ici— elle fit confiance à cet homme qu'elle considérait comme exceptionnel et absolument bienveillant, et but le contenu du flacon. Puis le *Duc* lui demanda de se mettre au lit. Elle hésita un instant mais lui obéit. Elle somnolait déjà. En quelques secondes, elle s'endormit. Il fit délicatement signe à *Hatch* de la border, puis le *Duc* parcourut doucement son front d'un long index aristocratique aux ongles impeccablement manucurés. Tous trois se retirèrent sur la pointe des pieds. Le *Duc* leur assura que maintenant elle ne se réveillerait pas avant au moins douze heures.

Cependant, le *Duc* revint subrepticement quelques instants plus tard avec une cruche. Il fit lentement le tour du lit, aspergeant les médailles d'eau bénite, tout en entonnant les formules d'un ancien rite puissant connu de très peu de gens, même parmi les adeptes! Elle était maintenant parfaitement en sécurité! Cette enfant de *Marie* —également *Marie* elle-même— bénéficierait de tout le poids de l'intercession de la Sainte Vierge et de son Divin Fils monté au ciel! Assurément, aucun mal ne pourrait lui arriver!

On ne dira jamais assez à quel point le *Duc* espérait que ses deux chers amis s'en sortent également indemnes! Car dans une certaine mesure, cela dépendait d'eux! Il devrait leur faire confiance!

Il les conduisit dans des couloirs jalonnés de chandeliers à travers l'édifice seigneurial, vers une pièce qu'en effet, ses amis n'avaient encore jamais vue. Cela avait été autrefois une chapelle, mais le modeste autel en bois avait disparu depuis longtemps. Le plafond était exceptionnellement haut et voûté. La pièce était dépouillée, à l'exception de cinq urnes en étain placées autour d'un cercle dessiné sur le sol en pierre brute. À l'intérieur du cercle était également dessiné un pentacle, occupé par deux matelas pneumatiques Dunlopillo et des sacs de couchage datant de la dernière guerre. Les amis du *Duc* remarquèrent que les cinq urnes en étain étaient disposées à chaque sommet du pentacle.

Le *Duc* tendit la main en direction des cinq vases. "Sel, poivre, huile d'olive, vinaigre balsamique et ail," dit-il de sa voix de baryton profonde et sonore bien particulière —" protection traditionnelle contre tous les maléfices."

Ses amis comprirent soudain que le *Duc* était plus déconcerté que jamais. Ils observèrent une pause aussi lourde de sens qu'une pause pouvait l'être.

"*Mes amis*," reprit le *Duc*, "*assurément* cette nuit *Mochet* jouera son coup final. *Alexandrov Slivovitch*, c'est la fin de la partie! Il *nous* faut faire échec et mat!"

Le noble *Duc* fit une nouvelle pause, apparemment de plus en plus déconcerté. "*Mille excuses*," chuchota-t-il presque, tellement sa gorge était serrée, "mais cela pourrait aussi être la nuit la plus périlleuse de votre vie. Promettez-moi, *promettez-moi* de dormir sur ces matelas pneumatiques Dunlopillo et de ne *jamais, jamais* quitter le cercle avant l'aube! Si une personne d'autre apparait dans la pièce —*par exemple*, très probablement *Marie*… ne la croyez pas, et pour vous en convaincre, jetez vers l'apparition un peu de liquide de l'une des cruches que je vais vous apporter — Elles contiennent un émolument secret, dont les composants sont très peu connus, même parmi les adeptes. Mais il a un pouvoir extraordinaire contre toutes les puissances du Mal!

"*Marie* elle-même, je vous assure, sera *tout à fait* en sécurité. J'ai pris des mesures encore plus draconiennes pour m'en assurer!

"*Jean* aussi sera à l'abri. Le travail que je vais lui donner l'emmènera loin d'ici. Flora est en sureté dans le chalet de

Langthwaite. *Eh bien, voilà*. Mais, rappelez-vous de cela, s'il vous plaît, quoi que vous fassiez, ne quittez pas ce cercle!

"*Hélas, mes amis*, je dois encore rendre visite à mon vieil ami Sir Melmerby Wath qui vit assez loin d'ici, pour consulter quelques ouvrages savants. Je ne peux les trouver que dans sa bibliothèque... Cela peut prendre toute la nuit... mais cela ne peut pas attendre. Sinon, je préférerais rester ici pour vous aider à traverser ces terribles dangers!"

Le *Duc* quitta la pièce mais revint peu de temps après, portant sur un plateau les quatre cruches promises. "Rappelez-vous, suivez mes instructions à la lettre, et il ne vous arrivera rien… *bon courage… au revoir…*" furent ses mots d'adieu.

Déconcertés, mais faisant naturellement confiance au *Duc*, les deux vaillants compagnons se couchèrent sur les deux matelas pneumatiques Dunlopillo à l'intérieur du cercle étrangement tracé au sol et, confortablement pelotonnés dans leurs sacs de couchage militaires, ils s'endormirent en fait très rapidement.

Pendant combien de temps dormirent-ils, ils n'avaient aucun moyen de le savoir. Un frisson pénétrant les réveilla tous les deux. Soudain, *Marie* leur apparut. Elle était totalement nue, les seins pleins et fermes comme des melons, les mamelons lie-de-vin comme des bourgeons pulpeux de désir, la silhouette souple et voluptueuse, le ventre délicieusement plat, un buisson pubien noir comme du jais couvrant délicatement de son voile l'orifice obscur d'un délice indicible. Ainsi se tenait-elle devant eux de façon si indécente!

"Viens jouir en moi, *Hatch*," haleta-t-elle, "mon corps t'en supplie…"

Pris d'un soudain accès de désir, encore à moitié endormi, *Hatch* tout excité se dressa sur son matelas pneumatique.

Mais son camarade russe était déjà plus éveillé que lui et — ce qui était surprenant— beaucoup moins enflammé. Ce qui fut une chance pour eux, car immédiatement, il se souvint de l'avertissement du *Duc*. Il jeta le contenu de l'une des cruches sur ce simulacre obscène de *Marie*, qui disparut instantanément de leur vue en gémissant à vous faire frémir...

"Lawdy Miss Clawdy[1], que diable se passe-t-il?" lança *Hatch* d'une voix pâteuse.

Il ne tarda pas à en savoir plus. A nouveau, la pièce devint glaciale. *Mochet,* dans une dernière tentative désespérée avant l'aube, avait vu son pouvoir rejeté et avait appelé à son secours un terrible démon de l'enfer! Sur le mur opposé, apparut un brouillard tourbillonnant, qui prit progressivement une forme épouvantablement distincte. Elle semblait remplir toute la pièce. C'était *le géant tapi dans les profondeurs du volcan de Popocatépetl* —l'un des moins connus, mais pourtant l'incarnation la plus grotesques de Satan en personne! *Mochet* cherchait à exploiter ce qu'il croyait être l'une des rares faiblesses du *Duc*, en envoyant une entité que le *Duc* n'oserait pas provoquer! Mais il avait mal calculé son coup —le *Duc* n'était pas dans la pièce!

---

[1] NDT :Blues d'Elvis Presley dont on pourrait traduire ainsi le premier couplet: "Bon dieu de bon dieu, sacrée catin, Tu sais que tu me plais, mon petit lapin, Mais ne m'excite pas comme ça, Je sais que tu n'es pas pour moi."

Saisi d'une terreur à laquelle il ne nous avait pas habitués, *Hatch* ressentit une envie irrésistible de remplir son pantalon. Heureusement, il réalisa avec une certaine prescience que, bien entendu, il s'agissait d'un nouveau stratagème de la part de leur adversaire diabolique pour l'attirer à l'extérieur du pentacle. Alors, un peu naïvement, mais de manière tout à fait opportune, il se félicita de son entrainement sportif quotidien et fit preuve d'un excellent contrôle de ses sphincters anaux.

"Nom de Dieu," éructa en tremblant *Alexandrov Slivovitch*, "J'ai besoin d'une clope!" Bien qu'il se trouvât dans la maison du *Duc*, il sortit une Sobranie pourpre à bout doré de son paquet, la mit à la bouche et craqua une allumette (il en gardait toujours dans la poche de son pyjama)…

Aveuglé par la lumière, *le géant tapi dans les profondeurs du volcan de Popocatépetl* gémit de douleur. "Oh, arrêtez, arrêtez, ça fait mal! Salopards! Oh, je vais vous arracher les yeux! Arrêtez ça…" il siffla, impuissant, gesticula de ses immenses serres, mais ne parvint pas à pénétrer dans le sanctuaire protecteur du pentacle inviolable.

"Gratte encore une allumette!" l'enjoignit le brave *Hatch*.[1] *Alexandrov Slivovitch* ne se le fit pas dire deux fois. Il sortit une troisième et une quatrième allumette de la boîte, mais la deuxième suffit. En un nouveau râle de douleur et un évanescent "salopards," l'énorme et grotesque apparition disparut lentement, alors que le soleil du matin commençait à tacheter les collines environnantes de son éclat damassé et projetait une lumière salvatrice dans la pièce.

L'aube s'était levée. Ils étaient maintenant en sécurité. Le valeureux tandem avait survécu à l'épreuve. *Mochet* avait échoué.

Hatch parcourut immédiatement au pas de course les longs couloirs de l'antique édifice du *Duc* et fit irruption dans la chambre

---

[1] NDT :'Le bravache.' A mon tour, je ne peux m'interdire cette homonymie.

de *Marie*. Son cœur ne fit qu'un bond de soulagement sans limite. Elle n'était pas blessée mais toujours... et magnifiquement... endormie —en toute félicité!

Grisé par la joie, il se rendit en titubant jusque dans les parterres fleuris de la retraite estivale anglo-saxonne du *Duc* et, de manière incongrue, répondant à un impératif extrême, se dissimula derrière un arbre pour vomit abondamment.

Son allié russe boiteux en vit assez de loin (il devina le reste) et le démon de son subconscient s'imposa confusément à son esprit. Avant qu'il n'ait le temps de le retenir, le mot "*ПуФФ*"[1] s'échappait de ses lèvres. Il retrouva immédiatement son calme et fut vraiment soulagé que personne ne l'eut entendu!

---
[1] Voir Glossaire page 297.

Chaptre Trente Trois

Le *Duc* revint à Throstlenest Hall le plus tôt possible ce matin là et fut ravi que tout aille bien —même si, bien sûr, il avait toujours su qu'il en serait ainsi si ses instructions étaient suivies à la lettre. Et pourquoi ne l'auraient-elles pas été, étant donné de la fiabilité de ses deux alliés?

Les trois amis —*Marie* dormait toujours— se tenaient dans la salle du petit déjeuner lorsque le courrier arriva.

De ses doigts bien manucurés, le *Duc* isola de la pile de lettres qu'il avait placée devant lui sur la table un courrier spécial portant le sceau du Vatican! Le trio l'observait avec curiosité. Le *Duc* ouvrit la missive de bon augure avec un pressentiment agréable[1] et la lut. De manière inattendue pour ses deux amis, un pli fronça son front délicat. Il laissa tomber la feuille de sa fine main aristocratique sur la délicate nappe de lin couleur taupe qui recouvrait la table en bois d'olivier poli, et un grognement de dérision fit palpiter les narines bien épilées de son noble nez aquilin.

"Vous devriez peut-être lire ceci ... Bulle papale!"

Jamais la profonde et sonore voix de baryton sortie de la noble bouche parfaitement proportionnée du *Duc* n'avait paru plus lugubrement désabusée à ses deux amis.

Une fois digéré le contenu de la lettre, *Hatch* et *Alexandrov Slivovitch* comprirent pourquoi! Si le *Duc* ne remettait pas tout de suite le reliquaire et son contenu au Saint-Siège, lui et ses deux amis seraient reconnus coupables de violation d'un interdit papal et immédiatement menacés d'*excommunication*!

---

[1] C'étaient peut-être les indulgences plénières pour tous les trois en récompense de leurs services?

Le Duc ne perdit pas de temps et téléphona immédiatement à Son Eminence de Dublin. Ce qu'il entendit le glaça d'effroi!

"J'ai dit au Saint-Père que vous n'aviez pas rendu le reliquaire, et pour d'infâmes raisons qui vous sont propres. Il n'a pas été difficile à convaincre, étant donné vos penchants occultes! Qui prétendrait le contraire? Vous ou moi? Vous m'avez rendu un grand service, *Monsieur Le Duc*, mais toutes vos connaissances ésotériques ne vous auront finalement pas servi a grand chose!"

(Comme ce lourdaud celte envieux jubilait en disant cela!)

"Je garde pour moi le Talisman et ses secrets. Le Saint-Père est vieux et malade. A sa mort, le reliquaire de Skerne légitimera ma candidature. Le collège des cardinaux se laissera convaincre d'élire enfin un pape irlandais... D'ailleurs, j'ai toujours pensé que la famille de la Vierge était irlandaise... Mary... c'est le prénom d'une bonne catholique irlandaise, n'est-ce-pas? Je me considère donc tout à fait légitime! Un pape irlandais! Maintenant! Oh, ce sera une très bonne chose, bien sûr!"

Le *Duc* reposa bruyamment le combiné.

Il dut admettre qu'il s'était fait manipuler. Il s'était concentré sur *Mochet* et n'avait pas vu venir un autre ennemi! Une bile amère lui remonta dans la gorge. Le *Duc* réfléchit à ce qu'il pouvait faire. Il pouvait dire à Son Eminence qu'il était en possession d'un faux... mais révéler sa propre duplicité ne ferait qu'accentuer les soupçons du Vatican... Le *Duc* pouvait-il prendre le risque d'un tel jeu de dupe, de double-dupe et de triple-dupe? Qui savait où cela les mènerait? Un octuple-dupe? Alors qu'il s'agissait non seulement de la vie de ses amis et de la sienne, mais carrément d'une *excommunication*! La condamnation de sa propre âme immortelle et de celles de ses amis à la damnation éternelle! A moins que... Il suffit d'un battement de son cœur pour que le *Duc* adopte, une fois n'était pas coutume, une dernière option désespérée... et comme il se félicita alors de son déplacement la nuit précédente!

Ses deux amis le regardèrent avec étonnement quand, tout à coup, un sillon plissa le front royal du *Duc*. Il ferma les yeux en une intense concentration, étendit ses longs bras et ses mains aux paumes aristocratiques, ses longs doigts élégants aux ongles superbement manucurés. Ils s'allongèrent alors tous les trois, et le *Duc* entonna de la profonde et sonore voix de baryton qui était la sienne:

"Obla Di, Obla Da,
Kumba Yi, Kumba Ya,
Ze Di, Ze Dan
Obi Wi, Obi Wan"

La voix du *Duc* se faisait grave et impérieuse. La pièce devint surnaturellement sombre et froide. Un coup de vent glacial fouetta ses deux amis. Ils perdirent subitement connaissance.

Le Duc les considérait avec un profond, quoique tout à fait chaste amour. Il savait que son pari risqué en valait la peine. Il avait osé réciter dans une langue encore plus ancienne que le latin —il ne pourrait plus jamais le refaire à nouveau— les quatre derniers vers du *Rituel Satsuma*,[2] et de ce fait, il avait modifié le continuum espace-temps de façon miraculeuse et vraiment très commode!

* * *

Le faux Talisman était maintenant en sûreté à la place de l'original. Il ne pourrait plus jamais représenter une menace pour quiconque! Stanley, le sacristain de Saint-Polycarpe, assis sur un Kev, expliquait sans bégayer à Cheryl, la barmaid, assise en face de

---

[2] Il est fortement déconseillé au lecteur d'essayer à la maison!

lui sur un Alby, les étapes de son nouveau projet de jeu de plateau, 'Orgasme.'[3] ('Calvaire' serait prochainement commercialisé!)

Le Père O'Hegarty, libéré de sa phobie, installait des ruches dans son jardin —le début d'un nouveau passe-temps— et attendait avec impatience sa prochaine cuvée d'hydromel rehaussé de *whisky illicite*. Les projets mégalomaniaques du cardinal ressemblaient maintenant aux tubercules flétris de son île, l'Irlande, lors de la terrible famine. La secte de Skerne était redevenue un groupuscule ridicule et insignifiant de *fous*. Le corps de bouffon bouffi de *Mochet* gisait sans vie dans un obscur fossé fétide. *Le géant tapi dans les profondeurs du volcan de Popocatépetl* s'était retourné contre celui qui l'avait sorti des Abysses pour tirer un bon prix de sa mission ratée... L'âme immortelle de *Mochet* commençait son tourment éternel dans les flammes de l'Enfer... Tout cela était le résultat bien normal de l'audacieuse intervention surnaturelle du *Duc* pour faire rentrer les choses dans l'ordre!

Quand *Alexandrov Slivovitch* reprit connaissance, il fut étonné de porter un bandeau à l'œil, un étrange gant doublé de zibeline à la main et de trouver à côté de sa chaise une élégante canne en bois de cèdre. Pourquoi aurait-il besoin de tout cela, pensa-il en se dressant sans effort sur ses deux pieds (qui, cependant, inexplicablement, ne portaient ni chaussettes ni chaussures)? Lui et tous les gens qui le connaissaient furent pris d'une amnésie sélective —qui durerait tout le reste de leur vie— au sujet de ses anciennes blessures. Il écarta son abondante chevelure noire de son visage séduisant, fin, raffiné et sans balafre, en utilisant les cinq doigts de sa main droite qui ne portait plus de gant et pensa qu'il y avait bien trop longtemps qu'il n'avait pas recherché la compagnie des femmes... en fait, il se sentait fin prêt pour un bon coup!

---

[3] Par exemple, si vous tombez sur la case 'Ejaculation précoce,' retournez immédiatement à la case 'Départ.'

Quand *Hatch* reprit connaissance (à peu près en même temps) il se souvint qu'il n'avait pas fait sa gymnastique ce matin là. Il s'excusa et retourna dans sa chambre faire ses deux cents pompes quotidiennes, une centaine d'étirements, et, tenant uniquement entre ses dents la solide corde de nylon qu'il avait tendue entre la porte de sa chambre et la rampe d'escalier, il réussit merveilleusement une dizaine de suspensions improbables!

Et de la même manière —le *Duc* n'avait jamais eu vent de ces évènements— les deux adolescents disparus à Darlington retrouvèrent leurs parents fous de joie, le garçon qui louait son corps à *Marseille* se réconcilia avec son père. *Julien Latapette* renonça à ses manières. Il décida de suivre une formation de prêtrise en Irlande.

Une vieille femme rachitique retrouva son caniche disparu à Nevers.

Un vendeur de nains de jardin de Twickenham et un mime artistique du *Mans* se remirent totalement de leur syndrome de stress post-traumatique et n'en eurent aucun souvenir. (Il serait honnête de dire qu'ils reprirent leurs activités par la suite… *mais quand même…*)

A *Nevers,* un jogger entre les deux âges répétait à qui voulait l'entendre avoir survécu à un arrêt cardiaque total grâce à l'intervention rapide d'un infirmier qui passait là par hasard!

Jean Le Taureau reconnut enfin son 'problème de gestion de la colère' et accepta les conseils d'un psychologue pour remédier à cela.

L'addiction de *Joachim Laverge* au Pastis se dissipa instantanément et son foie guérit lentement mais sûrement. Il redevint un horticulteur parfaitement heureux... et beaucoup plus enclin à profiter un jour de ses petits-enfants! Cependant, toutes les preuves (et la mémoire collective) attestant qu'il avait un jour *épousé Anne Laverge* avaient complètement disparu. Et par conséquent —très probablement— le moment venu, le dévot *Duc* (contrairement à beaucoup d'autres aristocrates) n'aurait pas à se préoccuper de régler l'épineux problème du divorce![3]

* * *

Le *Duc* quitta ses amis pendant un infime[4] (etc.) laps de temps pour rendre visite à ses deux animaux de compagnie. En pénétrant dans la lémurerie chaude et humide, il entendit une respiration sifflante au rythme inhabituel. Alarmé, il en rechercha activement la cause dans le feuillage des deux sécropias... *et voilà!* *Tristan* besognait lentement mais sûrement *Iseult* comme il pouvait... *mais c'était merveilleux!*

* * *

"Ch'ai encore un truc à te d'mander, espèce de vieux raton laveur," demanda d'une voix traînante le géant de la Nouvelle-Orléans lorsque le *Duc* revint à eux tout réjoui: "Pourquoi diable dans toutes tes baraques le linge et les rideaux et tout le tintouin sont de couleur taupe? Ce n'est pas vraiment que ça me dérange, tu sais, mais ça intrigue *Marie*...un truc de bonne-femme."

"C'est étrange que tu me demandes cela," murmura le *Duc*. "Ce décor me convenait très bien jusqu'ici. C'était le choix de ma défunte épouse. Pendant des années, je n'ai pas pu me résoudre à le modifier. Je suppose que j'ai maintenu cela comme un sanctuaire dédié à sa mémoire. Mais j'ai décidé que le moment était venu de passer à autre chose! Elle n'aurait certainement pas voulu que je

---

[3] Notez l'ordre des mots! Il ne faut jamais utiliser une préposition pour terminer une phrase. Et il ne faut jamais commencer une phrase par «et» ou «mais». Ni relier maladroitement deux verbes à l'infinitif ... eh bien!
[4] Je prends la décision arbitraire: du plus petit au plus grand, il y a 'iota', 'infime', 'minime.'

reste en deuil pour le restant de mes jours. Maintenant, je vais enfin pouvoir donner à Flora et à *Mathilde* le plaisir de discuter agréablement pendant des heures de la nouvelle décoration avec *Anne*."

Sur ce, l'Américain et le Russe échangèrent des regards approbateurs, approbateurs comme seuls de tels regards pouvaient l'être.

"A propos," ajouta le *Duc* pour changer de sujet, "vous savez, n'est-ce pas que *'taupe'* signifie 'taupe' en français?"

"Bin, *Théo*, chavais pas ça!"s'exclama *Hatch*.

Alexandrov Slivovitch regarda la nappe puis le *Duc*. "Vraiment! Mais les taupes ont pas zette couleur!"

"Bin! C'est sùr!" dit *Hatch*, et après avoir réfléchi un moment, il leur fit part de sa réflexion: "Bin, chuis en train de chercher le mot français pour ménate, okapi, carcajou, tatou, loris nain, et ragondin!" leur confia-t-il.

"Vous zavez, la moleskine," lança *Alexandrov Slivovitch*, "est auzi fine que la zibeline." Il remua les cinq doigts de sa main droite non gantée et se demanda pourquoi diable il avait dit cela au *Duc*; peut-être encore quelque chose de profondément enfoui dans son subconscient? Mais par définition, comment pouvait-il en être conscient?

"*Vraiment*, la moleskine est aussi fine que la zibeline?" entonna le *Duc,* comme s'il portait un réel intérêt à cette découverte, ce qui convainquit définitivement *Alexandrov Slivovitch* de son dérapage absurde (ou devrait-on dire freudien?).

Tout à coup libérés de toute préoccupation, ils attaquèrent leur petit déjeuner constitué de boudin noir (*sang de porc coagulé*), chitterlings (*estomac de vache haché*), scrambled eggs (*oeufs brouillés dans la matière graisse*), haggis (*blague écossaise*) et porridge royal (*bouillie d'avoine au whisky*).

Ils venaient juste de commencer quand *Marie* se présenta devant eux toute habillée du pull-over, du cardigan et de la jupe en laine que son père lui avait achetés. La température avait chuté au cours de la nuit à un hyperboréen 18° Celsius. *Marie* portait aussi son écharpe comme une précaution supplémentaire. Le *Duc* remarqua ce dernier détail et éprouva une immense satisfaction intérieure.

Puis, avec cette *politesse* coutumière qui était chez lui une seconde nature, il s'excusa brièvement et téléphona au prestigieux *salon* où il avait commandé son petit cadeau pour *Les Femmes Laverge*. Il ordonna que l'on fasse immédiatement des copies des deux vestes en zibeline dans de la moleskine haut de gamme.

Les sombres yeux en amande de *Marie* étaient encore pleins de sommeil, ce qui leur donnait, aux yeux d'*Hatch*, un éclat plus étourdissant que d'habitude. Elle prit place à table en déclarant qu'elle était affamée. Son estomac et son abdomen délicieusement plats étaient complètement vides. Elle s'attaqua à tous ces *délices* de bon appétit.

* * *

Le lendemain, ils repartiraient tous dans la Bentley, dans laquelle il n'y aurait plus de tache blanche, en direction de *La Belle France*. *Anne Laverge* attendait sa fille et le *Duc* au *Château du Prat Ragé* —et, une semaine plus tard, Betty prendrait un vol de Newcastle à *Perpignan* en utilisant une compagnie aérienne irlandaise prestigieuse pour goûter les délices du *pays natal de Jean Le Taureau …et en plus…*

* * *

Alexandrov Slivovitch décida de sortir davantage. Il se jura à moitié sérieusement que si, lui aussi, ne se casait pas rapidement, il n'aurait plus qu'à retourner dans sa foutue Russie[5]...

Et finalement...

*   *   *

---

[5] Le lecteur sera sans doute ravi de savoir qu'*Alexandrov Slivovitch* profite toujours de tous les avantages de la démocratie occidentale! Pour découvrir comment, où, quand, et avec qui, lisez *Lucifer Portait du Lycra* par le même auteur, avec nos trois mêmes héros: les bruyantes montagnes russes d'une farce révélant des faits de cannibalisme à Tunbridge Wells; un vol d'uranium enrichi à Hartlepool; une épidémie de peste bubonique à Perpignan, dans laquelle le Vatican lui-même sera impliqué; et l'intervention de *Shaka Zulu* traversant avec un *impie* le portail du continuum de l'espace-temps pour rejoindre la lutte contre le terrorisme international en Afrique ... qui dit mieux? Et tous évolueront au rythme palpitant du *Tour De France* dans la botte languedocienne! Un must absolu!

Glossaire[1]

Prologue

Cornsai-Tantobé — Cornsay et Tantobie sont de petites communautés anciennement minières du nord-ouest du comté de Durham.

Longueur — On pourrait aussi bien dire langueur. Ces deux mots français ont à peu près la même consonance.

Sasha Distel—1933— 2004—à l'origine pianiste de jazz accompli, guitariste et compositeur, sa bonne mine de crooner séduisant lui apporta une renommée dans les années 60, 70 et 80, et il est devenu l'un des très rares chanteurs français à bénéficier d'une popularité en dehors de son pays. Il a joué une fois un concert privé pour la reine mère, et, à ce que l'on prétend, il aurait eu des relations avec Brigitte Bardot, Francine Bréaud et Dionne Warwick.

Muckle — beaucoup, énormément (dialecte écossais).

Sae ferlie — si rare (dialecte écossais).

Dinnae fash yersel' — ne vous gênez pas (dialecte écossais).

C'est déjà fait — it's already done.

Hautré-Wattisse — une marque entièrement fictive, créée par 'francicisme' des noms de famille de deux acteurs comiques britanniques, Charles Hawtrey 1914—1988 et Richard Wattis 1912—1975.

Mullard's "Auld Arthur"— une autre marque fictive d'après le nom d'un autre acteur comique britannique, Arthur Mullard 1910—1995.

---

[1] NDT : Certaines de ces expressions ont été traduites tant bien que mal dans le texte. Et je n'ai gardé dans ce glossaire — destiné à l'origine au lecteur anglophone — que les expressions qui m'ont semblé amuser beaucoup l'auteur.

Première Partie

Chapitre Un

Trimdon Colliery — Le Trimdon Working Men's Club se retrouva sous les projecteurs de la presse à chaque fois que Tony Blair fut le candidat travailliste dans la ville de Sedgefield.
St. Polycarp — un martyr chrétien du deuxième siècle.
Stanley Crook — un petit village du Weardale, dans le comté de Durham.
Waddingtons — fabricants de cartes et de jeux de société depuis 1922 jusqu'à ce que Hasbro les rachète en 1994.
Vicar-General — une sorte d'évêque catholique romain.
Bonilace — prononcer "bonny lass", dialecte geordie pour "jolie fille".
Geordie — dialecte des natifs de Tyneside, désignant également le dialecte du nord est de l'Angleterre.

Chapitre Deux

Poteen —prononcer 'putcheen,' une liqueur irlandaise distillée à partir de la pomme de terre (souvent illégalement).
Limousin— bétail élevé dans la région du Limousin en France. Habituellement de couleur brune, ce sont sont des bovins de boucherie réputés fréquemment croisés avec des races anglaises.
Tupping time — saison des amours.
Toxoplasmosis — caractérisée par un gonflement des ganglions et des symptômes pseudo-grippaux, attrapée au contact des selles du chat.

Weil's Disease — maladie caractérisée par une forte fièvre et des maux de tête; elle peut conduire à des complications hépatiques et rénales et même la méningite.

Chapitre Quatre

N'importe —no matter
Limericks — pour autant que je sache, les auteurs des limericks cités ici sont anonymes. Le second, qui ne rime pas, je le tiens de mon père il y a plus de cinquante ans.

Chapitre Cinq

Caruso — Enrico Caruso, 1873—1921, célèbre ténor italien.
The Wild Swans At Coole—un poème de W.B. Yeats.
Paisley — ceci est évidemment une référence à la laine comme la fourrure du chien, et en aucun cas une tentative d'associer la personnalité du chien avec celle du révérend Ian Paisley, Ulster Unionist MP, et ancien Premier ministre de l'Assemblée d'Irlande du Nord.
Cat Scratch Fever— une infection bactérienne résultant généralement d'une égratignure de chat.
Hieronymous Bosch —1415—1516, un peintre néerlandais célèbre pour son imagerie fantastique.
Quebec — Je ne suis pas sûr duquel a été nommé en second à partir du premier, ni même si ce fut cas. (Il y a aussi un "Washington" et un "Toronto" dans le comté de Durham.)

Chapitre Six

Boulvardier — homme du monde.

Pas du tout — not at all.

Ken Norton — il a détrôné temporairement Mohammed Ali comme champion du monde des poids lourds par knock-out au douzième round en 1973. Il a brisé la mâchoire d'Ali au deuxième round. Ali a remporté un match de revanche après avoir repris le titre à George Foreman en 1974.

Chapitre Neuf

Ricardo Montalaban — un bon acteur qui a joué, entre autres, Khan dans Star Trek II "La colère de Khan."

Gento et *Puskàs* étaient tous deux membres du *Real Madrid* qui battit *Eintracht* en finale de la Coupe européenne en 1960 ; ce fut l'une des plus grandes performances de l'équipe de football grâce à une grande compétence individuelle.

Cépage —g rape variety.

Heureusement — happily.

La rive gauch e— (de la Seine à Paris, un endroit à la mode pour sortir, parait-il).

Hatch Beauchamp — un village pittoresque du Somerset juste à côté de l'A358 près de Taunton. Le Colonel Chard, héros de la bataille de Rorke's Drift —voir lr film "Zulu"— y est enterré.

Bouchée — a mouthful.

Prénom — first name.

Mais comme d'habitude—but as usual.

Paysage — countryside.

Languedoc — la région du sud de la France entre la Méditerranée et le Massif Central qui s'étire à peu près des Cévennes et du Rhône à l'est de la frontière espagnole.

Château — La majorité des châteaux français ne ressemblent pas architecturalement à des châteaux anglais. Ils ont des tourelles et sont des lieux de villégiature plutôt que des bastions fortifiés. Mais valent-ils le détour? Commencez par la Loire. Allez voir Chenonceau!

Prat Ragé — le "francicisme" d'un terme pittoresque du nord-est de l'Angleterre: "radged prat" signifiant à peu près, " une personne plutôt ridicule." Cependant, entre Narbonne et Perpignan il y a un endroit appelé *"Le Prat du Cest."* Je ne sais pas ce que cela signifie ... ni qui cela pourrait être ...

Faites commes chez vous — make yourselves at home.

Passe-temps — hobby.

Renier-Renato — une marque entièrement fictive (rappelez-vous, cependant, des noms du duo qui eut un succès en 1982 avec "Save Your Love" alors dites rapidement leurs noms avec un accent français).

Chapitre Dix

Sang de porc coagulé — congealed pig's blood.
Estomac de vache haché — chopped up cow's stomach.
Oeufs brouillés — scrambled eggs.
Matière graisse — fat (as in lard).
Blague écossaise — Scottish joke.
Bouillie d'avoine au whisky — boiled oats with whisky.
Fait accompli — job done.
Calvados — apple brandy from Normandy.
De toute façon— anyway.

Chapitre Onze

Digestif — un verre de liqueur forte — brandy, whisky, calvados— pris après un repas.

Chapitre Douze

Quinze août — le 15 Août, fête de l'Assomption, est un jour férié en France; il est considéré comme la fin officieuse de l'été.
Cuillère —spoon.
Le Cul De Blaireau—"The Badger's Arse"; tout lecteur anglais qui vit dans un *cul de sac* aimera apprendre qu'il vit dans un "bag's arse"—Le mot français est *impasse*.
Entrecôtes de cheval —horse rib steak.
Pastis— le terme générique pour toutes les liqueurs à base d'anis comme *Pernod* ou *Ricard* (qui sont des noms de marques).
Cuisson —how it is cooked
Ile flottante —littéralement, "floating isle"; meringue pochée flottant sur une crème anglaise.
Kir royal— liqueur de cerise dans du champagne.
Exactement comme il faut —just right.
Ce n'est pas grande chose —it's no big deal
Ça m'amuse tout simplement—it's simply a bit of fun.
Une agrégée — quelqu'un avec un diplôme d'enseignement supérieur. Au moment où cette histoire se déroule —1976— une telle personne enseignerait moins d'heures que quelqu'un de moins qualifié.
Amant —lover.

Chapitre Treize

Non plus —(n)either.
Mais bien sûr —but of course.
Mais aussi, chose incroyable —but an unbelievable thing, as well.

Je vous laisse — à la prochaine — bonne continuation — I take my leave—till the next time—"have a good day."

Chapitre Quatorze

Petit morceau de merde —little piece of shit.
Jouissance —orgasm.
Bestiole —insect, bug.
La Patrie —the Fatherland, i.e. France.
Une bonne dose —a good measure.
Fous —"nutters."
Alors, ça c'est autre chose—now that's another matter.

Chapitre Quinze

A son avis —in his opinion.
Complet —fully booked.
"…It was **now or never**! The *Duc* had to **surrender** to practicality, but he was adamant…**one night**! 'That's all right,' he told the others, 'but **no more**! That would be **too much**!'"— je donne le maximum de points au lecteur qui a constaté que l'emportement du *Duc* contenait les titres de six chansons d'Elvis — le *Duc* a été influencé par l'ambiance de l'hôtel, c'est clair!

Eau de vie —littéralement "water of life"; un terme générique pour toute liqueur forte; "vodka" et "whisky" disent sensiblement la même chose en russe et en gaélique.!

Chapitre Seize

A toute à l'heure —in a moment, shortly.
Chez elle —at her place.
Cuisses de grenouille—frogs' legs.
Crevettes à l'ail—prawns in garlic.

Шит —merde.

Chapitre Dix Sept

A bientôt —(see you) soon.
Milieu —social circle.
Comment c'était formidable—"how great was that!"

Chapitre Vingt

Milles excuses —a thousand pardons.
Bufonide — crapaud (du nom de la famille, *Bufonidae*).

Chapitre Vingt et Un

Mon, mon! Eh bien, j'irai au pied de nos escaliers—My, my! Ee well, I'll go to the foot of our stairs (une expression pittoresque de surprise du Yorkshire).

"*Quem spectas? Buccam pugni desideras? Dentes tuos custodire amare habebas?*" -" Qui regardes-tu? Veux-tu mon poing dans la gueule? Veux-tu garder tes dents?"

Fonctionnaire —employé de l'Etat.

Chapitre Vingt Deux

Nounou — un terme affectueux pour "nurse."
Norman wisdom — en lisant ceci, espérons que le lecteur a immédiatement fait une association humoristique. Sinon, ce n'était pas la peine d'écrire cette phrase. Norman Wisdom —1915—2010— était un comédien populaire anglais, chanteur-compositeur et acteur, mieux connu pour la série de films dans lesquels il a joué le personnage malheureux de Norman Pitkin. Toutefois, c'était

aussi un bon acteur sérieux. Il a également eu du succès sur Broadway. Officier de l'Ordre de l'Empire Britannique et plus tard anobli. [Les meilleures blagues sont celles que vous avez à expliquer!]

Châtelaine — la propriétaire femelle d'un château.

Chapitre Vingt Trois

Jack Johnson—1878 à 1946. Pour les non-aficionados, Johnson a été le premier champion poids lourd noir du monde et il est toujours considéré comme l'un des meilleurs. Il était un spécialiste de la défensive sur le ring et reste à ce sujet une figure controversée. Même si vous n'êtes pas particulièrement intéressé par la boxe, mais intéressé par l'histoire sociale, Une Noirceur Impardonnable de Geoffrey C. Ward (Pimlico 2005) vaut bien une lecture.

Mary Archer— épouse de Jeffrey, Lord Archer, athlète, auteur, ancien président du Parti conservateur, et Ex-détenu. Mary a témoigné au nom de son mari dans un procès en diffamation en 1987 et a tellement impressionné le juge, M. Justice Caulfield, qu'il l'a décrite comme étant "parfumée".

Dépardieu-Belmondo —*Gérard* et *Jean-Paul*— acteurs français renommés.

Assemblage —blend.

Chambré —at room temperature.

Chapitre Vingt Cinq

Moue — expression boudeuse.

Escritoire —writing desk.

Cerdan-Carpentier— une autre marque entièrement fictive, dérivé des noms de famille des deux boxeurs français; respectivement, *Marcel* and *Georges*.

Marcel Cerdan —1916 to 1949—est devenu champion du monde des poids moyens en 1948. Il est également célèbre pour sa liaison avec Edith Piaf. Apparemment, il était "l'amour de sa vie." Elle n'eut qu'un seul regret, c'est qu'il ait été tué dans un accident un an après être devenu champion.

Georges Carpentier —1894—1975—est devenu champion du monde des poids-légers en 1920. L'année suivante, il a défié Jack Dempsey pour le titre mondial des poids lourds et a été éliminé au quatrième round pour million de dollars.

Moreno-Chakiris—*Rita* et *George*— respectivement, les stars du film "West Side Story"

Ne t'inquiète pas, mon brave — l'interprétation la plus proche pourrait être "Don't get yourself in a flap, old boy"… ou peut être pas.

De **"Comets, eclipses…"** à **"each particular hair"**— morceaux choisis de Shakespeare ("Hamlet"), Yeats ("The Second Coming") et St. John ("The Book of Revelation").

Chapitre Vingt Six

Pommes de terre dauphinoises— la recette préférée de l'auteur est faite de tranches de pommes de terre, de fenouil et d'ail cuits avec du fromage et de la crème.

Millefeuille —littéralement " mille feuilles "; un gâteau français classique servi comme dessert.

Chapitre Vingt Sept

"…**polecat** …**lonesome**…" "Lonesome Polecat" est une chanson de "Seven Brides For Seven Brothers." Plus récemment (1994) Gerry Rafferty en a fait une charmante version bluesy sur son album "Over My Head."

Chapitre Vingt Huit

La promotion de Boris Eltsine et l'essai nucléaire eurent lieu effectivement en même temps en 1976. Leonid Brejnev était le dirigeant soviétique à l'époque. Mikhaïl Gorbatchev est devenu chef d'état neuf ans plus tard.

Chapitre Vingt Neuf

La Forge Du Mont Destin — La Forge de la Montagne du Destin.

Chapitre Trente et Un

Sir Melmerby Wath — Melmerby et Wath sont deux villages proches de Ripon dans le North Yorkshire. Les voyageurs sur l'A1 en direction du nord peuvent apercevoir la pancarte Melmerby et Wath à une vingtaine de miles avant Scotch Corner. Il peut également être utile au lecteur de savoir qu'une entreprise familiale de Melmerby —"Bare Earth"— produit le biltong, de la viande crue séchée à l'air, mangée par Allan Quatermain, Sir Henry Curtis et le capitaine John Good RN, lors de leur expédition dans " Les Mines du roi Salomon "; c'est aussi apparemment le préféré de Liz Hurley, l'intrépide aventurière!

Staple Fitzpaine — un village du Somerset proche de Hatch Beauchamp situé entre l'A358 et la M5.

Chapitre Trente Deux

ПуФФ — Soupir russe de mépris.

Chapitre Trente Trois

Délices — delights.
Pays natal — country of birth.
Et en plus — and more besides.
Et enfin — and finally.
Shaka Zulu —1787—1828—génie militaire, dictateur et fondateur de la nation zoulou. Sa vie d'adulte a été caractérisée par une volonté de puissance et de domination, guère surprenant étant donné le modèle mère dominante/père absent de son enfance!

Vocabulaire

Manatee	le lamantin
Okapi	l'okapi (m)
Wolverine	le glouton
Armadillo	le tatou
Slender loris	le loris mince
Coypu	le ragondin
Sparking plug	la bougie d'allumage
Head gasket	le joint de culasse
Timing belt	le pignon de distribution
Overhead camshaft	l'arbre à cames en dessus (m)
Piston ring	le segment de piston
Dipstick	la jauge d'huile
Grout	le coulis
Skirting board	la plinthe
Loft insulation	l'isolation thermique
Junction box	la boîte de dérivation
Guttering	les gouttières
Rawl plug	la cheville
Screwdriver	le tournevis
Spanner	la clef
Yak	le yak
Musk ox	le boeuf musqué
Potto	le potto
Platypus	l'ornithorynque (m)
Echidna	l'échidné (m)
Wombat	le wombat
Fly wheel	le volant de commande
Constant-velocity joint	le joint de cardan
Crankshaft	le vilebrequin
Tappet	le poussoir, le culbuteur
Anti-roll bar	la barre antiroulis

Damper	l'amortisseur
Wheel trim	l'enjoliveur
Wainscoting	le lambris
Beading	la baguette
Dowel	la cheville, le bois à goujons
Sander	la ponceuse[1]
Wood filler	le bouche-pores, le mastic
Drill	la perceuse
Drill bit	la mèche
Allen key	la clef
Plane	le rabot
Cement mixer	la bétonnière
Plasterer's float	la spatule
Pointing trowel	la truelle de jointoiement
Wallpaper scraper	le couteau de peintre
Wallpaper paste	la colle badigeon
Roller	le rouleau
Chisel	le ciseau, le burin
Extension lead	le câble de raccordement
Tile cutter	le tailleur de carrelage
Spirit level	le niveau à bulle d'air
Flamingo	le flamant
Fretful porpentine	le porc-épic grincheux

Utile, hein? Impressionné? Et pour faire bonne mesure...

Three-toed sloth	le paresseux à trois orteils
Giant ground sloth	le paresseux géant terrestre

---

[1] "To sand" se dit en français "poncer." Les constructeurs britanniques machos passent en France un mauvais quart d'heure à ce sujet. "Ah, poncez-vous! Poncez-vous souvent? Voulez-vous poncer chez moi ce soir? "C'est devenu un poncif dans la bouche des homosexuels français pour se moquer de l'ardeur au travail des anglo-saxons.

Bonne nuit. Ulala kamnandi.
(Goodnight. Sleep well)